STRATEGIA D'USCITA, UN THRILLER DI KATERINA CARTER

I THRILLER DI KATERINA CARTER #1

COLLEEN CROSS

Traduzione di
IRENE APRILE

SLICE PUBLISHING

ISBN eBook: 978-1988272-72-6

ISBN Tascabile: 978-1990422-05-8

Edito da Slice Publishing

ALTRI ROMANZI DI COLLEEN CROSS

Trovate gli ultimi romanzi di Colleen su www.colleencross.com

Newsletter: http://eepurl.com/c0jCIr

I misteri delle streghe di Westwick

Caccia alle Streghe

Il colpo delle streghi

La notte delle streghe

I doni delle streghe

Brindisi con le streghe

I Thriller di Katerina Carter

Strategia d'Uscita

Teoria dei Giochi

Il Lusso della Morte

Acque torbide

Con le Mani nel Sacco – un racconto

Blue Moon

Per le ultime pubblicazioni di Colleen Cross: www.colleencross.com

Newsletter:

http://eepurl.com/c0jCIr

STRATEGIA D'USCITA

UN THRILLER DI KATERINA CARTER

"Un intrigo internazionale tra diamanti, pericoli e scomparsi, Strategia d'Uscita mi ha catturata fin dalla prima pagina."

La contabile forense Katerina Carter scopre un massiccio schema di riciclaggio di diamanti insanguinati alle Miniere Liberty Diamond, proprio mentre due membri chiave della Liberty vengono uccisi. Kat sarà la prossima?

Non perdere questa lettura affascinante dalla penna di Colleen Cross - il primo episodio nella serie best-seller dei Thriller di Katerina Carter"

CAPITOLO 1

BUENOS AIRES, ARGENTINA

*L*a luce della stanza da letto si accese e il mondo di Clara esplose. Tre uomini con maschere da lottatori fecero irruzione nella stanza e circondarono il letto, come un tag team su un ring di wrestling. Lei voltò la testa e guardò Vincente, ma suo marito era girato di schiena.

Le compagnie di ballerini del *Carnaval* sfilavano nella strada di sotto, Buenos Aires era ignara dello spettacolo che si svolgeva nella sua stanza. Il rullare dei tamburi e il suono dei piatti veniva trasportato in alto, mentre la *murga porteña* concludeva le ultime note di *Despidida*, la canzone conclusiva.

Il tizio tarchiato caricò Vincente con una mazza da baseball, calandola sulle sue gambe con un rumore sordo. Clara rabbrividì mentre il materasso cedeva sotto l'impatto. Vincente grugnì ma rimase fermo. Un milione di immagini si rincorrevano nella mente di Clara—sua madre, gli scagnozzi di suo padre, i suoi rivali. Tutte quelle sparizioni dovevano essere iniziate così.

Voltati.

Il corpo di Vincente si tese accanto a lei. Fece scivolare la mano sotto le coperte e strinse la sua, senza guardarla. Clara ricambiò la stretta mentre lottava per calmare i suoi pensieri in corsa. Essere catturati non faceva parte dei loro piani dettagliati.

Poi l'uomo si voltò verso Clara. Indossava una sgargiante maschera verde con spessi bordi rossi attorno agli occhi e alla bocca. Il suo sguardo penetrò in quello di Clara, sfidandola. Strinse il copriletto di seta mulberry con la mano esposta, tirandolo su. Il tessuto frusciava con ogni battito del suo cuore al galoppo.

I diamanti. Suo padre sapeva del piano.

"Dite il vostro prezzo. Vi pagherò." Le parole le uscirono in un sussurro.

Avevano ritardato la fuga di due giorni, per aspettare il pagamento dell'ultimo carico di diamanti. Vincente si era opposto, non avrebbe voluto buttare via un anno di preparazione per un giorno. Ma Clara doveva di strappare fino all'ultimo *peso* da suo padre, per rovinarlo, per fargliela pagare. Gli avrebbe dimostrato che poteva essere più furba di lui, proprio come era stato negli ultimi due anni. Ora la loro fuga era a rischio. Come li aveva scoperti?

"Non puoi comprarmi, Clara." Rodriguez non si preoccupava di camuffare la voce, era troppo stupido o troppo spavaldo.

"Perché no? Mio padre l'ha fatto. Quanto vuoi?" Tenne la voce piatta mentre la bile le risaliva in gola. Suo padre aveva mandato Rodriguez di proposito. Sapeva che lei lo disprezzava.

Vincente le strinse la mano. Ora era umida di sudore. Gli altri due uomini rimasero ai piedi del letto, gli AK47 puntati su di loro.

"Non è il denaro che voglio." Rodriguez si tolse la maschera, la luce sopra le loro teste fece scintillare il suo dente d'oro. "Puoi ancora scegliere me. Almeno ho un futuro."

Il tizio alto e slanciato con la maschera di Wolfman rise e spostò la sua arma.

Bastardo. Lei non era un premio da sposare. E Rodriguez poteva pensare di far parte della cerchia ristretta di suo padre, ma Clara sapeva che non era così. Sarebbe potuto esserci Rodriguez a guardare la canna di una pistola. Come in un acquario di aragoste, prima o poi sarebbe arrivato anche il suo turno.

Vincente balzò nel letto. "Lasciala fuori."

Clara tirò l'avambraccio di Vincente. Perfino lei sapeva di non dover far arrabbiare Rodriguez. Non era noto come il Boia per niente.

"Sta zitto." Rodriguez spinse la schiena di Vincente di nuovo sul letto con il calcio del fucile.

"Chiama mio padre. È un malinteso." Avrebbe potuto spiegare i diamanti. L'avrebbe convinto che era un modo per aumentare ancora il profitto. L'idea di Clara di scambiare armi e munizioni con diamanti insanguinati si era rivelata una gallina dalle uova d'oro per l'organizzazione, ma suo padre non le aveva nemmeno detto grazie. Così Clara e Vincente si erano serviti una fetta della torta. La meritavano.

"Troppo tardi. Non è più nel paese. Non può essere contattato."

"Bugiardo. Chiamalo, Rodriguez. Te lo ordino—adesso!"

Rodriguez era poco più di un mero criminale, che aveva risalito i ranghi dell'organizzazione di suo padre grazie alla disponibilità a fare qualsiasi cosa, a uccidere chiunque. Come poteva sapere che suo padre aveva in programma di trasferire la gestione quotidiana del cartello a Vincente? Almeno era quello che aveva detto lui. Avevano cenato con insieme da Resto, il ristorante preferito di Clara, solo poche ore prima. Che suo padre avesse dato istruzioni ai suoi scagnozzi mentre cenavano? No, probabilmente aveva coreografato sia la cena che la punizione con giorni di anticipo, in attesa del momento della vendetta definitiva. L'ironia doveva averlo esaltato.

"Non prendo ordini da mocciose viziate."

"Chiamalo adesso!" Clara era quasi seduta diritta, dimentica della sua nudità sotto le lenzuola.

"No. È ora di avere un po' di quello che voglio." Rodriguez si mosse lentamente verso il suo lato del letto. Wolfman e El Diablo rimasero accanto alla parete, le armi puntate alle loro teste. Vincente scivolò sul materasso accanto a lei e le strinse la mano sotto le coperte.

Clara provò con un tono più morbido.

"Per favore—devo parlare con mio padre."

"Gli parlerai al funerale di Vincente." Rodriguez si voltò e camminò verso gli altri uomini. Fece loro un cenno con uno scatto del polso e scomparve in bagno.

Gli uomini abbassarono leggermente le armi mentre, prima uno e poi l'altro, facevano scorrere lo sguardo sulle coperte, cominciando dai piedi di Clara e risalendo lentamente fino a incontrare i suoi occhi. Non aveva bisogno di vedere le loro facce per sapere a cosa stessero pensando. Lo sentiva.

Rabbrividì e tirò il copriletto. Wolfman rise di lei e si avvicinò. Ovviamente era uno dei tirapiedi di suo padre, ma non riusciva a riconoscerlo.

L'uomo agganciò la canna del fucile sotto il piumone e lo tirò via dal letto. Non distolse mai lo sguardo. Clara rabbrividì ma non osò muoversi.

Vincente si irrigidì.

Le tende velate ondeggiarono mentre una brezza leggera spirava nella stanza. I festaioli se n'erano andati ed era quasi l'alba. Clara riusciva già a sentire il suono del traffico in lontananza, sulla vicina Avenida Libertador, mentre i *porteños* più rispettosi della legge iniziavano le loro prevedibili giornate lavorative. Cosa avrebbe dato per un tale tedio in quel momento.

"Vai alla porta," disse Wolfman al El Diablo, facendo un cenno verso il corridoio mentre teneva gli occhi fissi in quelli di Clara.

Poi si avvicinò, con il fucile ancora puntato alla sua testa e con il fetore stantio di sigaro che gli aleggiava attorno. Sedette sul lato del letto, bloccando la vista della finestra aperta. All'improvviso la stanza si fece opprimente e claustrofobica.

Rodriguez emerse dal bagno e l'uomo si alzò in fretta.

"Non adesso," disse Rodriguez mentre faceva cenno a Wolfman di tornare vicino alla parete. Si voltò verso Vincente. "Alzati, stronzo."

Vincente lasciò andare la mano di Clara. Lei la sentì scivolare in alto verso il cuscino, dove teneva la pistola.

"Niente stronzate. Voltati. Mani in vista o te le taglio."

Rodriguez si godette il suo controllo su Vincente.

Vincente fece come gli era stato ordinato.

"Alzati. Lentamente."

Con la schiena ancora rivolta verso di lei—Clara non riusciva a vedere i suoi occhi.

"Dammi un minuto."

"Non ti darò niente, imbecille. Fallo adesso."

Vincente incespicò per mettersi in piedi, nudo. Tenne le braccia alzate in segno di resa.

"Nel bagno. Adesso." Rodriguez spinse la canna del fucile nella schiena di Vincente, spingendolo in avanti.

"No!" Clara afferrò il bicchiere d'acqua posato sul suo comodino e lo scagliò contro Rodriguez. Lo mancò e il bicchiere andò in frantumi contro la parete.

Vincente si voltò per rubare un'occhiata nella sua direzione.

"Mi amor, nuestro sueño. Nunca olvides."

Inciampò quando Rodriguez lo colpì alla schiena con il calcio del fucile.

Quando iniziarono gli spari, il suo volto era ancora inciso nella memoria di Clara.

Il nostro sogno. Non lo dimenticare mai.

Mai.

L'ultimo pensiero di Clara fu sovrastato dal ritmo intermittente degli spari.

Poi tutto diventò nero.

CAPITOLO 2

VANCOUVER, CANADA

Ci sono due tipi di ladri. Il primo ti deruba puntandoti addosso un'arma e qualche volta ti uccide. I contabili forensi come Katerina Carter avevano a che fare con il secondo tipo. Non portavano armi, non lanciavano minacce e non chiedevano altro che la tua fiducia. Inoltre erano bravi a ottenerla. Il Direttore Finanziario Paul Bryant faceva parte della seconda categoria. Rubava tutto alla luce del giorno.

"Dannazione! Ho sempre avuto un brutto presentimento riguardo a Bryant. Ma cinque miliardi di dollari? È impossibile."

Susan Sullivan. Amministratore delegato delle Miniere Liberty Diamond, sedette sul bordo della scrivania di Bryant e guardò Kat dall'alto in basso, approfittando della posizione di vantaggio. Indossava un completo Prada color cioccolato e un'espressione ostile.

Kat tirò la gonna verso il basso, cercando di nascondere i venti centimetri di smagliatura nelle sue calze di nylon. Con gli alluci, tastò sotto la scrivania per cercare le sue Jimmy Choo troppo piccole di mezza taglia. Avrebbe voluto aver indossato delle ballerine.

"È proprio qui." Kat tirò fuori dalla cartellina i documenti riguardanti il prestito. Perché Susan aveva assunto un pesce piccolo come lei invece di uno studio più prestigioso? Il suo caso più importante fino a quel momento, una frode da mezzo milione di dollari in un bingo, impallidiva in confronto a quello. Per la maggior parte del tempo andava a caccia di investimenti nascosti in casi di divorzi acrimoniosi o aiutava le compagnie di assicurazione a evitare pagamenti per richieste di risarcimento fraudolente. Perfino quel lavoro si era ridotto con la recessione. Non era nemmeno sicura che la sua calcolatrice avesse abbastanza zeri per fare i conti.

Kat si appoggiò allo schienale della sedia di Paul Bryant e fece scorrere la punta delle dita sul bracciolo foderato in soffice pelle di vitello. Doveva mantenere il sangue freddo e una distanza di sicurezza da Susan. Era arrivata alla Liberty presto quella mattina dopo una chiamata di Susan in preda al panico. Ora erano le cinque passate di un piovoso venerdì sera. Avevano avuto la stessa conversazione da cinque minuti per oltre un'ora e l'Amministratore Delegato della Liberty era ancora alla fase di negazione.

"La Liberty non ha quella somma in contanti. Tanto per cominciare, come può aver rubato tanto denaro?" Susan pugnalò il sottomano da scrivania con la sua penna Mont Blanc rompendo il pennino.

Kat indietreggiò, mentre la penna incrostata di pietre preziose lacerava il feltro e rigurgitava inchiostro sulla scrivania. Gli schizzi mancarono di poco i bonifici bancari e i documenti del prestito, le sole prove del imbroglio di Bryant. Kat li strappò via dalla linea del fuoco.

"Con questi." Sollevò le carte mentre guardava la sua Paper-Mate, grata per i suoi gusti semplici. "Contanti provenienti dal prestito."

Come avevano fatto a non scoprire una truffa così massiccia per due giorni interi? Era come non notare un furto d'arte al Louvre a mezzogiorno. Susan non le avrebbe dato una risposta diretta. Gli Amministratori Delegati narcisisti davano sempre la colpa a qualcun'altro.

Nessuno aveva creduto neppure per un secondo che fosse successo davvero. Dopo tutto, i debiti e i crediti al netto erano zero, e la Liberty non era abbastanza grande da avere una singola transazione da miliardi di dollari. Il contabile che aveva scoperto la frode stava aspettando di informare Paul Bryant, che era via per un viaggio. Quando il direttore finanziario non era tornato, il motivo era diventato dolorosamente evidente.

"Quale prestito? Dev'esserci un errore."

Paul Bryant aveva fatto leva finanziaria sulla Liberty, spremendola fino all'osso con i crediti subprime, l'equivalente aziendale dei prestiti personali. Poi era scomparso, insieme ai soldi. Kat aveva trovato copie accartocciate di tre bonifici nella scrivania di Bryant meno di un'ora prima.

"Qui." Indicò il fondo del documento. "Tu e Bryant, avete firmato entrambi i documenti per il prestito."

"Dammelo."

Susan le strappò le carte dalle mani, accecandola con un mostruoso solitario che luccicava sotto le luci al neon dell'ufficio. Doveva essere almeno da tre carati, probabilmente da una delle miniere della Liberty.

"Contraffatta, ovviamente. Onestamente, pensi che ti avrei chiamata se fossi coinvolta?"

"No." Kat tenne il tono di voce piatto. "Devo solo verificare se tu—"

"Katerina, ogni secondo che trascorriamo a discutere di minuzie dà a Paul Bryant più tempo per scappare."

Susan si alzò e gettò la penna verso il cestino della spazzatura con un lancio da giavellotto. Il tiro era corto e Kat dovette trattenersi dal raccoglierla. La penna da duemila dollari avrebbe coperto all'incirca i pagamenti minimi della sua carta di credito.

Kat tentò un approccio diverso. "Quando hai visto Bryant l'ultima volta?"

Susan camminò verso la finestra, la schiena rivolta verso Kat.

"La settimana scorsa forse? Non ricordo." Susan si voltò per fronteggiare Kat e incrociò le braccia. "Non vedo come questo c'entri qualcosa."

Il BlackBerry di Kat vibrò. Controllò il display delle chiamate e lasciò che la telefonata deviasse sulla segreteria. Il suo padrone di casa stava di nuovo chiamando per il ritardo sull'affitto.

"Ogni dettaglio aiuta e tu hai lavorato con lui ogni giorno per due anni. Hai notato qualcosa di sospetto?"

"Se l'avessi fatto, saremmo qui ad avere questa conversazione?" Susan sciolse le braccia e guardò in giù verso le mani. "Non avrei mai immaginato che avrebbe rovinato la compagnia in questo modo."

"Ha qualche dipendenza? Scommesse, droga? Problemi di soldi?"

"Come diavolo potrei saperlo?"

Mentre Susan diventava sempre più agitata, Kat pensò di aver sentito un leggero accento, anche se non riusciva a capire quale. "Era risentito riguardo a qualcosa? Per essere stato scavalcato in una promozione o qualcosa del genere?"

"No. E la psicoanalisi non riporterà qui i soldi."

La maggior parte dei criminali da colletto bianco rubavano per alimentare qualcosa: una dipendenza o il loro ego. Ma secondo Susan, Bryant non aveva problemi.

"Probabilmente potrei rintracciare i soldi in qualche giorno." In effetti, riaverli indietro era un'altra faccenda, ma non poteva permettersi di perdere altro tempo a discutere con Susan. "La polizia ha qualche indizio?"

"Non sono stati coinvolti. Ho assunto te invece."

Kat rimase a bocca aperta.

"Non avete denunciato la sua scomparsa?"

"Assolutamente no. Se questa cosa venisse fuori il prezzo delle azioni crollerebbe."

"Ma la Liberty è una società quotata in borsa—dovete almeno

rilasciare un comunicato stampa prima della riapertura dei mercati lunedì. È la legge. E io rintraccio soldi, non persone. Anche se la traccia dei soldi conducesse a lui, quello è un lavoro per la polizia. Non posso—"

Susan spazzò via un pelucco invisibile dalla sua gonna di lana.

"'Non posso' non fa parte del mio vocabolario. Ti pagherò un sacco di soldi. Vuoi il caso o no?"

Susan si voltò e marciò fuori dall'ufficio senza aspettare la risposta di Kat.

CAPITOLO 3

Kat chiuse di scatto il suo taccuino, furiosa con Susan per averla ingannata e per non aver denunciato il reato. Non c'era da meravigliarsi che Susan avesse assunto lei invece di uno dei Grandi Quattro studi legali. Non avrebbero rischiato la loro reputazione con qualcuno che violava palesemente le leggi per la sicurezza. Susan credeva davvero che lei avrebbe messo in gioco la sua?

Spinse le carte nella valigetta. La borsa di Hermès era stato un acquisto frivolo fatto prima di essere travolta dalla riduzione del personale l'anno precedente, un ricordo di giorni migliori prima della crisi finanziaria. Si chiese quanto avrebbe potuto guadagnarci su eBay proprio mentre una delle sue unghie si incastrava nella cerniera e si rompeva. Mentre faceva scorrere lo sguardo sulla scrivania cercando delle forbici per spuntare il bordo frastagliato, vide la fotografia.

Un gruppo di uomini e una donna stavano davanti a un capanno Quonset. C'erano chiazze di neve a terra, il paesaggio attorno a loro era brullo tranne che per un paio di sempreverdi nani. L'insegna sbiadita sull'edificio diceva *Miniere Liberty Diamond - Mystic Lake*.

Kat studiò l'immagine. Riconobbe il presidente del consiglio d'amministrazione, Nick Racine, dal report annuale delle Miniere Liberty Diamond. Era al centro della foto, sorridente, con un nastro blu in una mano e un paio di forbici nell'altro. Le lettere dorate sul nastro dicevano *Riapertura del Mystic Lake*.

Susan era in piedi alla sua destra, con Paul Bryant che torreggiava alle sue spalle, così vicino che quasi si toccavano. Due uomini robusti completavano l'immagine. Tutti indossavano jeans e giacche in Gore-Tex, una leggera spolverata di neve sulle loro spalle.

"Che cosa sta guardando?"

Kat sollevò lo sguardo fino a vedere un uomo sovrappeso e con un'incipiente calvizie in piedi sulla porta. Guardò in basso verso la fotografia e la posò al suo posto sulla scrivania. Stesso uomo.

"Mystic Lake. Lei compare nella foto."

"Alex Braithwaite—sono un azionista."

Le parole uscirono dalla bocca dell'uomo in respiri corti e rauchi, mentre si avvicinava strisciando i piedi e stringeva la mano di Kat. Poi crollò sulla sedia opposta a lei, la parte superiore del corpo che debordava sul bracciolo.

Secondo i registri degli azionisti, il Braithwaite Family Trust possedeva un terzo delle azioni della Liberty. Insieme alla quota di Nick Racine, l'altro azionista di maggioranza, possedevano abbastanza azioni da controllare la compagnia.

Quando prese in mano la fotografia, Kat notò che aveva le unghie rosicchiate.

"Ah, sì. Due nuove colonne di kimberlite in una miniera che stavamo per mettere in naftalina. La crescita è stata fenomenale da allora." Sospirò. "Ora Bryant ha rovinato tutto."

Braithwaite posò il portafoto sulla scrivania e si appoggiò allo schienale.

"Qualche indizio?"

"Niente di certo. Per il momento ho rintracciato i soldi fino a tre conti numerati alle Bermuda e alle Cayman. Ma è piuttosto difficile perforare il velo di segretezza nei paradisi fiscali."

Non che avesse importanza. Stava per lasciare il caso. Doveva solo dirlo a Susan.

Braithwaite si sporse in avanti e parlò in un sussurro. "Stia attenta a con chi parla da queste parti. Ci sono persone che non vogliono che lei trovi i soldi."

"Per esempio?"

"Lei chi ha in mente?"

Braithwaite alzò le sopracciglia e la studiò. Poi abbottonò la giacca spiegazzata e si alzò.

"Ora, non vorrei accusare nessuno senza prove. Quando ne saprà di più, venga a trovarmi."

Perché tutti da quelle parti erano così criptici? Kat sentì una fitta di irritazione mentre il suo BlackBerry vibrava. Per poco non lo fece cadere quando lo estrasse dalla custodia per sbirciare lo schermo. L'email di Jace conteneva solo tre parole:

Ce l'abbiamo!

L'offerta minima che Jace e Kat avevano presentato per una decrepita casa vittoriana sulla lista delle aste giudiziarie era stata sufficiente. Avevano presentato l'offerta per capriccio, sapendo che le probabilità erano basse, anche in recessione. La gente riusciva sempre a pagare le tasse per le proprie proprietà all'ultimo minuto, specialmente se significava perdere la casa. La situazione economica doveva essere peggio di quanto pensasse.

Lo stomaco di Kat sprofondò. Dove avrebbe trovato la sua parte dei soldi? L'anticipo ricevuto dalla Liberty era destinato a coprire l'affitto arretrato dell'ufficio, dove viveva in segreto da quando aveva lasciato il suo appartamento un mese prima.

Sarebbe stato destinato.

Ora avrebbe dovuto trovare un altro modo per coprire l'affitto.

Comprare una casa con un ex-fidanzato non era la cosa più strana che avesse fatto. Inoltre erano diventati più amici negli ultimi due anni di quanto fossero mai stati come coppia. E la casa era solo un investimento, ricordò a sé stessa. Ci sarebbero voluti solo pochi mesi per sistemarla e rivenderla guadagnandoci. In qualche modo avrebbe trovato i soldi. Digitò una risposta.

Quando dobbiamo dare i soldi?

Due del pomeriggio, domani. Ci penso io.

Impossibile.

Digitò con forza il numero di Jace, sperando che non fosse troppo tardi. Non c'era modo di evitarlo—doveva dirgli che era completamente al verde.

Jace rispose al primo squillo.

"Riguardo alla casa, non posso trovare i—"

"Mi stai dando buca, vero?"

"Jace, vorrei davvero. È solo che non riesco a mettere insieme i soldi."

"Kat. Non farmi questo. Vieni da me e ne parliamo."

"Non posso—sono occupata." A partire dall'ora successiva avrebbe avuto tutto il tempo del mondo.

"Hai avuto un caso?"

"Una specie. Ma sto per lasciarlo." Disse a Jace della Liberty, di Susan e di Bryant.

"Lasciarlo? È una follia. Ti tiri sempre indietro quando le cose si complicano."

Non poteva davvero controbattere su quel punto.

"Questo è diverso—è contro l'etica."

"Stai violando personalmente qualche legge?"

"No—ma essere associata a qualcuno che lo sta facendo mi rende ugualmente colpevole."

"E che mi dici degli avvocati che difendono i loro clienti? Anche le persone colpevoli meritano una difesa. Susan ti ha assunta per ritrovare i soldi, giusto? Stai aiutando gli azionisti. Non è colpa tua se lei non denuncia il crimine."

Jace aveva ragione. Kat riattaccò.

Sapeva perché Susan non voleva rilasciare un comunicato

stampa, anche se non era d'accordo. Le azioni avrebbero perso tutto il loro valore da un giorno all'altro, rendendo senza valore anche i diritti di opzione nelle mani di Susan e del management della Liberty. Il prezzo delle azioni era il solo barometro del valore per la maggior parte dei manager di alto livello, inclusa Susan.

Ma conosceva tutta la storia? Il suo istinto le diceva che la versione ufficiale era plausibile come la neve a giugno.

CAPITOLO 4

Di colpo, lo squillo del cellulare fece uscire Kat dalle sue fantasticherie.

"Kat, mi hanno dato le chiavi. Sono alla casa adesso. Vieni o no?"

Nessuno avrebbe definito Jace un temporeggiatore. Come un segugio che segue una traccia, niente lo poteva fermare quando aveva un obiettivo. Come giornalista freelance, questo spesso faceva la differenza tra avere uno scoop e restare a mani vuote.

Kat inspirò. Tanto valeva chiedere.

"Qual è stata l'offerta finale?"

"Ottantamila. Un po' di olio di gomito e riusciremo a rivendere questa bellezza per cinque volte tanto."

Le spalle di Kat si afflosciarono. Era un affare, vero, ma dove avrebbe trovato quarantamila dollari?

"Jace, c'è qualcosa che devo dirti." Non riusciva a racimolare nemmeno una frazione di quella cifra per il pagamento minimo delle sue carte di credito.

"Dimmela di persona. Devi vedere questo posto. Ricordi il bed and breakfast sull'isola di Salt Spring—quello con le finestre a bovindo? La camera da letto padronale ha lo stesso sedile nel vano della finestra."

Il loro primo weekend fuori. Praticamente non erano mai usciti dalla stanza, avventurandosi fuori solo per mangiare. Era cambiato così tanto in due anni. Poteva davvero ristrutturare e rivendere una casa con il suo ex-fidanzato?

"C'è di più. Non abbiamo avuto solo la casa. Abbiamo anche tutti i mobili. Sembra che la signora a cui apparteneva sia scomparsa senza lasciare tracce. Nessuno ha ripulito da quando è stata messa all'asta."

"Scomparsa? Non aveva una famiglia?"

Nessuna risposta.

"Jace? Sei ancora lì?"

"Oh!"

"Che cosa c'è?" Kat sentì un *crash* e poi il telefono cadere dall'altro capo della chiamata.

"Jace? Cos'è stato quel rumore?"

"C'è un—ahia! Le scale hanno bisogno di essere riparate. Almeno quelle che sono ancora intere."

"Stai bene?"

"Sì. Mi sono solo storto la caviglia. È difficile vedere senza elettricità. Quando puoi venire?"

Kat controllò l'orologio. Dopo aver disabilitato l'identificativo e la password di Bryant, aveva passato in rassegna tutti i file del suo computer e ogni pezzo di carta nel suo ufficio. In dieci ore, non aveva trovato niente tranne i documenti relativi al bonifico nel cassetto della scrivania. Un cambio di scenario poteva schiarirle le idee e avrebbe potuto ricominciare a mentre fresca il giorno dopo.

"Devo fermarmi all'ufficio prima. Tra un paio d'ore?"

Conoscendo Jace, probabilmente aveva già una lista delle cose da fare, in ordine di priorità in base al tempo necessario per ogni attività, e lei era ansiosa di vedere che cosa l'aspettava. Forse avrebbe trovato il modo di fare funzionare la cosa. Se avesse risolto il caso velocemente, avrebbe avuto almeno una parte dei soldi per pagare Jace. Quanto poteva essere difficile rintracciare un bonifico?

Kat afferrò la borsetta e la valigetta e si diresse verso l'area della reception, dove una gigantesca lastra di roccia con una vena di diamanti dominava la stanza. Mentre la oltrepassava, udì voci alterate provenire dall'ufficio all'angolo. Perdere dei soldi faceva quell'effetto.

Kat si avvicinò in punta di piedi all'ufficio di Susan. Barcollava sui tacchi da dieci centimetri, cercando di evitare un passo falso che avrebbe potuto farla scoprire.

"Dici sul serio?" disse Susan. "La polizia ha già una lunga lista di frodi su cui lavorare. Abbiamo bisogno di qualcuno completamente concentrato sulla Liberty per riavere i soldi. Credi che la polizia metterebbe la Liberty al primo posto nella lista delle priorità?"

Eppure, non fare nemmeno denuncia?

"Almeno hanno un po' di muscoli. Che cosa farà Katerina se trova i soldi? Non ha il potere di riportarli indietro."

Di chi era la voce maschile? Kat non la riconosceva, anche se ovviamente lui conosceva lei.

"Forse. Ma una volta che avrà fatto il lavoro di manovalanza, potremo coinvolgere le autorità. Riduce i tempi e aggira la burocrazia giurisdizionale. Più tempo passa, più è improbabile riavere i soldi."

"Andiamo, Susan, siamo seri. Carter & Associati non è niente più che uno studio da due soldi."

Chiunque fosse, Kat lo odiava già. E le aspettative di Susan erano completamente irrealistiche. Ma se stava per essere licenziata, preferiva dare le dimissioni per prima.

"Stiamo perdendo tempo. Non può gestire una cosa così complessa. Perché non sei andata da uno dei grandi studi legali? Hanno molto più potenziale di lei. Questo è un caso internazionale, dannazione. Katerina agisce a livello locale. I grandi studi hanno persone in tutto il mondo per seguire la pista dei soldi."

Kat si avvicinò, tendendo le orecchie.

"Ha ottime raccomandazioni, Nick. Finché sarò l'Amministratore Delegato, non starò seduta qui ad aspettare che succeda qualcosa. Farò succedere le cose! Quando mi hai assunta, mi hai detto che avrei diretto lo spettacolo senza interferenze da parte del consiglio, e adesso metti in discussione le mie decisioni. Devi darmi carta bianca in questo caso. So quello che sto facendo."

Kat allungò il collo. Ora riusciva a vederlo. Nick Racine, il presidente del consiglio di amministrazione della Liberty, era incorniciato dalla porta, la schiena rivolta verso Kat ed entrambe le braccia premute contro lo stipite, come un piccolo animale che cercava di apparire più grande per impressionare. Senza dubbio Nick soffriva di un tocco di sindrome dell'uomo piccolo. A prescindere dal potere che deteneva come presidente e figlio del leggendario Morley Racine, cofondatore della Liberty, non poteva sfuggire al fatto che era alto meno di un metro e settanta. Probabilmente i suoi completi erano fatti su misura per necessità, più che per il lusso. Kat era a tre metri dalla porta ormai. Non ci sarebbe stato modo di uscirne se fosse stata scoperta.

"Quello era prima che cinque miliardi di dollari svanissero nel nulla. È successo sotto la tua sorveglianza, Susan. È ovvio che io sia preoccupato. Dannazione, hai permesso che questo succedesse, innanzi tutto!" La voce di Nick si alzò mentre colpiva la parete con il pugno.

All'improvviso ci fu un colpo di tosse alle spalle di Kat. Era stata scoperta! Sobbalzò e quasi cadde dai tacchi.

Dalla parte opposta del corridoio c'era un custode, che la guardava con un misto di curiosità e divertimento mentre lottava per restare verticale nella bizzarra interpretazione della posizione yoga del guerriero su una gamba. Kat si concentrò su un punto davanti a sé, ignorandolo e pregando che non dicesse nulla che avrebbe attratto l'attenzione di Nick, ancora sulla porta. Aveva solo bisogno di sentire che cosa avrebbero detto su di lei. Recuperò l'equilibrio e cercò il custode con lo sguardo, ma non era in vista da nessuna parte. Giocherellò in fretta con il cellulare. Poteva fingere di essersi fermata per rispondere a una chiamata se fosse stata vista.

Kat sbirciò nell'ufficio e vide Susan in piedi alla finestra. Aveva la schiena rivolta verso Nick, le braccia incrociate, la figura snella delineata dall'oscurità fuori dalle finestre del ventiduesimo piano.

Susan si voltò e fronteggiò Nick. La sua voce si alzò e assunse un tono di disperazione che Kat non le aveva mai sentito usare.

"Ascolta, Nick, ti prometto che riavrai i soldi. Dammi solo un po' di tregua e un po'—"

"Basta con le tue maledette promesse, Susan! Voglio dei risultati a quest'ora venerdì. Se i soldi non saranno trovati, sarai fuori!"

Kat non poté evitare di sussultare. La scadenza a trenta giorni di Susan era già abbastanza difficile da rispettare. Trovare Bryant e i soldi entro una settimana senza un indizio era praticamente impossibile, anche se avesse lavorato ventiquattro ore al giorno.

Nick si voltò di scatto e marciò fuori dall'ufficio, il volto arrossato dalla rabbia. Kat scattò attraverso il corridoio verso il banco della receptionist e aprì una cartellina, fingendo di leggere attentamente il contenuto, persa nella sua concentrazione, mentre ondeggiava sui tacchi quasi storcendosi una caviglia.

Kat si raddrizzò e si costrinse a respirare senza ansimare. Gettò un'occhiata in direzione di Nick. Lui le rispose con uno sguardo di aperto disprezzo mentre andava come una furia verso l'ascensore. Era meglio tacere certe cose. Nota a sé stessa: trovare i soldi e trovarli in fretta.

lle sei, Kat riuscì finalmente a raggiungere il suo ufficio. Per un momento posò gli occhi sulla piccola targhetta dorata che diceva *Carter & Associati* in lettere nere rigate.

In realtà era senza associati, a meno di non considerare Harry Denton, che lavorava nell'ufficio pro bono. Zio Harry trovava sempre una scusa per passare, così Kat aveva deciso che sarebbe stato meglio rendere la cosa ufficiale e tenerlo d'occhio. Beh, semi-ufficiale.

Fece un respiro profondo e aprì la porta.

"Kat—dove diavolo sei stata tutto il giorno? Sei rimasta a dormire o cose del genere?"

La voce roca di Harry si sollevò da qualche parte sotto la scrivania della reception. Kat sbirciò oltre il piano e intravide un paio di gambe robuste coperte da abiti da lavoro che sbucavano da sotto la scrivania.

"Ho un nuovo caso. Cosa stai facendo?"

Harry rotolò fuori da sotto la scrivania, la testa calva coperta da uno strato di sudore luccicante. Tirò fuori dalla tasca della camicia un fazzoletto e si asciugò la fronte.

"Sto controllando la presa elettrica. Il computer dà i numeri."

"Perché non lasci che chiami il supervisore dell'edificio invece?"

Il tempo libero era un invito al disastro per Zio Harry, che spesso prima agiva e poi pensava. Anche se non era sul suo libro paga, si considerava capufficio part-time, esperto di manutenzione e comune fattorino. Il suo orario era flessibile, strizzato tra il curling, le bocce, il club del bridge e gli impegni di giardinaggio.

"Forse è meglio," disse Harry tirandosi su. "Un altro caso di divorzio?"

"No. È una cosa più grossa." Kat cambiò argomento. Meno Harry sapeva, meglio era. "Come va il resto qui? A parte il computer?"

"Piuttosto frenetico, Kat. Tuttavia, riesco a proteggere la fortezza."

"Il telefono squilla di continuo?"

"Beh, non sono stato occupato in quel senso. Ma ho dovuto rifare tutto l'archivio. Non hai un sistema. Non riesco a trovare niente qui." Harry sventolò le braccia in direzione delle cassettiere color canna di fucile, rimasugli del precedente affittuario, uno studio dentistico. "E il lavandino è intasato. È una buona cosa che il telefono non suoni. Abbiamo già troppe cose da seguire."

Kat sospirò. L'ultima cosa di cui aveva bisogno erano documenti incasinati. I sistemi di Harry non erano mai convenzionali.

"Oh, e quel tipo ha chiamato di nuovo. Di certo è ansioso di vederti, e sembra carino. Forse dovresti solo uscire con lui."

Perché erano sempre gli uomini sbagliati a darle la caccia? Il suo cosiddetto pretendente proveniva da una società di recupero crediti che aveva minacciato di raccontare il suo piccolo sporco segreto se non avesse pagato. Sarebbe stato un enorme disastro se le sue carte di credito ormai a tappo fossero state sospese.

"Va bene. Lo chiamerò domani." Se solo lo Zio Harry avesse saputo la verità. I contabili forensi che non riuscivano a gestire i propri soldi non avevano molte possibilità di attirare nuovi clienti. Il suo caso del Bingo era finito un mese prima e Kat era stata sul punto di chiudere bottega, quando era arrivata la chiamata di Susan Sullivan. Il suo conto bancario era vuoto e, tristemente, lo era anche il suo frigorifero. Carter & Associati era al verde e l'ironia non era sfuggita a Kat.

"È meglio che tu lo faccia presto. Questo tizio non ti rincorrerà per sempre."

Se solo fosse vero.

Harry aveva ragione riguardo a una cosa—avrebbe semplicemente dovuto affrontare la sua crisi di debiti e mettersela alle spalle. Era il consiglio che dava ai suoi clienti. Ma significava ammettere di essere un fallimento, cosa che non era ancora pronta a fare.

Probabilmente avrebbe potuto tenere a bada i segugi del recupero crediti per un'altra settimana. Avrebbe risolto il caso della Liberty in fretta, sarebbe stata pagata e non sarebbe più stata in passivo.

"Inoltre non stai diventando più giovane. Hai un ragazzo interessato a te e tu lo ignori."

"Ok." Trent'anni e rotti e lo Zio Harry la faceva ancora sentire una bambina.

"Kat, perché Buddy e Rina sono qui in ufficio?"

Sarebbe stata in grado di dare una spiegazione per il divano e altri mobili, ma inventare una ragione per il siamese e il soriano era un po' più difficile.

"Passo troppo tempo in ufficio e si sentono soli a casa. È come una vacanza per loro."

Questo sembrò soddisfare lo Zio Harry.

"Ti dispiacerebbe riempire le loro ciotole? Sono in cucina."

"Certo. A proposito, Kat, ho letto quel rapporto annuale della Liberty che hai lasciato sulla scrivania. Scommetto che non lo sai, sono un azionista."

Kat non lo sapeva. Un altro dilemma. Se Susan avesse rilasciato il comunicato stampa, allora Harry l'avrebbe saputo. Altrimenti avrebbe tradito la segretezza con il cliente. Ma se non gliel'avesse detto, non avrebbe fatto i suoi migliori interessi. Che cosa doveva fare?

"Trovato qualcosa di interessante?"

"Niente che non sapessi già, a meno che non consideri la crescita astronomica. Naturalmente è il motivo per cui ci ho investito all'inizio. Ho fatto un colpaccio quest'anno. È il tuo nuovo caso?"

"Lo è." Si preparò per l'inevitabile mentre l'espressione compiaciuta di Harry scompariva.

"Di cosa si tratta? Insider trading? Bancarotta?"

"Dovrai aspettare la conferenza stampa di lunedì." Se ce ne sarebbe stata una. "Sai perché queste società mi assumono. Riguarda una frode. Non posso dirti altro, ma le azioni probabilmente cadranno in picchiata dopo la conferenza stampa lunedì mattina. Perderai almeno una parte dei tuoi profitti."

Kat vagò verso la cucina e cominciò a rovistare, decidendo per un sacchetto di pop corn da fare al microonde e caffè stantio.

Si sistemò nel suo ufficio, svuotando il contenuto della sua valigetta e organizzandolo in pile sopra la scrivania mentre finiva l'ultimo dei popcorn. Guardò le pile. Che cosa le sfuggiva? Come Direttore Finanziario, Bryant aveva accesso alle informazioni più segrete e sensibili e le banche non avrebbero messo in discussione gli ordini provenienti da lui. Eppure, era sorpresa di come quel crimine fosse stato commesso in piena vista. Nessuna rete complessa di transazioni che coinvolgeva entrate fittizie, entità offshore o finanziamenti fuori bilancio.

Questa frode era stata eseguita con tre bonifici bancari e nessuno aveva pensato di dare l'allarme. Dopo tutto, Bryant li aveva firmati tutti. Tutta la faccenda sembrava troppo semplice. Perché Bryant aveva lasciato le prove dei bonifici nella sua scrivania dove avrebbero potuto essere facilmente trovate? E come poteva una frode così colossale non essere scoperta per due giorni?

Fuori la luce del giorno tramontava, mentre la pioggia tamburellava dolcemente contro la finestra a tutta altezza, facendo diventare le luci di Coal Harbor delle macchie striate. Kat bevve un sorso del suo caffè freddo e gettò il sacchetto vuoto di popcorn nella spazzatura. Perché era tutto un'arma a doppio taglio? Si aggiudicava il suo più grosso cliente fino a quel momento ma scopriva lo stesso giorno che stava affrontando la bancarotta. Lei e Jace riuscivano ad ottenere una casa per un prezzo stracciato, ma lei non aveva i soldi per pagarla.

Kat setacciò meticolosamente l'ultimo faldone di trasferimenti bancari, cercando uno schema. I truffatori che panificano fregature massicce normalmente prima saggiano il terreno con piccole transazioni. Se Bryant avesse tentato e fosse stato superficiale, Kat avrebbe potuto trovare una traccia. Ma dopo quattro ore, tutto quello che aveva da mostrare per i suoi sforzi erano occhi affaticati e un mal di testa.

Kat guardò la notevole lista delle stock option. Un nome catturò il suo sguardo. Come Direttore Finanziario da dieci anni, Bryant aveva accumulato un gran numero di diritti di opzione, anche più di Susan durante il suo breve mandato come Amministratore Delegato. Stranamente non ne aveva mai esercitato nessuno, anche se erano esigibili e superavano il valore delle azioni. Kat fece un rapido calcolo. Al prezzo di quel giorno alla chiusura dei mercati valevano la bellezza di trecentoventidue milioni. Non aveva senso. Di quanti soldi poteva aver bisogno una persona? Perché Bryant avrebbe dovuto fregare cinque miliardi di dollari ma lasciare trecentoventidue milioni sul piatto?

CAPITOLO 6

Le antiche scale vittoriane scricchiolarono sotto i piedi di Kat mentre saliva, diretta alla porta coi vetri piombati. La casa aveva decisamente bisogno di riparazioni, ma alla luce del giorno Kat riusciva a vedere il suo potenziale molto più di quanto avesse potuto durante il giro notturno con la torcia del giorno precedente.

A fiancheggiare i gradini d'ingresso c'era una coppia di rododendri giganti, con azalee più piccole e altri arbusti a riempire il giardino davanti. Tutto il giardino aveva bisogno di una buona potatura per ridimensionare il tutto. La casa, con la sua pittura scrostata e il suo rivestimento decorato, le ricordava una casetta di pan di zenzero sbiadita. Aveva bisogno solo di poche riparazioni. Ma le riparazioni costavano.

In effetti era la casa di Jace, ricordò a sé stessa. Non sarebbe mai riuscita a mettere insieme i quarantamila dollari che gli doveva. Anche risolvendo il caso della frode di Bryant velocemente, non avrebbe ricevuto il pagamento per mesi. Non avrebbe mai dovuto accettare di investire con Jace fin dall'inizio, anche se la loro offerta era stata senza speranza.

Kat ruotò la maniglia della porta, che non era chiusa a chiave, ed entrò. La luce del mattino sgorgava nell'ingresso, illuminando il pulviscolo coi suoi raggi. La casa sembrava molto diversa da come l'aveva immaginata la sera prima, specialmente i mobili. La maggior parte sembravano vecchi quanto la casa. Antichità ben tenute inspiegabilmente abbandonate all'asta giudiziaria.

"Jace?" Nessuna risposta.

Kat si fermò vicino alla console dell'ingresso e raccolse alcune lettere che giacevano in cima alla pila di volantini e giornali. Una bolletta del telefono e dell'energia elettrica erano entrambe indirizzate a Verna Beechy e segnate come "Ultimo Avviso". Un'altra busta, che prometteva centinaia di dollari in buoni sconto, era indirizzata all'Attuale Occupante. Niente di personale che Kat potesse vedere. Chi era Verna, e che cosa le era successo?

Mentre rimetteva le lettere sul ripiano, notò un antico guardaroba in acero birdseye appena oltre la porta d'ingresso. Aprì lo sportello e sbirciò all'interno. C'erano diversi cappotti da donna appesi alle grucce, con scarpe comode e stivali precisamente allineati sotto. Rockport, ballerine Cole Haan e un paio di stivaletti Hush Puppies. Scarpe per camminare. Le scarpe dicevano molto di una persona. Verna era una donna pragmatica con l'occhio per la qualità. Le donne di buon senso come lei non uscivano di scena senza pagare le bollette o cedendo i loro averi in un'asta giudiziaria.

Kat si aspettava di vedere Verna materializzarsi in ogni istante, di ritorno da una spedizione al supermercato, per trovare due estranei in casa sua. Chiuse velocemente la porta dell'armadio, sentendosi un'intrusa.

"Kat? Sono qui."

Seguì la voce di Jace in sala da pranzo. Un pesante tavolo di quercia era stato spinto contro la parete, con otto sedie impilate su di esso. I drappi erano arrotolati in un nodo per sollevarli dal pavimento, che era coperto da due centimetri d'acqua dove il pavimento era inclinato. Dei secchi erano posizionati strategicamente per la stanza, sul pavimento, e su una grande credenza di quercia.

Jace era piegato su un'aspirapolvere Shop Vac, con indosso pantaloni arrotolati e stivali di gomma. Le sue spalle larghe formavano una V e i suoi muscoli si increspavano sotto la maglietta di cotone bianco mentre svuotava il contenitore. Ex-fidanzato o no, era ancora l'uomo più attraente su cui avesse mai posato gli occhi.

"Cos'è successo?"

"Il tetto perde. Ricordi la pioggia la scorsa notte?" Jace si raddrizzò e batté la testa contro il lampadario pendente.

Come poteva avere un tale occhio per i dettagli, eppure essere colto di sorpresa da un lampadario in bella vista?

"Cavolo!" imprecò mentre il lampadario oscillava e lo colpiva di nuovo.

"Ahi—stai bene?" Kat afferrò il lampadario per fermarlo e toccò il lato della testa di Jace. Per una frazione di secondo dimenticò che non erano più una coppia. Erano entrambi andati avanti, e quella era solamente una questione d'affari.

Jace non disse nulla all'inizio, gli occhi che seguivano la sua mano mentre la lasciava cadere dal suo viso.

"Sto bene. Vedi quello?" Indicò il soffitto. C'era una crepa che correva nell'intonaco da una parte all'altra della stanza.

"Si può riparare?"

"Certo—abbiamo solo bisogno di tempo e di soldi. Ho messo un'incerata sul tetto. Per prima cosa sistemeremo questo, poi assumeremo qualcuno per rintonacare il soffitto. Se riusciamo ad asciugare il resto dell'acqua velocemente, le assi del pavimento non dovrebbero imbarcarsi."

Kat guardò in basso mentre l'acqua scivolava in uno dei suoi stivaletti di camoscio e procedeva verso la cucina. Posò il computer e la borsa sul tavolo e sedette per togliere le scarpe. Fu allora che vide i fogli.

. . .

L'Uomo da Cinque Miliardi di Dollari: una Lezione di Corruzione di Jace Burton

"STAI SCRIVENDO UNA STORIA SULLA LIBERTY?" Il battito di Kat accelerò mentre leggeva le prime righe. Aveva i dettagli del bonifico. Dettagli che nessuno sapeva tranne lei.

"Ci stavo provando. Finché il tetto ha cominciato a perdere." La seguì in cucina, portando un secchio d'acqua.

"Dove l'hai preso?" disse Kat agitando i fogli in direzione di Jace. C'era solo un posto da cui poteva provenire.

Jace non rispose. Versò l'acqua nel lavello, evitando il suo sguardo.

"L'hai preso dal mio computer? Come hai potuto, Jace? È come spiare." Kat tolse gli stivali e li scagliò contro il muro, senza più preoccuparsi di bagnarli. Che cos'altro aveva trovato?

Jace si voltò mentre gli stivali colpivano il battiscopa.

"Non è che l'abbia toccato o cose del genere. Hai lasciato il computer acceso in ufficio ieri sera e mi è solo capitato di passarci davanti."

"Ti è capitato di passarci davanti? Al mio computer, dentro il mio ufficio—rivolto dalla parte opposta rispetto a te? Ti aspetti che ci creda?"

Kat si alzò, tornò nella sala da pranzo e afferrò un mocio.

"Dovresti davvero pensare a uno screen saver. No—pensandoci bene, meglio di no."

Jace fece una finta a destra mentre lei si dirigeva verso il lavello della cucina con il mocio.

"Non è divertente, Jace. Sono informazioni riservate."

"Ma è una storia così succosa. Il Direttore Finanziario e la miniera di diamanti in bancarotta."

"Non è ancora in bancarotta."

"Lo sarà."

"Non se posso evitarlo." Che cosa stava dicendo? Non voleva il caso.

"Mi serve una storia, Kat. I tetti sono costosi. E il parquet non è esattamente economico. Possiamo fare un po' di lavori per conto nostro, ma ci costerà comunque un sacco di soldi."

Kat fece il conto a mente. La loro idea di riparare e rivendere non sembrava promettente. Anche con i soldi della Liberty.

"Possiamo uscirne? Vendere al successivo miglior offerente?"

"E rinunciare all'occasione di ricavarci dieci volte tanto? Assolutamente no."

"Beh, non scriverai questa storia a mie spese."

"Rilassati, Kat. È solo una bozza. Quando ci sarà la conferenza stampa lunedì, avrò la mia storia pronta."

"Susan non rilascerà dichiarazioni."

"Ma deve."

"Jace, riguardo alla casa—te lo devo dire—"

"Non cambiare discorso, Kat. Mi serve questa storia. Tutto quello che c'è da scrivere sui fallimenti delle banche, i pignoramenti e i banchieri con i loro grossi bonus è stato scritto. Quello della Liberty è un caso nuovo e potrebbe essere enorme. Non lasciare che qualcun'altro faccia lo scoop. Per favore."

Kat sospirò. C'era un modo in cui avrebbe potuto funzionare.

"Ok. A patto che tu non scriva informazioni che non sono pubbliche."

"Ma se non ci sarà una conferenza stampa, che informazioni pubbliche ci sono?"

"Nessuna per adesso. Ma più in fretta risolverò il caso, prima diventerà pubblico." Le doti investigative di Jace potevano tornare utili se fosse stata sicura che avrebbe mantenuto il segreto. E Jace, come membro del consiglio di amministrazione della Carter & Associati, aveva firmato un accordo di riservatezza.

"Ricordi l'accordo di non divulgazione che hai firmato? Come membro del consiglio, sei legato dall'accordo."

"Non posso riportare niente? Mi stai torturando!"

"Quanto spesso ti imbatti in un caso di frode da cinque miliardi?"

"Va bene. Affare fatto. Quindi che cosa sai?"

"Non molto. Sembra che Bryant abbia spostato parecchie volte i soldi. Li ho rintracciati alle Bermuda, Guernsey, alle Cayman e poi la traccia si è raffreddata con un conto numerato in Libano."

"Libano? Perché avrebbe dovuto portarli lì?"

"Bella domanda. Probabilmente sperava che avremmo perso la traccia con tutte le attività. Inoltre, non è un brutto posto in cui finire se devi nascondere soldi rubati. Le leggi sulla segretezza delle banche libanesi sono molto rigorose, che è esattamente quello che i truffatori vogliono. Le commissioni delle banche libanesi non possono avere accesso alle informazioni dei conti privati o ai nominativi dei depositi. Solo il direttore della banca conosce i dettagli e la legge gli impedisce di fornire informazioni a chiunque, perfino alle autorità."

"Bryant ha dei contatti lì? Almeno parla la lingua?"

"Non è necessario. Con il commercio on-line, non deve essere fisicamente presente. Può semplicemente tenere aperto un conto lì e far trasferire i soldi ovunque nel mondo."

"Quindi qual è la prossima mossa? Come lo troverai?"

"Scandaglierò la documentazione dei conti bancari della Liberty e cercherò altri trasferimenti sospetti. Potrebbe aver lasciato un indizio, qualche piccola transazione di prova. La maggior parte della gente non porta a termine una frode di questa importanza senza provare qualcosa di più modesto prima. E, stranamente, quando le somme non sono così grandi, non sono altrettanto attenti. È quasi come se stessero ancora prendendo tempo e non avessero deciso, quindi è meno probabile che prendano tutte le precauzioni. I soldi finiranno nello stesso posto, ma con meno transazioni lungo il percorso." Kat torse il mocio nel secchio.

"Quindi, che cosa sai di Bryant, Jace? Devi aver scritto di lui e della Liberty nella sezione di affari. Qualcosa di insolito?"

"Non esattamente. In effetti l'ho incontrato un paio di volte.

L'ultima volta, l'ho intervistato per un pezzo sull'attività mineraria nel nord del Canada. Tipo intelligente. Conosce il mondo degli affari. Ha anche una laurea in geologia. L'ha presa prima di decidere di occuparsi di finanza."

Quella era una novità per Kat. Susan non aveva mai parlato di una laurea in geologia. "Che cosa hai scoperto su di lui?"

"Beh, credeva che il nord del Canada fosse il prossimo grande affare. Diceva che il riscaldamento globale era un grosso vantaggio per il Canada e in particolare per la Liberty. Pensava che l'apertura del Passaggio a Nord-Ovest avrebbe fatto risparmiare molto sul costo dei trasporti e avrebbe garantito una migliore accessibilità per le miniere nel nord. E disse che la Liberty avrebbe sorpassato le dimensioni della DeBeers nei prossimi dieci anni."

"Sembra che fosse pronto per progetti a lungo termine." Quindi perché rubare i soldi? Non aveva senso. Bryant aveva molto più da guadagnare a rimanere nei paraggi, piuttosto che rischiare tutto e trasformarsi in un fuggitivo per il resto della sua vita.

Il cellulare di Kat squillò. Era Harry.

"Sembra che le cose alla Liberty siano appena diventate molto più complicate."

"Che cosa vuoi dire?" Le cose non erano già abbastanza complicate a cercare di trovare un Direttore Finanziario disperso e cinque miliardi di dollari in una settimana?

"Alex Braithwaite è stato ucciso. I poliziotti hanno appena trovato il suo corpo sulle sponde del fiume Fraser."

CAPITOLO 7

"Che cosa puoi dirmi riguardo ad Alex Braithwaite?"

I dettagli nelle notizie del mattino erano scarse. Braithwaite era stato ucciso con una singola pallottola in testa, nello stile di un'esecuzione. La sua auto era parcheggiata vicino al fiume in cui era stato trovato.

"Intendi il tizio che è stato ucciso la scorsa notte?"

Cindy Wong sedeva di fronte a Kat, facendo scorrere le unghie dalla manicure perfetta sul suo ultimo accessorio alla moda, il tatuaggio di una rosa sopra il polso. Kat sperava che fosse del tipo temporaneo. Sedevano nell'ufficio di Kat, a guardare fuori, mentre un idrovolante nel porto procedeva in discesa per atterrare.

"Esatto. Lavorava per il mio cliente, le Miniere Liberty Diamond." Dopo averne parlato con Jace, aveva deciso di accettare il caso.

"Non sono alla omicidi, Kat. Non so niente più di quello che hai sentito in TV. Inoltre, proprio come te, non posso parlare dei dettagli di un caso aperto."

Per essere un poliziotto sotto copertura, l'ultimo travestimento di Cindy era, beh, appariscente.

"Extension?"

"Ti piacciono?"

Non solo i capelli di Cindy erano due volte più lunghi della settimana precedente, erano anche biondo platino e acconciati in trecce.

"Assolutamente meravigliose. Hai un nuovo caso?" La natura del lavoro sotto copertura richiedeva che cambiasse spesso aspetto, ma questo era il suo look più scandaloso.

"No. È sempre lo stesso. Ho solo pensato che fosse ora di ravvivare un po' le cose. Ai miei amici della malavita piace. È una specie di travestimento nel travestimento, immagino." Cindy sorrise.

"La polizia davvero non ha sospetti per il caso Braithwaite?" Kat ricordava i commenti di Braithwaite. Conosceva il suo assassino?

"Non che io sappia." Il cellulare di Cindy suonò. "Devo andare."

Harry scivolò nell'ufficio, quasi scontrandosi con Cindy mentre si alzava per andarsene.

"Kat, le azioni della Liberty stanno crollando! Che cosa farò?"

Kat colpì l'icona delle azioni della Liberty, MLD, sul suo computer.

Di certo le azioni stavano precipitando. Nella prima ora dall'apertura dei mercati la Liberty aveva perso metà del suo valore.

"Mi dispiace, Zio Harry. Non so cosa dire."

Cliccò sulle ultime notizie. L'omicidio di Braithwaite aveva costretto Susan a rivelare la frode e la scomparsa di Bryant.

"Quanto in fretta puoi trovare i soldi?" Harry si appoggiò al muro, la testa affondata tra le mani.

"Ci sto lavorando."

"Mi sento male," disse Harry, il volto cinereo. Lasciò cadere una stampa sulla sua scrivania e scivolò lungo il muro, crollando sul pavimento.

"Il mio broker aveva detto che era una cosa sicura."

"La sola cosa sicura è la sua commissione." Kat prese i fogli.

Erano una stampa della cronologia del conto di Harry alla Bancroft Richardson.

"Mi hanno appena chiamato. Hanno detto che ho una richiesta di integrazione della copertura finanziaria."

Kat studiò le stampe. "Hai comprato le azioni della Liberty a credito?" Comprare a credito consiste essenzialmente nel chiedere un prestito al proprio broker, garantito dalle azioni presenti sul conto. Se il valore delle azioni scende, devi mettere più soldi.

"Oh, ho dei problemi di soldi, Kat. Grossi problemi."

"Davvero." Zio Harry aveva comprato duecentoventicinque-mila dollari di azioni della Liberty. Ora valevano una frazione di quella cifra e probabilmente sarebbero state quasi prive di valore per la fine della giornata. Kat stessa si sentiva male.

"Non hai mai sentito parlare di diversificazione?"

"Dovevo saltare a bordo prima che il prezzo delle azioni salisse. E la Bancroft Richardson mi ha perfino prestato i soldi per comprarne di più. Elsie mi ucciderà. Dovremo accendere una seconda ipoteca sulla casa."

"Vediamo. Sei a centocinquantamila. Non va bene. Devi depositare più denaro o vendere le azioni."

"Ma vendere fisserà le mie perdite. Si riprenderanno, vero?"

"Non poso dirlo, Zio Harry. Devi decidere da solo."

Kat guardò più da vicino. L'ultima transazione era datata il giorno prima.

"Hai comprato altre azioni ieri? Dopo che hai saputo che mi stavo occupando del caso?"

"Non sapevo del denaro rubato. Ma so che lo troverai. Di qui a un mese, questa storia sembrerà un affare."

"Hai investito più soldi solo perché mi hanno assunta?"

"Mi fido di te, Kat."

Fiducia. Una parola insidiosa.

Harry aveva fiducia nelle sue abilità. Gli azionisti della Liberty avevano fiducia nel valore del loro investimento. E se fosse caduto tutto a pezzi, come un castello di carte?

CAPITOLO 8

"*L*uis—chiamami Rodriguez." Ortega abbaiò nel vivavoce.

Il ragazzo tese la mano, gli occhi marrone scuro che penetravano in quelli di Ortega. "Dammi i miei soldi." Indossava una maglietta a maniche corte logora, pantaloncini della Nike e sandali neri di plastica, l'uniforme del ragazzo di strada.

Ortega lo scacciò con un gesto. Voleva quel monello sporco fuori dal suo ufficio.

"Ma certo, Antonio. Il Señor Rodriguez te li darà." Fece un gesto verso Rodriguez mentre le porte larghe due metri e mezzo che davano sull'altro ufficio si aprivano. Rodriguez stava appena all'interno di uno dei pannelli intagliati a mano.

Il ragazzo guardò storto Ortega e si voltò per fronteggiare Rodriguez, la mano tesa.

"Dove sono i miei soldi?"

"Seguimi."

Ortega accarezzò i suoi gemelli d'oro e diamanti mentre Rodriguez portava via il ragazzo. Duecento pesos era più di quanto il ragazzo avrebbe guadagnato in un mese a rubare o a mendicare.

Più di quanto valesse. Peccato che non sarebbe mai riuscito a spenderli. Di lì a qualche ora Antonio si sarebbe unito agli altri, ricoperti da fondamenta di cemento o seppelliti sotto l'asfalto. A Buenos Aires c'erano molti monumenti, e non tutti erano pubblici.

Nessuno avrebbe sentito la sua mancanza, tranne forse un paio di ragazzini di strada alla stazione ferroviaria di Retiro, dove Ortega trovava la maggior parte delle sue prede. Nel giro di qualche giorno, con la mente occupata dal pensiero di fumare *paco* o trovare abbastanza da mangiare, avrebbero dimenticato che aspetto aveva Antonio.

Ortega era in ritardo per la sua riunione.

"Luis!" abbaiò mentre marciava oltre a lui. "Sala riunioni!"

"Sì, capo."

"E porta la mappa."

Con il quartier generale in un esclusivo ma banale palazzo di uffici nel distretto di Recoleta, l'organizzazione di Ortega era più grande della Microsoft e di molte altre multinazionali, tuttavia non si trovava sulla lista delle cinquecento maggiori compagnie di Fortune. Gestita da privati, la compagnia era nota a pochi e riferiva ancora a meno. Ortega controllava governi, aveva influenza su più di un settore del mercato globale, e influenzava perfino guerra e pace.

Ortega si arrotolò le maniche entrando nella sala riunioni. Era già soffocante, l'aria condizionata incapace di resistere all'ondata di caldo che avvolgeva Buenos Aires da dieci giorni.

Gli uomini di Ortega occupavano dieci delle dodici sedie attorno al tavolo della sala riunioni. Solo quella di Ortega e un'altra erano vuote. La sedia di Vincente Sastre era rimasta vuota fin da quando era svanito due anni prima. Ortega la teneva vuota di proposito, un promemoria per gli altri uomini. Loro, a loro volta, fingevano di non notare l'assenza di Sastre e nessuno osava fare domande.

Ortega sedette e aspettò che Luis appuntasse la mappa.

Poi si rivolse alla stanza.

"Gli affari vanno male e i nostri volumi stanno calando. Dobbiamo fare qualcosa per mantenere la nostra redditività. Specialmente in Africa," disse, indicando la cartina. "In passato ci ha dato la metà dei nostri profitti. Dobbiamo ricostruire."

Silenzio.

Anche con un fatturato annuale che superava il PIL di molti paesi, Ortega era preoccupato.

"Dobbiamo crescere. Non solo serbatoi e attrezzature, ma anche piccole armi come esplosivi e Kalashnikov."

I Kalashnikov erano il pane quotidiano del commercio di armi —grandi volumi, piccolo margine. Per Ortega erano un articolo a basso prezzo per richiamare i clienti. La chiave era fondare un nuovo business. Ogni signore della guerra che avesse rispetto per sé stesso teneva dozzine di Kalashnikov. In poco tempo, avrebbero reso seicento dollari, o sei mucche, a seconda del paese. O in alcuni luoghi, diamanti.

Ortega aveva monopolizzato il mercato dei diamanti insanguinati in Africa centrale. Il Kimberly Process impediva ai ribelli di vendere la produzione delle loro miniere sul mercato regolare, specialmente nelle grandi quantità necessarie a finanziare le loro guerre. Lui comprava tutti i loro diamanti in cambio di armi e contanti, a una frazione del loro valore. Poteva aggirare i controlli anti-riciclaggio, ma aveva bisogno di una fornitura costante perché funzionasse.

"Ma nessuno combatte più," disse Luis. "Non c'è domanda."

Il resto degli uomini annuì all'unisono, ma rimase in silenzio. Luis era il solo che osava interrompere.

Ortega si alzò e camminò lentamente fino alla finestra a tutta altezza che si affacciava sull'acqua. Fuori il sole del pomeriggio si rifletteva sul Rio de la Plata. Una brezza leggera soffiava sull'acqua, mentre comuni *porteños* rispettosi della legge si occupavano dei fatti loro nelle strade sottostanti.

"Allora creeremo la domanda." I suoi penetranti occhi castani passarono in rassegna la stanza, cercando segni di esitazione.

"Come?" chiese Luis. "Iniziando una guerra?"

"Esattamente," disse Ortega.

CAPITOLO 9

"Hanno buttato gente giù dagli elicotteri per molto meno." Ken Takahashi comparve sul lato della casa, portando un carico di legna per il fuoco, che scaricò prontamente fuori dal garage. Con la barba non fatta, vestito in jeans e una giacca di lana, non aveva l'aspetto da dirigente aziendale che Kat si era aspettata di trovare nell'ex capo geologo della Liberty.

Takahashi aveva lasciato la Liberty due anni prima, appena dopo il nuovo ritrovamento di diamanti al Mystic Lake. Da quello che aveva saputo da Susan e gli altri, Takahashi e Bryant erano vicini. Aveva deciso di fare una visita a Takahashi per avere qualche informazioni in più sulla storia del Direttore Finanziario.

"Meno di cosa?" Takahashi stava forse insinuando era stato costretto a lasciare la Liberty a causa di uno scandalo?

Takahashi non rispose, invece fece cenno a Kat di seguirlo.

"Venga, le spiegherò dentro. Andiamo a prendere un caffè."

Kat seguì Takahashi e un vecchio labrador nero brizzolato che le stava accanto alla coscia. L'andatura artritica del cane mentre saliva con cautela i gradini rivelava la sua età. Era stato facile trovare il posto, un edificio ordinario a due piani con la pittura gialla sbiadita. La casa, circondata da un piccolo appezzamento di fronte al fiume, sembrava fosse stata curata da qualcuno in un passato remoto. L'ossatura del giardino, un tempo ben tenuto ma ormai appena visibile, era invasa, clematis che combattevano con le campanelle in una gara per arrivare al tetto. I resti di aiuole, attentamente posizionate per prendere la luce migliore, erano coperte di erba e denti di leone. Stava lentamente tornando selvaggio.

Come in molte delle case lungo la River Road, oggetti che avevano da tempo superato la loro utilità erano sparpagliati per il giardino. La casa di Ken Takahashi poteva essere priva delle auto arrugginite e senza targa, ma faceva bella mostra di trappole per i gamberi, reti da pesca e una vecchia barca decrepita accanto al vialetto. La barca sembrava tutto tranne che adatta alla navigazione, e la sua pittura scrostata suggeriva che probabilmente non era stata usata da decenni. L'unico fattore che riscattava la proprietà era la vista incontrastata sul Fraser River dall'altra parte della strada.

Takahashi aveva insistito perché Kat lo incontrasse lì. Come ex capo geologo, Takahashi era riluttante a incontrare Kat vicino al vecchio ufficio in centro, o in qualsiasi altro posto pubblico. Lì non doveva preoccuparsi. Non c'erano i classici tipi da azienda in giro per River Road quel pomeriggio, solo qualche ciclista che si allenava e lo strano camion della spazzatura pieno fino all'orlo.

Quel poco che Kat sapeva di Takahashi lo aveva saputo da Jace. Takahashi aveva lasciato la Liberty in una nuvola di controversie dopo aver messo in discussione la possibilità che ci fossero nuovi filoni di kimberlite al Mystic Lake. Era stato costretto ad andarsene quando era stato smentito riguardo al ritrovamento.

Sedettero attorno a un tavolo di quercia nella cucina, sotto una lampadina nuda che pendeva dal soffitto. La cucina era pulita e funzionale, i suoi decori risalenti agli anni Settanta sembravano l'immagine del *prima* in uno di quei programmi di ristrutturazione. Takahashi versò il caffè in una coppia di tazze scompagnate e fece un gesto verso una ciotola da cereali piena di bustine di zucchero e scatolini di latte. Kat scelse una tazza con l'immagine di un elicottero e la scritta *Amante dell'Hovering* sopra. L'altra recitava *Il Riscaldamento Globale è per i Creduloni*. Il vecchio labrador si sistemò sul pavimento ai piedi di Takahashi. Osservava Kat con un'espressione che andava dalla curiosità alla sonnolenza.

"Quindi, lei è mai stato buttato giù da un elicottero?" chiese.

"Non per il momento. Immagino di dovermi considerare fortunato che non sia ancora accaduto."

"Sta dicendo che la Liberty è un'altra Bre-X?" Kat non era sicura di come la frode della miniera d'oro indonesiana degli anni Novanta avesse a che fare con la scomparsa di Bryant, ma non aveva altro su cui lavorare.

"Non dirò altro. Preferirei non parlare con lei. Non si offenda —non è niente di personale. L'ultima volta che ho aperto bocca ho perso tutto—il mio lavoro, la mia reputazione e la maggior parte dei miei amici. Il solo che non faceva parte del complotto se n'è andato, e io ho fatto tutto—"

"Sta parlando di Bryant?" Kat era incredula. Non solo i soldi si stavano dimostrando difficili da tracciare, ma questo l'avrebbe riportata al punto di partenza. "Non crede che Bryant fosse corrotto?"

Takahashi svuotò una bustina di zucchero nella sua tazza e mescolò con un cucchiaio sporco. Kat decise di prendere il suo caffè nero.

"Proprio così, non ci credo. È stato incastrato. Racine e il resto del consiglio pensano a loro stessi. Vogliono mettere a tacere ogni cattiva notizia. Nessuna buona notizia per un po' e se ne inventano una. Suppongo che se avessi saputo fare i miei interessi, mi sarei adeguato. Ma è sbagliato ed è solo questione di tempo prima che la gente lo scopra."

"Ma lei era capo geologo. Perché non ha detto che sbagliavano? Può ancora farlo, lo sa. Se davvero pensa che Bryant sia innocente, potrebbe perfino aiutarlo."

Il silenzio di Takahashi equivaleva a un assenso agli occhi di Kat. Se lui aveva le chiavi del destino di Bryant, e del denaro scomparso, perché non lo diceva?"

"Ho già perso il mio lavoro, una posizione che occupavo da vent'anni. Racine e gli altri possono facilmente fare in modo che non riesca a lavorare mai più. Di fatto, fino ad ora non ho lavorato. Quella delle miniere di diamanti è un'industria piccola. Tutti conoscono tutti e io ho bisogno di uno stipendio. In questo momento non ho proprio un curriculum impeccabile. Mi sono fatto sfuggire il più grosso ritrovamento degli ultimi dieci anni nel nord del Canada. Nessuno vuole darmi una possibilità.

"La maggior parte delle compagnie minerarie hanno una data di scadenza. Gli investitori pompano tonnellate di soldi all'inizio, quando il futuro è radioso e tutto sembra possibile. Ma dopo qualche anno e alcuni altri giri di aumento del capitale, gli investitori si stufano. Vogliono vedere i risultati prima di metterci altri soldi. Un geologo che ottiene risultati è la chiave, e io non sono la persona giusta."

"Ma hanno trovato altri diamanti a Mystic Lake. Come lo spiega?"

"Non so come abbiano fatto, ma non è reale."

Kat non era sicura di come interpretare la cosa.

"Sta dicendo che hanno falsificato i risultati? Per fare felici i dirigenti e gli investitori?"

"Può deciderlo da sola. Non mi rovinerò ogni opportunità di lavorare di nuovo. Ma starei attenta se fossi in lei. Ci sono molte cose in ballo."

"Intende qualcosa come un tuffo non programmato da un elicottero?" Che l'assassinio di Braithwaite fosse collegato in qualche modo? Il tempismo di certo era interessante.

Takahashi ignorò il commento di Kat questa volta e si buttò su un nuovo argomento.

"Quanto sa dell'estrazione dei diamanti?"

"Onestamente? Non molto. So che i diamanti in qualche modo

vengono dal terreno e finiscono circondati dall'oro in una scatola di Tiffany. Come ci arrivino non ne ho idea." Kat non poteva fare a meno di fare un po' di umorismo; la sua ricerca stava diventando sempre più vana ed era frustrante. Inoltre a volte fare la finta tonta induceva le persone a parlare di più—cosa che era sempre positiva quando cercava di carpire informazioni.

"Beh, vedo che devo insegnarle un sacco di cose. I diamanti, di base, sono solo carbonio cristallizzato. Si formano nel profondo della terra e sono portati in superficie da forti attività vulcaniche. Mentre raggiungono la superficie, il magma, la roccia ospite e i diamanti formano dei filoni chiamati kimberlite. Un filone di kimberlite ha tre parti: la radice, il diatrema e il cratere. Ha la forma di una carota, con il cratere in cima alla carota.

"Il diatrema è la parte centrale della kimberlite ed è dove si trova la maggior parte dei diamanti. Questa parte in genere è a uno o due chilometri di profondità. Le radici sono al di sotto, con una profondità di circa mezzo chilometro. Infine, il cratere forma la cima del filone. Certe caratteristiche geografiche indicano i posti dove è probabile trovare la kimberlite."

Ken era ovviamente nel suo elemento. Kat riusciva a immaginarselo allo stesso tempo a casa, a tenere una lezione universitaria o fuori sul campo.

"E Mystic Lake è uno di quei posti, immagino?"

"Esatto. I filoni di kimberlite si trovano nel cuore dei continenti. Sono concentrati in quei nuclei conosciuti come cratoni archeani, che sono formati da rocce che risalgono a più di due milioni e mezzo di anni fa. Mystic Lake è collocato in una di queste aree." Ken sorseggiò dalla sua tazza sbeccata. "In effetti la massa continentale del Canada copre uno dei cratoni archeani più grandi del pianeta."

"Quindi il Canada è il prossimo colpo grosso nel campo dell'estrazione dei diamanti?"

"Beh, sì e no. Anche se il Canada ha un enorme potenziale, l'accesso al nord è limitato dal territorio inospitale, condizioni climatiche estreme e mancanza di strade e altre infrastrutture. Fare esplorazioni per nuovi filoni, per non parlare di estrarre i diamanti, è costoso in modo proibitivo."

"Immagino che questo spieghi perché la Liberty abbia concentrato le esplorazioni in quell'area e trovato un altro filone." Stava iniziando a diventare interessante, pensò Kat mentre sorseggiava il caffè.

"Molto improbabile. È questo che trovo sorprendente. Abbiamo passato al setaccio quella zona per gli ultimi dieci anni. Mi creda, se ci fosse stato qualcos'altro, l'avremmo trovato. Dubito che ci sia sfuggito qualcosa di sostanziale. Mystic Lake è più o meno alla fine del suo ciclo di vita." Ken fece una pausa per recuperare la caraffa della macchina per il caffè dal bancone.

"Tipicamente i filoni vengono trovati in gruppi, normalmente a non più di dieci chilometri di distanza l'uno dall'altro. L'intera area è stata studiata in modo esaustivo con la mappatura aerea, gli studi di base, menzioni una cosa—noi l'abbiamo fatta."

"Da dove altro potrebbero arrivare i diamanti?"

Ken Takahashi riempì le loro tazze, poi scelse le parole con cura. "Quelle pietre non vengono dal Mystic Lake. Ho lavorato io stesso in quella zona per cinque anni. Era una buona miniera, ma non abbastanza per sostenere il tipo di produzione che la Liberty dichiara. Neanche per sogno."

La mente di Kat era piena di possibilità. "Sta dicendo che potrebbero aver falsificato i risultati?"

"Non sto dicendo niente. Lei tragga le sue conclusioni. Ma so che negli ultimi cinque anni, al massimo chiudeva in pareggio."

Gli occhi marroni di Takahashi studiarono attentamente Kat. "Senta, Kat. La sola ragione per cui sto parlando con lei è per via di Paul. Bravo ragazzo. Non ruberebbe alla compagnia." Gli occhi di Takahashi rimasero su Kat, valutandola. "Credo che sia il capro espiatorio per qualcun'altro. Un sacco di gente lo voleva fuori dai piedi."

"Tipo?"

"Non posso dirlo."

"Non può—o non vuole?" Kat non avrebbe lasciato che Takahashi se la cavasse così facilmente.

"Non sono affari miei. Non c'è niente che possa fare."

"Ma Bryant è suo amico. Ha bisogno del suo aiuto." Kat non era proprio sicura di come fosse arrivata a difendere proprio l'uomo che era stata assunta per mettere sotto indagine.

"Mi dispiace. Non posso farlo. Ma se fossi in lei farei controllare dei campioni a un laboratorio. Praticamente le posso garantire che non provengono dal Mystic Lake."

CAPITOLO 10

Kat buttò dei soldi in un caffè un biscotto con gocce di cioccolato al Cafè Marseille, decidendo per una tregua temporanea dal suo voto di povertà. Aveva bisogno di caffeina e zuccheri per sostenere la sua maratona da contabile forense. Sgranocchiò il biscotto mentre camminava sul selciato fino al suo ufficio.

Water Street, ai piedi del Coal Harbor, occupava la parte più antica di Vancouver. Il fascino estivo di Gastown era stato sostituito da una sfumatura più dura da quando le navi da crociera erano partite per l'inverno. Rimanevano solo i residenti stabili. Alcuni occupavano loft da artisti con l'affitto basso in palazzi senza ascensore, mentre i meno fortunati vivevano in strada. Kat aggirò un senza tetto mentre emergeva dal suo rifugio di fortuna fatto di coperte e cartone. Non era la zona migliore, ma la vista dal suo ufficio sull'acqua e le montagne era impareggiabile e l'affitto era molto basso.

La scoperta del carbone nel 1862 aveva dato il via all'insediamento originale di Vancouver, e alcuni dei vecchi edifici c'erano ancora, incluso la Hudson House—luogo di smercio originario a

Water Street, i cui muri di mattoni ospitavano la Carter & Associati.

Kat aprì il portone con la chiave e salì al piano di sopra. Quando aprì la porta e passò oltre l'area reception vuota, fu accolta dall'odore di caffè bruciato.

Spense la macchina del caffè nella piccola cucina e seguì il suono della tastiera fino al secondo ufficio. Che cosa lo Zio Harry stesse scrivendo era un mistero per Kat visto che non gli aveva assegnato alcun compito, nessun mansionario e nessuna ragione reale per essere lì. A giudicare dal suo modo di battere sulla tastiera con solo due dita, non aveva nemmeno alcuna abilità di dattiloscrittura. Non era un discepolo di Mavis Beacon.

"Zio Harry? Non hai la partita a bridge oggi?" Kat sperava che non avesse scoperto per caso il sacco a pelo e il materassino di gomma piuma nello sgabuzzino di fianco alla cucina. Stava diventando sempre più difficile nascondere il fatto che viveva in ufficio da quando aveva lasciato il suo appartamento la settimana prima.

"Cancellato. Hai già trovato i nostri soldi?"

"I nostri soldi?"

"Sai—la Liberty e quel tizio, Bryant."

"Non ancora. Ci sto lavorando. Cosa stai facendo?"

Kat osservò la scrivania vuota e rimpianse immediatamente il suo viaggio fino alla casa per far entrare l'appaltatore. Ci era voluto la maggior parte del giorno precedente per tirare fuori i documenti che Harry aveva messo via e adesso erano di nuovo spariti. Harry doveva averli riorganizzati, non in ordine alfabetico, ma in qualche sequenza arcana che Kat non riusciva a capire.

"Sto organizzando i tuoi documenti—di nuovo!" Harry fece un gesto verso gli schedari alle sue spalle. "Quanti documenti ti servono tutti in una volta? Ho appena passato tre ore a rimettere tutto a posto!"

Kat si premette i palmi sulla fronte e gemette. "Perché non puoi semplicemente dirmi qual è il tuo sistema? Numeri? Date? Segni zodiacali? Mi ci vuole una vita per trovare le cose!"

"Non preoccuparti dei dettagli, Kat. Dimmi quali documenti ti servono quando ti servono e te li prenderò."

"Zio Harry, ci siamo già passati. Avevo già un sistema." Si stava rapidamente trasformando in un impiegato problematico.

"Kat, il tuo sistema è più un rischio per gli incendi. Avevi faldoni sparsi dappertutto. Se avessero preso fuoco, avresti perso tutto quello che avevi."

Harry picchiò sulla tastiera, a testa bassa, evitando lo sguardo di Kat. Non aveva senso discutere con lui; non sarebbe cambiato niente.

"Da quando il bridge viene cancellato?" Harry non aveva perso una partita in dieci anni. "Sei qui per scoprire altre cose sulla Liberty, non è vero?"

"Può essere." Harry smise di battere sulla tastiera e guardò speranzoso verso Kat, come un cane che aspettava un premio.

"Devo sapere, Kat. Non riesco a mangiare, non riesco a dormire. Sono preoccupato da morire."

"Lo hai detto a Elsie?"

"Detto cosa?"

"Sai di cosa sto parlando. Le tue perdite con le azioni della Liberty."

"Recupererò, Kat. Una volta che avrai trovato i soldi, le azioni risaliranno. Quanto ci vorrà? Una settimana? Due?"

Kat si fermò quando una sensazione di nausea la prese allo stomaco.

"Dimmi che non hai comprato altre azioni."

Lunga pausa.

"Solo qualcuna."

"Sei impazzito? La compagnia è quasi in bancarotta. È come giocare d'azzardo."

"Ha migliori probabilità della lotteria," disse Harry. "Inoltre, sto abbassando il mio prezzo di acquisto medio. La chiamano media al ribasso."

Kat alzò le braccia al cielo.

"Hai già un disastro tra le mani. Ora lo stai peggiorando?"

"È un rischio calcolato, Kat."

"Quante altre ne hai comprate?"

"Non te lo dico."

"Va bene. Ma non ti coprirò se la Zia Elsie verrà a fare domande."

"Glielo dirò quando sarò pronto. Dammi solo qualche giorno."

"È una tua decisione." Chi era lei per discutere? Lei stessa non era stata proprio cristallina riguardo alla sua situazione finanziaria.

"Inoltre, mi rende un investigatore molto più efficace. Ora ho molto di più da perdere."

"Investigatore? Non penso proprio."

"Perché no, Kat? Posso aiutarti. Non hai molti soldi e io lavoro gratis." Harry sorrise speranzoso verso Kat. "Sono piuttosto bravo con le ricerche in Internet e posso aiutarti a inserire i dati."

"Non lo so." Kat dubitava che Harry sarebbe stato in grado di concentrarsi su qualcosa che non fossero le sue azioni in rapida discesa.

"Andiamo. Andrà bene. Hai i tempi stretti e, a giudicare da questo casino, non riesci a stare al passo con i documenti."

"Immagino che possiamo tentare. Ma è solo una prova, non ti prometto niente." Le scartoffie stavano andando fuori controllo e, finché lo teneva d'occhio, Harry poteva essere d'aiuto. Sempre che i suoi investimenti nella Liberty non interferissero, avrebbe potuto approfittare della manodopera gratis.

La porta d'ingresso sbatte e suole di gomma sopra il linoleum fecero ciaf ciaf lungo il corridoio. Non aspettava nessuno e un contabile forense in una brutta zona della città semplicemente non aveva clienti che arrivavano senza appuntamento. Probabilmente era lo stravagante decoratore di interni dall'altra parte del corridoio che voleva venderle una delle sue ristrutturazioni. La parete di vetro che affacciava sull'ingresso era come una vetrina e a lui ripugnavano i negozi di articoli retrò anni Settanta usati.

Ma non era lui. Invece, Jace fece capolino dalla porta e sorrise con aria di attesa. Non c'era bisogno di chiedere, ma Kat decise di farlo comunque.

"Sei qui per avere altre storie? Sai già tutto quello che so."

"Quello era ieri. Devi aver rintracciato Bryant ormai. Non negarmi questa informazione, Kat. Sono disperato."

Questi ragazzi pensavano davvero che fosse così facile rintracciare miliardari fuggitivi?

Tina scivolò in corridoio, quasi mancando la porta e le caviglie di Jace. Era seguita da Buddy a poca distanza.

"Jace, non ho niente di nuovo. Tu sarai uno dei primi a saperlo quando ci saranno novità."

Jace fissò Buddy e Tina che giravano l'angolo per andare in cucina.

"Non il primo?"

"Ho un cliente. Dopo di loro."

"Perché i tuoi gatti sono qui?"

"Uscita di lavoro felina." Non avrebbe detto a Jace che viveva in ufficio.

"Davvero?" Gli occhi di Jace si incresparono per il divertimento. "Ma i gatti non odiano viaggiare?"

"Hanno un compito. Topi nell'edificio." Scusa poco convincente, ma era tutto quello a cui era riuscita a pensare. Non poteva lasciare che Jace scoprisse la verità.

"Topi? Posso aiutarti." Jace si voltò e seguì i gatti in corridoio.

Kat balzò dalla sedia per seguirlo, ma era troppo tardi. Jace aprì lo sgabuzzino dove le sue lenzuola giacevano sul pavimento. Perché non aveva almeno fatto il letto.

"Cos'è questa roba? Una specie di letto nell'armadio?"

Kat corse alla porta, chiudendola in modo che Harry non potesse vedere.

"Tu? Tu dormi qui?"

Kat sentì il viso arrossarsi per la vergogna. Che cosa avrebbe pensato Jace se avesse saputo che la sua socia nell'investimento per ristrutturare e rivendere era praticamente senzatetto?

"Sssh. Sì, dormo qui. È una lunga storia."

"Coi topi? Non ci credo. Stai cercando di superare la tua fobia?"

"Non ci sono topi," sussurrò Kat. "L'ho inventato. Per favore, non farti sentire da Harry."

"Perché tutta questa segretezza? Perché non puoi dormire a casa?"

"Me ne sono andata. Possiamo parlarne più tardi?"

Jace non aveva intenzione di mollare.

"Te ne sei andata? Dal tuo appartamento? C'è qualcosa che non mi dici."

"Tragitto più breve per venire al lavoro."

"Kat, cosa sta succedendo davvero?"

Kat non rispose. Invece, tornò a grandi passi nel secondo ufficio per sbarrare la strada a Harry, proprio mentre emergeva con dei documenti in mano.

Jace la seguì.

"Perché non puoi dirmelo?"

Kat lo ignorò.

"Jace, vieni qui," disse Harry. "Tra l'altro, Kat, ho assunto Jace come mio assistente. Anche lui lavora gratis."

"Ragazzi, non so perché entrambi siete qui, ma io devo mettermi al lavoro."

Harry e Jace la seguirono nel suo ufficio. Harry aprì la cartellina di documenti e indicò un foglio contabile.

"Che cosa significano questi numeri, Kat? Che cosa c'entra la produzione mineraria con i soldi scomparsi?" Kat immaginò Harry trascorrere ore a cercare di capirlo da solo. Non avrebbe fatto alcun male dar loro qualche informazione di base. Per lo meno, parlarne avrebbe potuto evidenziare qualcosa che le era sfuggito fino ad allora. E avrebbe distratto Jace dalla sua sistemazione per la notte.

"Non sono ancora sicura di come siano collegati, ma sono piuttosto sicura che i numeri siano stati manipolati. Per avere un quadro d'insieme della Liberty, ho importato tutte le cifre dal libro mastro a Snoopy. La situazione finanziaria della Liberty sembra ragionevole, tranne le estrazioni minerarie." Snoopy era il nomignolo che Kat aveva dato al suo software per la revisione dei conti, che utilizzava modelli statistici per esaminare grandi quantità di dati alla ricerca di incongruenze e anomalie.

"Come parte della mia revisione forense, sto cercando altri strani schemi nei numeri. Sareste sorpresi di sapere quanto spesso le frodi vengono scoperte in questo modo. E c'è qualcosa di strano nelle cifre. In qualche modo è collegato ai soldi spariti."

"Quindi l'estrazione mineraria è bassa? È questo il problema?"

"No, ed è questo che è così strano, Zio Harry. La produzione è troppo alta se paragonata a miniere di dimensioni e portata simile. Innanzi tutto, ho revisionato i risultati di produzione di miniere simili allo stesso stadio di esaurimento. Non è stato troppo difficile visto che la maggior parte delle miniere di diamanti di queste dimensioni appartengono ad aziende pubbliche, quindi i risultati sono disponibili su Internet nei loro rapporti annuali. Sembra che la Liberty produca costantemente più di loro di un trenta-trentacinque percento."

"Forse la Liberty gestisce le sue miniere meglio dei suoi concorrenti. Inoltre, perché dovresti gonfiare la tua produzione se vuoi rubare alla compagnia?"

"Dev'esserci una ragione," Kat continuò, "solo non so ancora quale sia. Perché i dati della Liberty sono così diversi da quelli di altre miniere di diamanti simili? La deviazione dai valori normali che mi aspetterei di trovare è intorno al sei o all'otto per cento, quindi è significativa.

"Non riesco nemmeno a capire come potrebbe essere più alta. Fino a un paio di anni fa, la produzione era in linea con le altre compagnie minerarie. Poi improvvisamente è aumentata. Non solo, ma la distribuzione dei dati non corrisponde alla legge di Benford."

"Aspetta un secondo—cos'è la legge di Benford?" All'improvviso l'interesse di Jace si era risvegliato.

"È una legge matematica basata sul principio secondo cui in qualsiasi gruppo di dati numerici, i numeri si presentano come prima o seconda cifra in percentuali prevedibili." Kat fece un respiro e continuò.

"Per esempio, il numero 1 appare come prima cifra il trentuno percento delle volte, ma il numero 9 apparirà solo circa il cinque per cento delle volte. Così, per testare i dati della Liberty, ho iniziato con i dati finanziari degli ultimi dieci anni per diverse voci e li ho comparati con altre compagnie. Secondo la legge di Benford, ci si aspetterebbe di trovare come cifra iniziale il numero 1 circa il trenta percento delle volte, ma nel caso della Liberty non compare mai come prima cifra. Non solo, ma il 5 compare il sessantuno percento delle volte, quando secondo la regola dovrebbe comparire solo il sette punto nove percento delle volte."

"Come può essere? I numeri non sono casuali, come quando lanci una moneta?"

"Non esattamente." Kat scrisse sulla lavagna bianca. "Un modo semplice per spiegarlo è questo—diciamo che la produzione della Liberty cresce a un tasso medio del 10% all'anno dall'inizio al picco di produzione. Nei primi dieci anni avrai una produzione di 1000 tonnellate; il secondo anno saranno 1100 tonnellate; e così via. La prima cifra continuerà a essere 1 finché il totale non raggiungerà 2000. Per andare da 2000 a 3000 tonnellate ci vorranno poco più di quattro anni, perché il numero di base è più grande; quindi il dieci percento di un numero più grande sarà maggiore in proporzione nella crescita di 1000 tonnellate. Quindi, basandoci su una crescita del dieci percento, la prima cifra dev'essere 1 almeno sette volte, e 2 almeno quattro volte."

Kat aprì la cartellina con i documenti e porse a Jace la stampa. "Se esamini tutte le possibilità per numeri da 1 a 9, e confronti la legge di Benford con un campione dei dati della Liberty, ottieni questo."

Frequenza percentuale delle prime cifre	Legge di Benford	Dati di produzione paragonabili	Dati di produzione della Liberty
1	30.1	30.5	0
2	17.6	17.8	2.9
3	12.5	12.6	0
4	9.7	9.6	9.7
5	7.9	7.8	61.2
6	6.7	6.6	23.3
7	5.8	5.6	1.0
8	5.1	5.0	1.9
9	4.6	4.5	0

"QUESTO CHE COSA PROVA?" Harry non era convinto dell'importanza. "Forse la Liberty ha avuto dei momenti buoni e dei momenti cattivi. Le estrazioni minerarie non sono il tipo di operazione in cui una volta si ha troppo e un'altra troppo poco?"

"Beh, forse per i profitti, ma il volume di produzione di una miniera completamente funzionante dovrebbe essere ragionevolmente prevedibile. Vedi, le cifre riguardanti la produzione dell'industria dei diamanti corrispondono all'incirca al modello, ma quelli della Liberty no. I numeri che iniziano con 1 non ci sono nei conti della Liberty, e c'è un numero sproporzionato di cifre che inizia con 5 e 6, cosa che mi fa sospettare che quei numeri siano stati in qualche modo alterati. La domanda è, perché qualcuno dovrebbe volerli gonfiare?"

"Sembra piuttosto intrigante, ma questo come si collega alla scomparsa di Bryant?" disse Jace. "Non dovresti concentrarti sui soldi mancanti e il Direttore Finanziario sparito con essi? Come collegherai le due cose?"

"Non l'ho ancora capito bene, ma sono sicura che siano collegati." Kat fece una pausa per dare un morso al biscotto al cioccolato mentre rifletteva sulla domanda di Jace. "Se questi numeri sono stati falsificati, allora qualcuno sta cercando di nascondere qualcosa."

Ken Takahashi aveva ragione. I numeri erano stati decisamente manipolati.

Harry e Jace tornarono a qualsiasi fosse la cosa a cui stavano lavorando e Kat rilesse attentamente i dati. La lasciavano perplessa e non aveva una risposta per spiegarli.

La traccia dei soldi si era raffreddata e lì c'erano dei dati dall'aria sospetta. Ma perché una compagnia avrebbe dovuto alterare le cifre e mentire riguardo alla produzione? C'erano modi più semplici per gonfiare le entrate. Fingere la produzione in una miniera di diamanti ad alta sicurezza era difficile, se non impossibile, e doveva esserci una prova fisica del volume prodotto. Se i diamanti non esistevano davvero, allora un sacco di persone dovevano essere complici nella copertura, da tutti i minatori lungo la catena alimentare fino ai dirigenti in giacca e cravatta.

Kat scrisse a matita un elenco di domande. Per prima cosa aveva bisogno di una lista delle persone che avrebbero beneficiato dei numeri gonfiati della produzione. Maggiore produzione significava maggiori profitti. I possibili beneficiari includevano gli azionisti, la direzione e gli impiegati, ma avevano bisogno anche dell'accesso. Chi aveva in ballo così tanto da essere disposto a commettere un crimine?

Infine, quali sarebbero state le cifre della produzione se fossero state paragonabili a quelle di miniere simili nello stesso periodo? Normalizzando i numeri riguardo alla produzione nell'ultimo anno fino ad avere quelli che sarebbero stati più plausibili, avrebbe potuto determinare l'ordine di grandezza potenziale della frode. E come fosse legata ai miliardi mancanti.

In realtà, qualsiasi impiegato azionista della compagnia avrebbe beneficiato della cosa, visto che un aumento nell'estrazione di diamanti avrebbe portato un aumento del prezzo delle azioni. La Liberty aveva un piano di acquisto delle azioni per i dipendenti, quindi molti impiegati rientravano nella categoria. Kat ne escluse la maggior parte semplicemente perché quello che avrebbero ottenuto dalle loro piccole quote azionarie non sarebbe stato abbastanza per rischiare il lavoro. I dirigenti e i direttori, con le loro stock option e le loro maggiori partecipazioni azionarie, avevano in gioco decisamente di più quindi erano una possibilità. Anche gli azionisti esterni con quote elevate ne avrebbero tratto beneficio, ma non avrebbero avuto l'accesso per falsificare i dati della compagnia.

Ovviamente Paul Bryant aveva l'opportunità di manipolare i numeri, ma lo stesso si poteva dire di tutti i dirigenti e direttori, inclusa Susan. Qualcun'altro alla Liberty non aveva buone intenzioni. Le prove stavano cominciando ad allontanarsi da Bryant. Ma se non era stato lui, allora chi? Chi aveva i mezzi e il movente per falsificare i numeri? Kat lasciò un messaggio a Ken Takahashi. Probabilmente sarebbe stato restio ad aiutarla, ma le sue risorse erano limitate e valeva la pena tentare. Non poteva esattamente chiedere a Susan della produzione gonfiata senza una qualche prova materiale.

Kat non si era resa conto di quanto fosse affamata. Frugò nel frigorifero, scaldò al microonde una ciotola di maccheroni al formaggio avanzati e si risistemò in ufficio. Ricordava vagamente Harry e Jace che uscivano circa un'ora prima, ma era stata troppo presa per notare l'ora.

Era sicura di una cosa. Paul Bryant non aveva bisogno di gonfiare i numeri delle estrazioni per portare a termine una frode. Il contrasto tra i numeri falsi della produzione e gli indizi ovvi lasciati da Bryant nelle carte faceva domandare a Kat se la scomparsa di Bryant fosse stata volontaria. Bryant era un criminale o una vittima? Se Bryant era innocente, allora chi era il ladro? E che cosa aveva fatto a Bryant?

CAPITOLO 11

"Non capisco. Perché dormire nello sgabuzzino quando potresti stare qui?" Jace guardò in basso verso Kat dalla scala a libro mentre intingeva il pennello.

Erano nella cucina di Verna e Jace stava applicando il primo strato di pittura. Intinse il pennello nella vaschetta con un movimento veloce e preciso, il color crema che copriva appena le setole. Jace era molto pignolo riguardo al pitturare. Kat preferiva inzuppare il pennello. Amava l'opulenza delle setole del pennello che si espandevano con la pittura cremosa, ma Jace si lamentava che lasciava gocce e rovinava i pennelli.

"Possiamo parlare di qualcos'altro?" La sua schiena dolorante era un promemoria sufficiente. Era al verde, senza casa e non era vicina a trovare Bryant e il denaro rubato.

"Non mi stai dicendo tutto, Kat. C'è qualcosa che non va."

"No, non c'è. Perché sei così preoccupato di dove dormo?" Erano i vapori della vernice o avevano ripetuto lo stesso schema di domande e risposte per tutta l'ora precedente?

"Perché ti comporti in modo strano. Non capisco perché tu non voglia dirmelo—perché hai lasciato il tuo appartamento?"

Una fitta di dolore percorse la schiena di Kat mentre sollevava una pila di piatti dalla credenza. I piatti le scivolarono e andarono in frantumi sul pavimento della cucina.

"Merda!" Eccola lì, a svuotare e pulire credenze mentre Bryant si stava costruendo una nuova identità e una vita di lusso in Brasile o in qualche altro paese senza estradizione.

"Che cosa pensi, Jace? Sono al verde! Non potevo nemmeno pagare l'affitto questo mese. Non posso pagare neanche te." Kat sentì il viso arrossire per la rabbia e si voltò per non guardare Jace. Non avrebbe capito. Le cose avevano sempre funzionato per lui, che fosse un biglietto vincente della lotteria o un parcheggio in prima fila.

"Come puoi essere al verde? Quello della Liberty è un grosso caso, no?"

Jace scese dalla scala e la seguì nella dispensa mentre andava a cercare una scopa. Kat tentò di contenere la frustrazione.

"Lo è, ma ho già speso il mio anticipo e ci vorrà un po' prima che mi paghino di nuovo. Ero un po' indietro con le bollette." Un enorme eufemismo, pesò Kat mentre si sentiva arrossire.

"Perché non me l'hai detto, Kat? Gli amici si aiutano a vicenda. O non sono nemmeno più tuo amico?" Jace era in piedi sulla porta, le braccia incrociate. Nella luce fioca della dispensa, Kat riuscì a vedere la sua bocca tendersi in una linea sottile. Aveva ferito i suoi sentimenti.

"Ma certo che lo sei. È solo che—ti devo già i soldi della casa." Kat lasciò cadere la scopa e la paletta che aveva appena trovato e andò verso la porta. Era come essere di nuovo in seconda media, come appena dopo che si era trasferita con lo Zio Harry e la Zia Elsie. Proprio come dopo che suo padre se n'era andato. Jace era stato suo amico anche allora, molto prima che fossero una coppia. Istintivamente alzò le braccia per abbracciarlo, ma si fermò. Non si poteva tornare indietro. Non poteva aspettarsi che Jace la salvasse ogni volta.

Prese la scopa e la paletta e lo oltrepassò, evitando i suoi occhi.

Jace la seguì in cucina e Kat si affaccendò a raccogliere i frammenti di porcellana nella paletta. Jace gettò i pezzi più grandi nella pattumiera.

"Non è niente di grave, Kat," disse Jace toccandole la spalla. "Si sistemerà tutto. Risolverai il caso della Liberty e questo ti porterà un sacco di nuovi clienti. Le aziende ti daranno la caccia. Vedrai."

Ma come poteva farlo in quattro giorni? Doveva—la sua reputazione dipendeva da questo. Se non l'avesse fatto, sapeva che Nick e Susan si sarebbero assicurati che lei non lavorasse mai più. Kat gettò un'occhiata verso Jace poi distolse lo sguardo. Voleva abbracciarlo ma combatté l'impulso. Non voleva mandargli il messaggio sbagliato.

"Vorrei che fosse così semplice," disse. "Non sto andando da nessuna parte con la Liberty. Susan si aspetta dei risultati per venerdì e io non ho niente da darle."

"Dev'esserci qualcosa. Che mi dici dei risultati fasulli delle estrazioni?" Jace prese dei contenitori da take-away dal frigo e li svuotò su dei piatti. "Avanzi di Thai?"

"Certo." Era un sollievo non avere più segreti con Jace. Inserendo la spina del bollitore, setacciò un barattolo di tè sul bancone, cercando qualcosa che andasse bene col cibo tailandese. Tirò fuori un pacchetto di bustine sparse, etichettate come Gunpowder Cinese in una calligrafia piccola e ordinata. "Non posso ancora dire a Susan dei dati falsificati. E se fosse coinvolta in qualche modo?"

"È stata lei ad assumerti, no?"

"E quindi? Deve assumere qualcuno quando scompaiono cinque miliardi di dollari. Per l'opinione pubblica, gli investitori, la stampa, sai. Sarebbe andato bene chiunque."

Jace spinse alcuni pulsanti sul tastierino del microonde, che cominciò a ronzare. Il profumo di riso Jasmine si espanse per la cucina, facendo venire fame a Kat.

"Ti stai sottovalutando. Susan ti ha scelta perché sa che troverai Bryant e i soldi."

"Come? Non riesco nemmeno a gestire le mie finanze. Sono una contabile forense senza tetto," disse Kat mentre versava l'acqua bollente in una teiera di Limoges verde pallido che aveva trovato in fondo alla credenza della cucina. Lasciò cadere un pizzico di tè in un infusore di ceramica, lo mise nella teiera e la portò fino al tavolo.

"Non sei senza tetto. Hai questo posto."

Il tuo posto, pensò Kat.

"Inoltre, Susan non sa della tua situazione finanziaria. Non essere così dura con te stessa. Una volta che avrai ritrovato i soldi —problema risolto."

Kat annuì, ma non era facile come Jace faceva sembrare. Recuperò due tazze da tè, le mise sul tavolo e sedette. Avevano gli stessi decori della teiera di Limoges, rose dipinte a mano con un motivo d'oro filigranato in rilievo. Fece scorrere l'indice sul decoro mentre lasciava il tè in infusione, assorbendo il calore dalla teiera. Immaginò Verna Beechy seduta lì, fermarsi a preparare un tè dopo una mattina passata a fare giardinaggio.

"Ho perso le tracce di Bryant e i soldi sono spariti da tre giorni ormai. Non so nemmeno se sia ancora in Libano. La banca non parlerà con me. Ogni giorno che passa diventa meno probabile trovare i soldi."

Sempre se Bryant era davvero il ladro. E se fosse stato qualcun'altro? Allora era ancora più lontana dal trovare qualsiasi cosa.

"Qual è il nostro prossimo passo?"

"Il nostro prossimo passo?"

"Lasciami fare di più, Kat. Ti farà risparmiare tempo."

"No—devo venire a capo di questa storia da sola. Non puoi salvarmi ogni volta che fallisco. Se non riesco a farlo da sola, forse sarebbe meglio che smettessi. Mi risparmierei dell'imbarazzo."

"Kat, so che puoi risolverlo senza di me. Ma meno di una settimana è una scadenza piuttosto stringente. In due possiamo fare le cose molto più rapidamente. Dammi i lavori di manovalanza, tipo verificare i fatti. Voglio solo renderti le cose un po' più facili, tutto qui."

"Immagino di sì. Magari potresti aiutarmi a capire chi altro è coinvolto. So che Bryant non ha agito da solo."

"Bene, è deciso," disse Jace mentre posava i piatti sul tavolo e le sedeva di fronte. Kat giocherellò con la forchetta, disegnando una linea tra il pollo all'anacardo e il manzo alla thailandese mentre guardava fuori dalla finestra. Forse faceva il lavoro sbagliato.

Fuori il tempo stava peggiorando e prometteva tempesta. Le due querce nel cortile sul retro oscillavano da parte a parte e le foglie vorticavano a ogni folata mentre il cielo del pomeriggio si scuriva.

Nell'angolo più alto della finestra riusciva a vedere uno scorcio del Fraser River. Era quella che gli agenti immobiliari definivano una vista a cucù. Improvvisamente un lampo di rosso apparve ai bordi del suo campo visivo. E un attimo dopo era scomparso.

"L'hai visto?" chiese a Jace.

"Visto cosa?" disse Jace mentre deglutiva un boccone di pad thai.

"C'è qualcuno nel cortile sul retro. Proprio là," disse Kat indicando verso l'orto.

"Non vedo nessuno. È il vento che muove le cose."

"No, ho decisamente visto qualcuno." Ma perché qualcuno avrebbe dovuto essere nel cortile sul retro?

"Sei solo stanca. I tuoi occhi ti giocano dei brutti scherzi. Quindi, tornando alla Liberty—perché pensi che sia coinvolto qualcun'altro?"

"Ricordi i dati di produzione falsificati che abbiamo visto stamattina? Bryant non aveva bisogno di farlo per rubare i soldi."

"E non sappiamo perché è stato fatto."

"Non ancora. Ma se riusciamo a capire chi ne avrebbe tratto un vantaggio, possiamo rispondere alla domanda in un altro modo. È qui che entra in gioco la teoria GONE."

"GONE? Andato? Più o meno quello che ha fatto Bryant, vero?

È un altro nome per appropriazione indebita e fuga?"

"Più o meno. È un acronimo che i contabili forensi usano per descrivere i quattro fattori che incidono maggiormente in una frode," disse Kat. "Sta per Greed—che significa avidità, Opportunity—occasione, Need—necessità e Expectation—probabilità di non essere presi. Lo usiamo come punto di partenza per decidere chi potrebbe essere un sospettato. Jace, tu hai scritto della Liberty in passato. Qual è la tua opinione sul management."

"Beh, la parte sull'avidità si adatta più o meno a tutti. Passano più tempo a calcolare i loro bonus e i guadagni sui diritti d'opzione che a dirigere qualsiasi affare. Ricordi quando hanno cercato di mettere in vendita la Liberty un paio d'anni fa?" Jace non aspettò la risposta di Kat. "Era una farsa. Nick Racine cercò di ingannare gli azionisti flirtando con un qualche grande fondo speculativo. Cercò di sbarazzarsi della compagnia per pochi spiccioli, dando una bella sommetta come bonus ai dirigenti come ricompensa. La Braithwaite Family Trust votò contro. Sono nemici da allora."

"Questo spiega perché Alex Braithwaite e Nick Racine non potessero vedersi. Susan ha detto che si parlavano appena. Naturalmente, anche a Susan non piace." Kat ricordò la loro conversazione e la paura di Susan che Alex avrebbe incolpato lei per il denaro mancante. I commenti di Susan sembravano in netto contrasto con l'uomo con cui aveva parlato nell'ufficio di Paul Bryant.

"Beh, non devono più preoccuparsi di lui. Visto che Alex è stato assassinato è fuori dai giochi."

"Tuttavia il Braithwaite Family Trust esiste ancora. La struttura della proprietà non è cambiata."

"Vero, ma la sorella di Alex, l'altra beneficiaria del fondo fiduciario, non si è mai interessata degli affari. Audrey ha sempre seguito la guida di Alex. Nick potrebbe ottenere quello che vuole senza troppa interferenza," disse Jace mentre riempiva di nuovo le loro tazze da tè.

"Credi che cercherebbe di nuovo di fare una cosa del genere?"

"Decisamente. Nick farebbe qualsiasi cosa per arricchirsi. Gestisce quella compagnia come il suo feudo personale, usando i beni della compagnia come se appartenessero a lui."

"L'ho notato." Kat aveva visto numerosi esempi mentre leggeva attentamente i resoconti delle uscite della Liberty dell'ultimo anno. "Sapevi che la compagnia ha dei condomini a Parigi e a Londra? La Liberty non fa nemmeno affari lì. Riguarda tutto lo stile di vita di Nick. Viene finanziato a spese degli altri azionisti."

"È un'altra forma di furto, no? Come fanno questi dirigenti a cavarsela? Forse non sono sfacciati come i rapinatori di banche, ma comunque rubano ai loro azionisti. 'O' stava per occasione, giusto?"

"Sì—probabilmente è la parte che si può prevenire più facilmente," disse Kat. "È la più facile da eliminare, ma la vedo di continuo. Le compagnie fanno economia sui controlli interni per risparmiare, ma poi la pagano a lungo termine. La migliore prevenzione è separare i doveri tra più di una persona, specialmente quando riguardano soldi o beni di valore. In quel modo ci sono meno occasioni di rubare."

"Quindi," chiese Jace, "chi credi abbia avuto l'occasione?"

"Probabilmente si limita ai dirigenti anziani. Nessuno dei membri del consiglio ha accesso ai sistemi informatici e ai dati giornalmente. Tuttavia sembra che i membri del consiglio abbiano parecchia esperienza, quindi dubito che qualcuno dei manager o del personale in prima linea abbia potuto commettere una frode senza che se ne accorgessero. Da quello che vedo, passa tutto attraverso Susan e qualche volta Nick, se è necessaria una seconda firma. La Liberty in effetti ha dei controlli interni piuttosto buoni. I dirigenti sono i soli ad avere davvero acceso."

"Questo come spiega il fatto che Bryant sia fuggito con dei miliardi?"

"Contraffazione, pura e semplice," disse Kat. "Ha falsificato le firme di Nick e Susan."

"E la banca non ha controllato?"

"Non sembra. Inoltre, erano su un fax. Bryant probabilmente ha tagliato e incollato le firme da un altro documento. Una volta che la banca impara a conoscerti smette di fare domande. Credi che controllino tutto, ma non lo fanno. Diventano accondiscendenti."

"Quindi ha certamente avuto l'occasione. Per cosa hai detto che stava la lettera 'N'?"

"Need, bisogno. È qui che potresti aiutarmi con un po' di background. Cose come problemi di gioco, abuso di sostanze, qualsiasi cosa che richieda molti soldi. Potrebbero essere cose che hai solo sentito dire e di cui non avevi prove a sufficienza per montare una storia. Anche chi vive oltre i propri mezzi è da tenere d'occhio."

"Oh, intendi come Nick? So che i Racine sono una famiglia ricca, ma a meno che mamma e papà non lo foraggino, il suo stile di vita da jet-set dev'essere ben oltre il suo stipendio alla Liberty."

"Hmmm. Questo è interessante." Kat aveva sentito dire che Nick si mescolava con il jet-set europeo. Le pareti del suo ufficio erano tappezzate di fotografie di lui a galà pieni di celebrità, eventi di beneficenza e tornei di golf. Ce n'era perfino una con un famoso principe playboy. Kat si domandava che genere di somma potesse comprarti l'accesso a quel mondo esclusivo.

"Qualcun'altro?" chiese. "Che mi dici di Susan Sullivan? O del recentemente scomparso Alex Braithwaite?"

"Beh, Alex pensava di avere diritto ad avere una fetta prima di tutti. Hai sentito della festa di compleanno per i cinquant'anni di sua moglie l'anno scorso? Sono andati a Cancún con il jet della compagnia e la Liberty ha pagato il conto dell'albergo per una dozzina di ospiti. Sembra che sia stato considerato un incontro di lavoro visto che la lista degli invitati includeva dei soci d'affari. Quindi, sì, direi che non si faceva molti scrupoli."

"Altre notizie sull'assassino di Alex?" Kat non era riuscita a raggiungere Cindy. Stava svolgendo un altro dei suoi compiti sotto copertura.

"Ancora nessun sospettato. O dovrei dire che non sono riusciti a restringere le opzioni. Braithwaite aveva un sacco di nemici. La lista include persone che aveva tradito in accordi relativi agli affari, ancor più persone a cui doveva soldi e infine un vicino con cui è coinvolto in una battaglia di diritti per la proprietà."

"I soldi sarebbero stati un movente importante. Quanto credi che fosse indebitato?"

"Milioni. Aveva un grosso affare immobiliare al sud l'anno scorso. La sua società di investimento privata ha finanziato uno sviluppo che non è mai stato completato. Era incastrato in quella storia per venti milioni e aveva problemi a trovare i soldi."

Proprio come lei, pensò Kat.

"Aggiungerò Braithwaite alla mia lista, ma il fatto che sia morto significa che non andrà da nessuna parte. Quindi Nick Racine e Alex Braithwaite sono sospettati. Questo fa tre potenziali sospettati, incluso Bryant."

"Ne aggiungerei un altro," disse Jace. "Susan Sullivan. Quello che è interessante riguardo a Susan è che nessuno sa niente di lei. È quasi come se si fosse inventata da sola. Non sono riuscito a scovare nessuna storia su di lei, tranne che apparentemente è stata Direttore Finanziario di una società d'investimento di cui nessuno ha mai sentito parlare. Come sia diventata Amministratore Delegato della Liberty senza precedente esperienza di compagnie minerarie è un po' un mistero."

Kat deglutì l'ultimo morso del suo manzo alla thailandese, la carne speziata che le faceva lacrimare gli occhi. "Mi ha detto di aver lavorato sull'ultimo accordo azionario della Liberty."

"Davvero?" disse Jace mentre portava i loro piatti fino al lavello.

Kat guardò fuori dalla finestra mentre le prime gocce di pioggia tamburellavano sul vetro. Jace aveva ragione riguardo all'improvvisa ascesa di Susan al posto di amministratore delegato, pensò mentre guardava un rivolo d'acqua farsi strada lungo il vetro. Poi lo vide di nuovo—un lampo rosso alla staccionata sul retro.

"Jace, guarda! Vicino al cancello—c'è qualcuno là fuori."

Jace chiuse il rubinetto e tornò al tavolo.

"Non vedo nessuno. Che aspetto ha?" Rimase in piedi dietro Kat e si piegò per guardare il punto che lei stava indicando.

Nei pochi secondi in cui lei si era voltata per guardare Jace, la persona era scomparsa. Non c'era nessuno adesso, solo il cancello mezzo aperto, che ondeggiava avanti e indietro nel vento.

Kat si voltò per guardarlo in faccia.

"Ehm, non ho visto bene, ma indossava qualcosa di rosso."

"Sei sicura? Perché dovrebbe esserci qualcuno nel nostro cortile?"

"Non lo so, ma hanno lasciato il cancello aperto."

"Probabilmente è colpa del vento. Sei solo stanca," disse Jace mentre tornava al lavandino. "Per che cosa sta la 'E' in GONE?"

"Expectation, probabilità di non essere presi."

"Tranne che tu lo prenderai. O li prenderai."

Kat guardò la finestra. Ora era buio fuori, troppo buio per vedere qualcosa tranne qualche luce che scintillava sul fiume. Takahashi era stato irremovibile riguardo al fatto che Bryant fosse stato incastrato. Nick aveva licenziato Takahashi e non voleva che lei lavorasse sul caso. Alex Braithwaite era stato convenientemente rimosso dal quadro. Era per questo che era stato ucciso? Sapeva dei dati di produzione gonfiati?

"Jace, ho lasciato il computer in ufficio. Devo andare."

"Ti accompagno. Caricheremo la tua roba nel furgone e la porteremo indietro stasera."

"Possiamo farlo domani?" Non ricordava di aver accettato di trasferirsi nella casa, ma se ne sarebbe preoccupata più tardi. Aveva bisogno di parlare di nuovo con Takahashi. Perché non gli aveva chiesto di Alex Braithwaite? Se l'avesse convinto che stava aiutando Bryant, avrebbe potuto indurlo a parlare.

Kat aprì di scatto il cellulare e controllò la segreteria. Takahashi ancora non aveva risposto al suo messaggio di prima. Compose il suo numero, ma di nuovo non ci fu risposta, e lasciare un altro messaggio sconfinava nelle molestie.

Buttò giù una linea temporale su un tovagliolo. La produzione gonfiata era iniziata due anni prima, più o meno quando il precedente amministratore delegato era stato licenziato e Susan aveva preso il suo posto. Era stato dopo il tentativo fallito di Nick di vendere la Liberty? Alex aveva licenziato il precedente amministratore delegato quando aveva iniziato Susan? O era stato Nick? Dopo tutto, era il presidente del consiglio di amministrazione.

Il nuovo filone al Mystic Lake era stato scoperto più o meno nello stesso periodo in cui la produzione era aumentata. Un nuovo filone avrebbe davvero contribuito così tanto così velocemente? Takahashi non sembrava crederlo, ed era stato licenziato poco dopo la scoperta. Se anche Bryant era un geologo addestrato, perché non aveva sollevato perplessità? Se Takahashi era preoccupato, perché non aveva parlato di alcuna discussione con Bryant? Avrebbe potuto esprimere i suoi dubbi allora. O forse l'aveva fatto ed era per quello che era stato licenziato.

Se Braithwaite aveva scoperto la frode, forse aveva affrontato il responsabile. Tutto stava iniziando a puntare verso Nick—senza scrupoli, uno stile di vita sfarzoso e la convinzione di averne il diritto. Era per quello che le aveva dato una scadenza impossibile per trovare il denaro? Aveva incastrato Bryant? Se l'aveva fatto, non c'era modo di sapere che cosa avrebbe fatto dopo.

Kat afferrò la borsa e le chiavi dal bancone.

"Torni stasera?"

"No, è tardi. Starò in ufficio."

"È per qualcosa che ho detto?"

"No. Jace, ho solo bisogno di un po' di tempo da sola per pensare, ok? Niente di personale."

"È perché russo?" Jace fece schioccare uno strofinaccio verso di lei nella presa in giro di una corrida.

Ma Kat non era dell'umore di scherzare.

"É solo che penso meglio di notte. E tutto quello che mi serve è in ufficio."

"Ok, fai come credi. Sposteremo la tua roba domani."

CAPITOLO 12

Kat si svegliò di soprassalto. Qualcuno fuori dall'ufficio stava picchiando sulla parete di vetro di fronte all'ascensore. "Ti prenderò, puttana!"

Si tirò a sedere di scatto sul divano dell'area reception, sentendo i graffi delle unghie di Buddy mentre rimestava per togliersi di mezzo.

"Apri la maledetta porta! Fammi entrare—ADESSO!" urlò l'uomo. "Maledetta puttana!" Il pannello di vetro riecheggiò mentre un uomo con la barba, gli occhi stravolti dall'isteria indotta dalla droga, picchiava sul vetro. Qualcosa stava per cedere, e non sarebbe stato il tizio dall'altra parte. Le luci brillanti nell'ufficio di Kat contrastavano con il corridoio buio fuori, facendo apparire la sua stazza ancor più minacciosa. Sempre gridando, l'uomo si scagliò con tutto il suo peso contro il muro. Il vetro non avrebbe retto. Le pulsazioni di Kat accelerarono quando vide il bagliore di un coltello nella mano dell'uomo.

Il palazzo di Kat era troppo piccolo e a buon mercato per avere la sicurezza presente sul posto. La sua mente correva mentre prendeva in considerazione le opzioni. La sua borsetta, con dentro il cellulare, era nel suo ufficio giù per il corridoio. I numeri della compagnia di sorveglianza erano nell'area reception proprio dietro il muro di vetro, pericolosamente vicini al lunatico. Troppo vicini. Ma doveva chiamare qualcuno. Se fosse riuscito a irrompere attraverso il vetro, Kat non avrebbe avuto il tempo di scappare. Perché non si era preoccupata di memorizzare il numero o almeno salvarlo nel cellulare e nel telefono dell'ufficio? Kat maledisse la propria stupidità.

La parete di vetro stridette come unghie su una lavagna mentre l'uomo lo incideva con il coltello, tracciando linee incrociate come su un quadro astratto di un artista folle. Poi il vetro si crepò mentre l'uomo si gettava di nuovo con tutto il suo peso contro di esso. Kat aveva avuto intenzione di rimpiazzare il vetro con un muro vero e proprio, ma essendo a corto di liquidi non l'aveva ancora fatto. L'edificio era sembrato ragionevolmente sicuro, almeno fino ad allora, con un pazzoide lunatico che cercava di fare irruzione. Pessima idea.

Una crepa diagonale correva da metà del vetro fino al pavimento. Non avrebbe retto ancora per molto. Come era riuscito a entrare? Il palazzo aveva un allarme dopo l'orario di chiusura e non si poteva accedere alle scale o all'ascensore senza un tesserino. Conosceva tutti al suo piano e quel pazzo non era uno degli altri inquilini. Kat corse nell'ufficio e afferrò il telefono per chiamare la polizia, ma non c'era segnale.

"Merda!" Afferrò la borsa dalla scrivania e frugò per cercare il cellulare. Lo aprì con uno scatto solo per trovare lo schermo spento. Perché non aveva ricaricato la batteria? Era fottuta. Nessuno in strada avrebbe sentito niente di quello che accadeva al quarto piano.

Nel panico, corse nel secondo ufficio, il solo con una serratura e si barricò all'interno. La porta di legno cavo non sarebbe stata a lungo un deterrente. Ma poteva farle guadagnare tempo.

Provò il telefono sulla scrivania. Nessun segnale anche su quel telefono. Era in trappola. Gettò un'occhiata attorno al piccolo ufficio, cercando di decidere se poteva spostare la pesante scrivania di quercia contro la porta. Una custodia nera sulla scrivania colse il suo sguardo—il cellulare di Harry! Doveva averlo dimenticato. Le mani di Kat tremavano mentre cercava di chiamare la polizia. Niente. Si impose di stare calma e provare una seconda volta, proprio mentre la raggiungeva una cacofonia di suoni proveniente dal vetro esterno che andava in frantumi.

Dopo un'eternità l'operatore del 911 rispose. Il pazzo stava rompendo stoviglie e bicchieri in cucina. Sarebbe arrivato a lei: era solo questione di quando. Kat afferrò la vecchia scrivania e spinse più forte che poté, ma la scrivania non scivolava sul tappeto anni Settanta a pelo lungo. Si sentì un forte colpo e la porta tremò. Era proprio là fuori. Un altro calcio e la porta andò in frantumi.

All'improvviso Kat era faccia a faccia con un drogato da metamfetamine, adirato, alto più di un metro e ottanta, la faccia non rasata coperta da piaghe rivelatrici. Era troppo tardi per la polizia, pensò Kat. Il drogato balzò verso di lei con il coltello. Kat alzò le braccia per proteggersi il viso. Nessuno l'avrebbe salvata quella volta.

CAPITOLO 13

"Kat? Svegliati!" Harry scrollò la spalla di Kat e lei si svegliò di soprassalto. "Stai bene? Che cos'è successo al vetro?"

"Oh, quello." Kat si fermò per un momento mentre si sedeva ed esaminava i danni della notte precedente. Quindi non era stato un brutto sogno dopo tutto. "Ho discusso con un tossico impazzito che cercava un posto da fare a pezzi."

"O mio Dio—il tuo braccio è tutto tagliato! Ti serve un dottore. Ti porto al pronto soccorso, subito!" Tre tagli lunghi e profondi correvano per tutta la lunghezza dell'avambraccio di Kat. Erano solo tagli superficiali, ma doveva ammettere che sembravano peggio di quel che erano.

Harry guardava Kat con un misto di preoccupazione e panico mentre lei descriveva gli eventi della notte precedente. Lo psicopatico sotto effetto di droghe era riuscito a entrare nell'edificio dopo che il portiere se n'era andato. La polizia aveva detto che qualcuno aveva dimenticato di chiudere la porta dell'ingresso.

"Zio Harry, non preoccuparti. La polizia è arrivata in tempo, anche se appena in tempo. E il mio braccio sta bene. Ha smesso di sanguinare e credo che starò bene. Ma ho dei ripensamenti su questa zona della città."

Kat non aveva dormito molto. I poliziotti se n'erano andati verso le tre del mattino, ma la compagnia dell'antifurto non era arrivata fino alle sette. Quelli del vetro invece non si erano ancora fatti vedere. Era scivolata dentro e fuori da un sonno agitato sul divano dell'area reception, sapendo che qualcuno sarebbe semplicemente potuto entrare. Anche se il palazzo sembrava sicuro (proprio come quando il tossico violento era entrato), il suo ufficio sarebbe stato completamente aperto sul corridoio finché il vetro non fosse stato riparato.

Water Street brulicava di senzatetto in inverno, specialmente dopo il tramonto. Strisciavano nei vecchi edifici per sfuggire alle notti fredde e umide di Vancouver. Per la maggior parte erano innocui, ma alcuni erano violenti, come il pazzo della notte precedente. L'epidemia di cristalli di metanfetamina ed eroina aveva trasformato Water Street in un vero e proprio tiro a segno quando faceva buio. L'affitto basso aveva un prezzo.

"Hai fame? Ecco, prendi uno dei miei croissant."

Kat sbirciò nel sacchetto aperto e ne scelse uno spolverato di cioccolato.

"Questa è la tua colazione? Avevi intenzione di mangiarli tutti?" Non c'era da stupirsi che Harry fosse iperattivo. "Zia Elsie sa che mangi così?"

"Ma certo. Porto il resto a casa."

Kat ne dubitava, ma non disse niente.

Invece diede un morso al cornetto. Il cioccolato la aiutava sempre a ragionare lucidamente.

"Hai già trovato i soldi della Liberty?"

Non ci era voluto molto perché andasse al sodo. C'era un motivo se Zio Harry era in ufficio alle sette del mattino.

"No. Quanto hai detto di aver investito?" Kat lo studiò attentamente mentre distoglieva lo sguardo, cercando di evitare i suoi occhi indagatori.

"Abbastanza."

Kat era preoccupata. Harry aveva davvero impegnato tutti i suoi risparmi con la Liberty? Ne aveva davvero presi altri in prestito per fare l'investimento?"

"Beh, la sola traccia che ho adesso è quella che porta allo scenario dei dati di produzione falsificati. La traccia dei soldi si raffredda in Libano. Visto che non ho altro, mi concentrerò su chi aveva i mezzi e il movente per rappresentare in modo errato la produzione al Mystic Lake. La parte del movente è facile. Una maggiore produzione fa salire il valore delle azioni della Liberty. Miniere migliori rendono la Liberty preziosa. Ecco perché Bryant è riuscito a convincere le banche a dargli il prestito di cinque miliardi, innanzi tutto. Le sole parti che ne beneficiano materialmente sono gli azionisti e i dirigenti della compagnia."

"Ho capito." Harry sedette accanto a lei sul divano. "Gli azionisti, perché le loro azioni aumentano di valore di pari passo con l'aumento di valore della Liberty. Il valore della Liberty aumenta perché con il ritrovamento dei diamanti la compagnia vale di più. I dirigenti ne beneficiano perché ottengono bonus più alti quando i guadagni aumentano e tutti hanno considerevoli diritti d'opzione e azioni. In effetti, Kat, ho fatto anch'io qualche ricerca. Ci sono un paio di persone che davvero balzano all'occhio. Non dimenticare che sono un'azionista. E anche un discreto investigatore, potrei aggiungere."

"Davvero? Devono essere azionisti interni alla compagnia, giusto? Gli azionisti esterni non hanno l'accesso per fare nulla. Non possono manipolare i guadagni, falsificare i bilanci o fare altre delle cose che gli interni possono fare per avere un effetto sul prezzo delle azioni."

Due tizi in tuta da lavoro bussarono sullo stipite della porta rovinato.

"Questa è la parete?" chiese il più basso dei due.

Kat annuì e loro lasciarono gli attrezzi a terra e si misero al lavoro.

Kat e Harry si trasferirono nell'ufficio di Kat per sottrarsi al rumore mentre gli uomini martellavano i frammenti di vetro rimasti.

"Che mi dici delle stock option?" chiese lo Zio Harry. "Come funzionano?"

"Danno a chi le possiede il diritto di comprare le azioni a un certo prezzo. Normalmente è il prezzo di mercato nel momento in cui le opzioni vengono emesse. Molti insider nelle aziende ci si aggrappano per anni. A seconda del periodo in cui sono state emesse, possono valere un sacco di soldi.

"Esercitare il diritto d'opzione significa che hai il diritto di comprare le azioni al prezzo d'opzione. Se è al di sotto dell'attuale prezzo di mercato, farai soldi vendendole subito. Il profitto è la differenza tra il costo per esercitare le opzioni e i profitti che si ottengono dalla vendita delle azioni."

Zio Harry sedette in silenzio per un momento, assaporando il suo secondo croissant.

"C'è un nome speciale per questo? Quando le tue opzioni valgono qualcosa?"

"Si chiamano 'in the money'. Quando il prezzo del mercato azionario supera il prezzo di esercizio delle tue opzioni, sono considerate 'in the money'. Valgono qualcosa. Se fosse al contrario, sarebbero 'out of the money'. In quel caso, terresti le opzioni e aspetteresti fino a quando il prezzo non fosse risalito."

"Bryant non aveva un sacco di queste opzioni 'in the money'?"

Zio Harry aveva davvero fatto i compiti a casa. Doveva aver letto attentamente il rapporto annuale per ore, cosa che davvero non era da lui. Doveva avere molto da perdere. Zia Elsie aveva idea degli investimenti nella Liberty?

"Sì, è così. Bryant aveva più opzioni 'in the money' di chiunque altro."

"Allora perché non monetizzare quelle se aveva bisogno di soldi?"

"Bella domanda, Zio Harry. Non ha molto senso, vero?" Kat

non aspettò una risposta. "Il fatto che non l'abbia fatto è sospetto. Forse non è il nostro uomo."

"Chi allora?"

"Anche Alex Braithwaite aveva un sacco di opzioni 'in the money'. Sette milioni, per la precisione. Quelle di Susan valgono due milioni, ma non le ha ancora maturate. Lei ha meno motivazioni per gonfiare i dati delle estrazioni minerarie visto che non può incassare le opzioni per altri due anni."

"E Braithwaite è stato ucciso." Harry si grattò la testa.

"Giusto. Aveva il movente per far aumentare il valore delle azioni della Liberty, ma non ha mai esercitato il suo diritto d'opzione. Inoltre è beneficiario del fondo fiduciario della famiglia Braithwaite, che è un azionista importante. Così come Audrey Braithwaite, sua sorella. Ma Alex ha lasciato tutto a lei nel suo testamento."

"Quindi Audrey non aveva niente da guadagnare uccidendo Alex. E non ha le opzioni. Credi che Alex sapesse qualcosa?"

"È possibile." Kat ricordò la sua conversazione con Alex. "Uccidere i beneficiari del fondo non cambia la proprietà delle azioni. Il fondo controlla ancora la stessa percentuale delle azioni della Liberty, quindi forse è stato per metterlo a tacere."

"E che mi dici degli altri azionisti?" chiese Harry mentre afferrava il terzo croissant. Non ne sarebbero rimasti da portare a casa a Elsie.

"Le azioni di classe B sono molto diffuse. Non c'è nessuno in particolare che abbia più del cinque per cento di quelle azioni, il che significa che nessuno potrebbe controllare o influenzare in modo significativo la Liberty.

"Le azioni di classe A sono un'altra storia. Visto che hanno dieci volte più potere di voto delle azioni di classe B, Nick controlla di fatto il quaranta per cento della compagnia, anche se possiede solo il quattro percento delle azioni A e B combinate. Anche il Braithwaite Family Trust possiede una bella fetta delle azioni di classe A. Con il tre virgola cinque per cento del totale delle azioni invendute, il Trust controlla il trentacinque per cento delle azioni con diritto di voto."

"Quindi insieme hanno abbastanza azioni da superare i voti di tutti gli altri azionisti?"

"Esatto. L'atto costitutivo della Liberty richiede una maggioranza qualificata di due terzi per approvare decisioni rilevanti per la compagnia. Quindi, finché Nick e il Braithwaite Family Trust votano allo stesso modo, hanno il settantacinque per cento delle azioni e rendono gli altri azionisti impotenti. La minoranza degli azionisti non può decidere chi siede nel consiglio, approvare o fermare una fusione, o influenzare altre decisioni importanti che normalmente prendono gli azionisti."

"Quindi io e gli altri azionisti non abbiamo in effetti alcun diritto di proprietà, giusto? Saremo sempre superati nelle votazioni. Perché qualcuno dovrebbe prendere in considerazione di comprare una compagnia con azioni a voto plurimo? Perché diavolo io le ho comprate?"

"Bella domanda. Suppongo che finché le cose vanno bene, tu possa non pensare alle conseguenze. Molte persone non lo fanno." Kat non aveva mai capito perché qualcuno dovesse voler investire in una compagnia che dava ad alcuni azionisti più potere di voto che ad altri. Gli investitori non consideravano mai il loro diritto di voto finché le cose non andavano a rotoli. Solo allora si rendevano conto di quanto poco potere avessero come gruppo di azionisti.

"Di certo è una sorpresa per me. Credevo che le mie azioni avessero lo stesso diritto di voto di tutte le altre. Un voto ad azione. Non che le azioni di classe A avessero dieci voti per ogni azione di classe B. Non è giusto. Noi azionisti di classe B non potremo mai dire la nostra."

"Potrebbe ancora mettersi a vostro favore, Zio Harry. Se il fondo fiduciario e Nick sono in disaccordo, gli altri azionisti hanno voce in capitolo. Nick e il fondo probabilmente si annulleranno a vicenda. Se votano insieme le loro azioni costituiscono il settantacinque percento, ma se si controbilanciano, il quaranta percento di Nick contro il trentacinque percento del fondo fiduciario, al netto rimane solo un voto del cinque percento. Il voto degli altri azionisti avrà importanza."

"Non ci avevo mai pensato in questo modo. Se né il fondo fiduciario né Nick Racine controllano interamente la Liberty, possono porre il veto alle risoluzioni aziendali proposte al consiglio."

"Sì." Kat fu sorpresa ancora dalle conoscenze di Harry. "Quindi se non sono d'accordo, hanno dei problemi seri. A meno che non riescano ad ottenere il sostegno di molti azionisti di classe B, potrebbero trovarsi a un punto morto."

"Sembra comunque che qualcuno volesse togliere di mezzo Alex Braithwaite. Anche se non controllava il fondo fiduciario, forse aveva influenza su altre decisioni che prendeva."

"È una possibilità concreta," disse Kat. "Ma non dimenticare che l'azionista è il Braithwaite Family Trust, non Alex Braithwaite. Anche se qualcuno voleva liberarsi di lui, il suo rimpiazzo probabilmente voterebbe nello stesso modo. Il voto sarebbe a favore di quello che risulta nel maggior guadagno per il fondo."

"Quindi, a parte per i sette milioni in diritti d'opzione, probabilmente non è il nostro uomo?"

"Probabilmente no. Con la struttura a due classi di voto, Nick è quello che ha più da guadagnare da un valore alto delle azioni, anche se dovrebbe vendere le sue azioni per beneficiarne." Kat dubitava che Nick l'avrebbe fatto. Si identificava molto con suo padre, il cofondatore, e aveva trascorso tutta la carriera alla Liberty. Inoltre era molto partecipe come direttore. Sembrava improbabile che vendesse le sue quote della Liberty. A meno che non fosse costretto.

Eppure, anche senza vendere, un maggior valore delle azioni faceva aumentare il suo valore netto sulla carta, cosa che come minimo nutriva il suo ego. Questo fatto da solo poteva essere una conquista sufficiente per un magnate affamato di potere come Nick.

"Quindi, Kat, immagino che la manipolazione del prezzo delle azioni e la produzione fasulla puntino verso Nick e Alex. Anche se Alex non aveva il controllo del voto, aveva un'influenza indiretta attraverso il fondo fiduciario di famiglia."

"Esatto. Abbiamo un movente forte per entrambi. Ultimamente c'erano stati dei disaccordi tra i due. Sembra che Alex non fosse troppo felice di alcune delle decisioni di Nick. Cose come assumere Susan ed espandere la miniera al Mystic Lake. Anche se non controllava abbastanza azioni da influenzare il voto, il trentacinque percento è abbastanza da bloccare qualsiasi decisione aziendale non gli piacesse. Cosa che il Braithwaite Family Trust ha iniziato a fare."

Kat era segretamente divertita dal fatto che Nick e Alex si scontrassero spesso. La struttura a due classi di azioni si stava ritorcendo contro i due maggiori azionisti di classe A visto che non riuscivano a mettersi d'accordo sulla direzione della compagnia. Era democrazia in azione con un tocco d'ironia.

Kat e Harry si divisero per lavorare sulla pista degli azionisti. Harry non era un contabile forense, ma stava aiutando molto. Prestava il suo servizio gratuitamente e il suo entusiasmo e la sua curiosità erano un vantaggio finché lo teneva d'occhio. Senza supervisione, si sarebbe potuto cacciare in un sacco di guai.

Harry avrebbe esaminato i verbali delle riunioni del consiglio e fatto una lista di quali risoluzioni erano state presentate, chi aveva votato contro o a favore e quali erano in sospeso. Kat avrebbe esaminato gli acquisti e le vendite degli azionisti interni per vedere se ci fossero state attività insolite.

Kat aveva davvero bisogno di parlare con Takahashi. Ancora non aveva risposto ai suoi numerosi messaggi. La riunione del consiglio fissata per venerdì si stava avvicinando a passi terribilmente veloci e lei aveva bisogno di qualcosa per comprovare i suoi sospetti riguardo ai dati gonfiati delle estrazioni minerarie al Mystic Lake. Avrebbe dovuto fargli visita di persona.

Controllò il volume di scambi della Liberty, cosa che faceva giornalmente da quando le era stato assegnato il caso. Il prezzo delle azioni stava facendo un giro sulle montagne russe, per la maggior parte in discesa, ma con qualche picco quando qualche ottimista decideva che i nuovi prezzi bassi erano un affare.

L'interesse a breve termine era aumentato nell'ultima settimana, ma quello che Kat vide sullo schermo la fece esitare. Le vendite allo scoperto adesso erano più del sessanta percento del totale delle azioni emesse, non esattamente un voto di fiducia nelle prospettive future della Liberty. Vendere le azioni allo scoperto significava vendere azioni che il venditore non possedeva, chiedendole in prestito a un broker, per poi riacquistarle in seguito possibilmente ad un prezzo inferiore. Se avessero avuto ragione e le azioni fossero scese di valore, avrebbero potuto fare un sacco di soldi. D'altro canto, se le azioni sottostanti fossero aumentate di valore, avrebbero dovuto ricomprarle a un prezzo più alto rispetto a quello di vendita. La perdita era potenzialmente illimitata.

Chi stava svendendo una tale quantità di azioni della Liberty? E che cosa sapevano che lei non sapeva?

CAPITOLO 14

Ortega guardò fuori dal finestrino del Cessna a sei posti mentre il pilota rullava lungo la pista. La piccola pista di atterraggio privata era ritagliata nella giungla a qualche miglio da Ciudad del Este, Paraguay, la città senza legge dai tre confini. Là un'auto l'avrebbe aspettato per condurlo nella capitale del mercato nero a cavallo dei tre confini tra Paraguay, Brasile e Argentina. Era improbabile che a Ciudad del Este ci fosse anche solo un affare legittimo.

Ortega faceva quel viaggio due volte al mese, ma il rischio stava aumentando visto che la sua faccia e i suoi movimenti erano conosciuti. Cercava di variare la strada e le tempistiche, in modo da non attirare attenzioni indesiderate, ma era difficile. E non si fidava abbastanza di nessuno nella sua organizzazione per ispezionare i diamanti e accordarsi sul prezzo. La fiducia poteva sempre essere comprata, una lezione che aveva imparato nel modo più difficile con Vincente.

Ciudad del Este non solo era la fonte della maggior parte dei beni di contrabbando che finivano in Brasile e in Argentina, ma anche un importante centro globale per il mercato nero delle armi e dei diamanti grezzi che finanziavano guerre e conflitti. Era un microcosmo di terroristi internazionali, spie e crimine organizzato, un *melting pot* di attività criminali dove si poteva comprare tutto, dai prodotti cinesi contraffatti alla cocaina e ai Kalashnikov. Tutti erano rappresentati: Hezbollah, Al Quaeda, la triade di Hong Kong, e ultimamente la mafia russa. Perfino la CIA e il Mossad pensavano valesse la pena avere lì una presenza permanente. Era dove Ortega faceva i suoi soldi.

Era osservato da vicino dalla CIA e sorvegliato a vari livelli dall'Argentina, dal Brasile e dal Paraguay. Le polizie locali erano state comprate e pagate e Ortega non era preoccupato per la CIA nell'immediato. Anche se avevano la capacità e l'influenza per chiudere le sue operazioni, era improbabile che lo facessero. La rete di terroristi internazionali e riciclaggio di denaro era intricata e, per quanto ne sapevano, Ortega era semplicemente un intermediario.

La CIA era impegnatissima e non aveva giurisdizione in Paraguay in ogni caso. Ma l'aumento della presenza di forze dell'ordine significava che Ortega aveva bisogno di trovare nuove fonti a lungo termine. A un certo punto la città di confine avrebbe smesso di essere una mecca per i contrabbandieri e quel giorno si stava avvicinando in fretta. Per il momento, tuttavia, le forze dell'ordine erano concentrate sui terroristi e non sulle attività finanziarie di Ortega.

Ciudad del Este sembrava un posto decisamente insolito in cui decidere il fato della storia del Medioriente, ma fin dall'undici settembre era diventato il paradiso per i terroristi. Se erano ricercati in Europa o in America, lì non sarebbero stati trovati. Vivevano in complessi recintati, terroristi ricercati sistemati in case sicure e protetti dalla santità della moschea. Trascorrendo il tempo mantenendo un basso profilo a imparare l'inglese, creare identità e mettere in piedi reti commerciali e finanziarie. C'erano perfino voci di un campo di addestramento nelle vicinanze, lungo il fiume Paranà.

Ortega si preoccupava più per la competizione. Spedizioni più grandi erano molto più redditizie per lui, ma stavano iniziando ad attirare l'attenzione di alcuni degli altri concorrenti in città. Ogni due settimane, quando i diamanti arrivavano, tirava un sospiro di sollievo. Cercava di variare i programmi, ma si dimostrava difficile con quantità così grandi. Aveva bisogno di un certo volume per far funzionare il suo piano e massimizzare i profitti. Quindi le spedizioni erano diventate più grandi, cosa che avrebbe aumentato la magnitudo della perdita se fossero stati sequestrati o rubati. L'ultima cosa di cui aveva bisogno era che i suoi avversari lo scoprissero e lo intercettassero, o che la polizia chiedesse una tangente più alta. Doveva trovare un altro modo per spostare i diamanti. Il suo contatto primario era Abdullah Mohammed, un uomo basso e tozzo che sembrava essere sulla cinquantina, anche se la sua barba piena e ingrigita probabilmente gli aggiungeva qualche anno.

La berlina di Ortega si accostò davanti alla drogheria libanese di Mohammed. Un'insegna piccola e segnata dalle intemperie indicava che era un importatore di alimenti arabi. Il profumo di cardamomo e chiodi di garofano si sollevava da sacchi di iuta pieni di spezie fuori dal negozio. Il profumo entrò nell'auto attraverso il finestrino aperto. Non tradiva alcun indizio dell'attività lucrativa che si svolgeva dietro la facciata.

Ortega scese dall'auto e ignorò la calca di uomini mediorientali che lo guardavano con curiosità dalla caffetteria turca della porta accanto. Quegli uomini avevano troppo tempo libero, bighellonavano a ogni ora del giorno e della notte, un altro problema che covava sotto gli occhi di Ortega. Il Libanese sembrava essere un contatto per chiunque, dagli Hezbollah alla mafia nigeriana.

Un cane randagio fuori dalla porta lo guardò speranzoso alla ricerca di cibo. Ortega lo guardò storto e scagliò un calcio nel fianco del cane, facendolo piagnucolare e allontanare spaventato. Tutti volevano qualcosa da lui, pensò disgustato. Mohammed era un altro esempio.

"Buon pomeriggio, Signor Ortega. Spero che Dio la trovi bene.

Ho qualcosa di molto interessante per lei oggi," disse Mohammed mentre conduceva Ortega verso il retro del negozio. Erano soli, ma Ortega sapeva che ogni sua mossa era stata osservata dal momento in cui era sbarcato dal Cessna. La posta in gioco era alta da entrambe le parti.

Mohammed fece un cenno verso una sedia al piccolo tavolo nel retro del negozio.

"Omar, portaci del tè," abbaiò a un ragazzino giovane ed esile, di circa dieci anni.

Gli occhi di Ortega seguirono il ragazzo mentre correva fuori dalla porta anteriore del negozio.

Dopo che il ragazzo se ne fu andato, Mohammed aprì una valigetta per mostrare la gamma di diamanti grezzi di varie dimensioni.

Il ragazzo tornò con il tè, evitando accuratamente di incontrare lo sguardo degli uomini o di guardare il contenuto della valigetta. Ortega si chiese se fosse paura o motivazione verso la causa che comprava la sua fiducia.

Anche se sapeva che era considerato maleducato nella cultura araba, decise di andare dritto al punto.

"Ha dei problemi con la filiera di distribuzione, Signor Mohammed?"

Ortega non nascose il suo disappunto verso la merce. Nei due anni da quando aveva iniziato a fare affari con Mohammed, la qualità delle pietre era calata in modo sostanziale. Anche se la quantità era giusta, stava diventando difficile chiedere un prezzo abbastanza alto per pietre di qualità mediocre.

Mohammed gli stava nascondendo qualcosa. E sapeva troppo.

"Mio caro Signor Ortega—questi diamanti sono di prima qualità. Ho le assicurazioni dalle mie fonti che questi sono molto ricercati."

"Signor Mohammed, c'è stato un notevole declino nella qualità nell'ultimo anno. Sto semplicemente chiedendo per il suo bene. Se ha problemi con le forniture, forse posso essere d'aiuto."

Le pietre di Mohammed erano state di prima qualità fino a due mesi prima. Poi, quasi da un giorno all'altro, la qualità era scesa. Ovviamente le pietre buone andavano alla concorrenza. Era lo stesso Mohammed o un nuovo concorrente? Ortega non lo sapeva, ma aveva intenzione di scoprirlo.

Il Libanese aveva una fornitura apparentemente infinita di pietre grezze, per cui Ortega forniva pistole, granate a mano, lanciarazzi, perfino elicotteri usati, qualcosa di cui sembravano sempre essere a corto in Medioriente. Non prendeva mai davvero possesso delle armi, ma faceva da intermediario tra gli arabi e un po' di ufficiali corrotti dei governi occidentali. Aveva tutto a che fare con le conoscenze. Le relazioni erano tutto, in particolare con gli arabi. Un paio di affari solidi e ottenevi la loro fiducia per sempre.

Aveva diversificato con i diamanti dopo l'undici settembre quando erano state messe in atto le leggi anti riciclaggio. I governi occidentali potevano congelare miliardi di dollari in conti bancari manovrati dalle organizzazioni terroristiche e le loro facciate di organizzazioni benefiche. I diamanti, d'altro canto, erano trasportabili, facili da contrabbandare, irrintracciabili e facilmente convertibili in denaro.

Ortega non chiedeva da dove provenivano, anche se sapeva che probabilmente arrivavano da qualche paese in conflitto come la Sierra Leone, dove i libanesi si erano radicati come compratori di pietre grezze. Gli accordi prevedevano un mercato nero per compensare i canali ufficiali non disponibili in Sierra Leone. Questo forniva anche a Ortega un mercato per le sue armi finché la guerra proseguiva.

Fino ad ora entrambi avevano tratto beneficio dagli accordi. I libanesi avevano trovato un mercato per le pietre che altrimenti non sarebbero stati in grado di vendere facilmente, certamente non nelle grandi quantità che trattavano. Ortega li comprava per circa il venti percento del valore dei diamanti legittimi. Solo le pietre attraversavano l'oceano fino al Sud America; le armi date in cambio sarebbero state consegnate nel luogo specificato dal compratore. Nessuna delle parti sapeva davvero con chi aveva a che fare, cosa che aumentava convenientemente le opzioni e abbassava i prezzi. Usare Ortega come intermediario significava anche che entrambi potevano trattare con parti con cui non potevano trattare apertamente.

Ortega sapeva che i libanesi facevano da intermediari per la maggior parte delle organizzazioni terroristiche del Medioriente, incluse molte che combattevano le une contro le altre. Il fatto che combattessero tra loro risultava in grandi profitti. Per quanto continuassero a protestare il loro odio per l'Occidente, Ortega sapeva che la maggior parte delle armi sarebbe stata usata nelle violenze interne tra le diverse fazioni religiose. In molti casi forniva l'equipaggiamento a entrambe le parti. Finché continuavano a combattere tra di loro, avrebbe continuato ad arricchirsi.

L'attuale lotta per il controllo della Palestina tra gli Hezbollah e i Fatah era particolarmente redditizia. Il prezzo dei diamanti era direttamente proporzionale al livello di frustrazione del conflitto. Per quanto fossero quasi alla pari e nessuna parte ottenesse un vantaggio significativo, le operazioni di Ortega andavano bene. Era necessario un attento equilibrio per rifornire in modo uguale entrambe le parti, mentre ciascuno era convinto che lui simpatizzasse con la loro lotta spirituale e comprendesse la loro dottrina.

Era andato tutto bene finché Mohammed non aveva mandato tutto a rotoli con la sua avidità. Sarebbe stato l'ultimo carico attraverso il triplo confine, decise Ortega. Era ora di portare avanti la strategia d'uscita.

CAPITOLO 15

Kat inspirò l'aria frizzante mentre correva sull'argine della English Bay cercando di tenere il passo con Cindy. Il cielo si stava rischiarando e un leggero vento a favore le spingeva nella schiena mentre schivavano le pozzanghere lasciate dalla pioggia di quella mattina. Si sentiva già più calma, pronta ad affrontare Jace nella casa più tardi. Gliel'avrebbe semplicemente detto. Non poteva trasferirsi lì. E nemmeno trovare la sua parte dei soldi. Doveva uscirne.

"Era ora che tornassi ad allenarti. Faticherai a correre la maratona con il chilometraggio che hai fatto finora." Cindy scivolò dietro Kat per lasciar passare un uomo e il suo cane nella direzione opposta.

Kat e Cindy si erano iscritte alla loro prima maratona quattro mesi prima. Ora mancavano solo tre settimane, un po' tardi per recuperare con il loro allenamento.

"Lo so. È solo che sono stata così impegnata." Kat aveva deciso di non parlare dell'intrusione del giorno precedente. Cindy pensava che Gastown fosse un quartiere malmesso e losco e l'intrusione le dava ragione.

"Hai un problema con l'impegno, tesoro. Perché è così difficile per te? Tutto quello che devi fare è presentarti per l'allenamento."

"Facile a dirsi per te. Tu ti alleni come se niente fosse. Per me è più difficile." Qualsiasi corsa con Cindy era dura. Con un metro e sessanta per una taglia 38, Cindy sembrava librarsi accanto al passo battente e pesante di Kat. L'aspetto delicato di Cindy celava la forza fisica, pari a quella di qualsiasi sua controparte maschile nella Regia Polizia a Cavallo Canadese. Dal punto di vista mentale vinceva a mani basse.

"È dura per te perché hai fatto solo un quarto degli allenamenti. È uno schema con te, Kat. Nessuno può farti prendere un impegno."

"Forse è perché mi piace tenere aperte le mie possibilità."

"Come con Jace?"

"Che cosa ha a che fare questo con Jace?" Perché Cindy l'aveva menzionato? La corsa doveva farle dimenticare di Jace, non farla concentrare su di lui.

"Hai rotto con lui, ma continui a tenerlo in sospeso."

"È stato due anni fa. Siamo solo amici adesso. Niente di più."

"Ma avete comprato una casa insieme."

"Non siamo una coppia!" protestò Kat. "Stiamo investendo insieme. Saremmo potute essere io e te. Non c'è differenza."

"Oh andiamo, Kat. Tu hai paura di impegnarti. Ammettilo. Voi due state bene insieme. Jace è ancora pazzo di te, ma non resterà nei paraggi per sempre. Un giorno…"

Kat non lasciò che Cindy finisse.

"Non sono dell'umore per la psicanalisi adesso."

"Va bene. Non volevo parlarne ma la tua maratona saranno quarantadue chilometri di dolore. E non sto parlando di una baguette."

"Ragazza spiritosa. Vedo che ti sei di nuovo immersa nello studio della lingua." La loro maratona era a Parigi. Un'altra ragione costosa per risolvere il caso.

"*Oui*. E tu dovresti seguire il mio consiglio."

"Ci penserò." Qualsiasi cosa pur di cambiare argomento.

Trascorsero i minuti successivi in silenzio, prendendo una cadenza stabile mentre lasciavano l'argine di asfalto, dirette lungo il sentiero attorno alla Lost Lagoon.

Cindy non parlava mai del suo lavoro sotto copertura per la polizia. Kat sapeva molto poco, tranne che coinvolgeva il crimine organizzato, incluse gang locali di motociclisti, le triadi asiatiche e talvolta anche organizzazioni internazionali. Kat sperava che Cindy potesse gettare un po' di luce sui diamanti riciclati, ma doveva fare attenzione a come lo chiedeva. L'ultima cosa di cui aveva bisogno era un'altra predica da Cindy.

Svoltarono sul sentiero Bridel Path e si diressero verso Prospect Point, il respiro che si disperdeva nell'aria davanti a loro in rapide nuvolette di vapore. Il pendio, poco ripido ma costante, richiese tutta l'energia di Kat. Cindy d'altro canto, saltellò senza sforzo fino in cima alla collina. Kat decise di lasciare a Cindy la maggior parte della conversazione; cosa facile dato che Cindy amava parlare di crimine in generale.

"Cindy, il contrabbando di diamanti è una cosa grossa?"

"È piuttosto grossa e sta diventando più comune. I diamanti sono facili da nascondere e convertire in contanti. È diventato più popolare da quando sono state promulgate le leggi anti-riciclaggio di denaro. Dovrebbero impedire ai cartelli della droga di convertire i loro soldi ottenuti illegalmente in depositi bancari legittimi. Le leggi sono state messe in atto per fargli chiudere bottega.

"Dopo l'undici settembre i requisiti sono diventati ancora più stringenti. Il governo statunitense ha rafforzato i requisiti di trasmissione dei dati per fermare le reti di terroristi, congelando il loro accesso ai capitali. Il resto del mondo ha dovuto fare lo stesso se ha voluto continuare a commerciare con gli Stati Uniti."

"Quindi hanno reso tutte le transazioni monetarie rintracciabili, perché alle banche viene imposto di rendicontarle?"

"Esatto. Le banche devono fare molti più controlli e non

possono accettare denaro da paesi che non hanno una legislazione anti-riciclaggio simile."

Cindy fece una pausa e guardò Kat di sbieco. "Caspita, Kat, le tue entrate sono messe così male? Hai ancora parecchie frecce al tuo arco. Non devi ricorrere a una vita di crimine."

"Molto divertente. Non avrei nemmeno abbastanza soldi per pagare una spedizione. Accettano la Visa? Ho appena avuto un aumento del limite di credito."

"Onestamente, ne dubito. In ogni caso, le leggi anti-riciclaggio hanno fatto sì che i diamanti diventassero spesso il metodo prefe-rito per i pagamenti. I terroristi e il crimine organizzato sono passati ai diamanti perché sono facili da nascondere e trasportare, valgono molto e, per il momento, sono irrintracciabili. Hai sentito parlare dei diamanti di guerra?"

"Un po'." Kat fece una pausa per riprendere fiato. L'ossigeno e una corsa in collina non dovevano escludersi a vicenda, ma l'impressione era quella. Perché Cindy aumentava sempre il passo sulle colline? "È lo stesso dei diamanti insanguinati? Contrabbandati dai paesi poveri dell'Africa dove sfruttano il lavoro degli schiavi?"

"Più o meno. I diamanti grezzi vengono prodotti da paesi che non seguono i requisiti del Kimberly Process Certification Scheme. È stato strutturato in modo da rompere i legami tra i diamanti e la violenza ed è appoggiato dalle Nazioni Unite. Queste leggi dovevano intralciare l'attività criminale e terroristica."

"Ma come si possono tracciare i diamanti?"

"Secondo il KPCS, la provenienza od origine di un diamante deve essere identificata. L'idea è eliminare la vendita di diamanti insanguinati o di guerra dai paesi devastati dai conflitti come la Sierra Leone e l'Angola. I ribelli prendono il controllo delle miniere esistenti con la forza e poi terrorizzano la popolazione locale con la violenza, inclusi omicidio, stupro e amputazioni. Quando la gente scappa, i terroristi sono liberi di gestire le miniere di diamanti e trarre profitto da esse. Il KPCS rende molto difficile per i criminali vendere i diamanti di guerra." Cindy svoltò in una curva del sentiero a sinistra e Kat la seguì.

"Ma come possono farlo? Hai detto tu stessa che i diamanti non sono tracciabili."

"I paesi che partecipano al KPCS devono fornire un certificato di origine che certifica che i diamanti non sono diamanti di guerra. Se non possono fornire il certificato, non possono vendere i diamanti sul mercato."

Kat guardò Cindy di sbieco. Non stava nemmeno ansimando un po'. Kat per parte sua stava praticamente iperventilando.

"Ma alcuni riescono comunque, giusto? Non riescono in ogni caso a raggirare i controlli e a venderli illegalmente?"

Mentre raggiungevano la cresta della collina, Kat sentì di aver finalmente trovato un ritmo regolare.

"Oh, sì. Decisamente," disse Cindy. "Fino a poco tempo fa era facile vendere diamanti da qualsiasi parte del mondo—bastava mentire sulla loro origine e ai compratori non importava. Ma adesso la posta in gioco è più alta. Un paese può perdere il suo status se viene accusato di far transitare i diamanti di guerra, e a quel punto non può più vendere i propri prodotti. Il suo benessere economico è a rischio se permette che accada.

"Tuttavia accade comunque. Quasi il cinquanta percento della produzione mondiale totale si sa che proviene illegalmente da paesi che inadempienti. Semplicemente non c'è abbastanza produzione legale per spiegare tutti i diamanti che ci sono sul mercato oggi. Quello che fa la legge, tuttavia, è renderlo meno redditizio. Non possiamo eliminarli finché c'è gente disposta a comprarli. Che cosa c'entra questo con la Liberty?"

"Beh, sai quei numeri di produzione sospetti di cui ti ho parlato? Sto iniziando a chiedermi se non stiano incanalando diamanti di guerra attraverso la miniera. Quello che ancora non capisco però è come un pezzo di carta possa provare se un diamante è o non è un diamante di guerra."

"È un po' più complesso di così. Infatti, adesso sono disponibili tecniche scientifiche che possono determinare la provenienza di un diamante. In termini chimici, tutti i diamanti sono carbonio puro. A occhio nudo, sono identici—solo la forma cristallina del carbonio. Quindi è difficile dire da dove provengano. Ma ci sono modi per verificare la fonte."

"Davvero? Puoi individuare precisamente da dove viene un diamante?"

"In teoria sì. La Polizia Canadese ha un metodo per identificare i diamanti. Anche se tutti i diamanti sono carbonio, all'interno di ciascun diamante ci sono tracce di impurezze, da cui si può risalire fino alla roccia ospite nella miniera. Raccogliendo queste informazioni in una banca dati, possono collegare un particolare diamante a una particolare miniera. Ogni altra pietra proveniente da quella miniera ha la stessa composizione chimica. Quindi una pietra proveniente dal Canada e una proveniente dalla Sierra Leone, per esempio, avranno due composizioni chimiche diverse.""

Improvvisamente le gambe di Kat si sentirono meglio. Un'ondata di energia la travolse mentre pensava alle possibilità. Voleva sfrecciare nel sottobosco e correre in ufficio.

Cindy sembrava ignara dell'improvviso cambio di umore di Kat.

"Perché funzioni, la Polizia e l'intelligence internazionale devono documentare e inventariare un diamante da ogni singola miniera sulla terra. Una volta fatto, dovrebbero essere in grado di fermare il commercio illegale. Richiede molto tempo ed è costoso, ma una volta costruita la banca dati, sarà praticamente impossibile far passare diamanti illegali per legali."

Cindy gettò un'occhiata sospettosa verso Kat. "Dimmi che non stai dando la caccia ai terroristi!"

"No, certamente no." Kat si sforzò di trovare una spiegazione. "Ma sto scoprendo delle faccende sospette alla Liberty. Sembra che possano aver gonfiato la loro produzione di proposito. Puoi aiutarmi a far analizzare alcuni diamanti?"

"Caspita Kat, ho solo sentito parlare dei test—non sono coinvolta direttamente."

"Ma hai delle conoscenze. Potrei darti alcuni diamanti e farteli testare?"

"Che cosa ti fa credere che potrebbero essere coinvolti nel contrabbando di diamanti? Non hanno delle miniere su al nord? Sembra un po' estremo contrabbandare diamanti fino alle parti più fredde e remote del Canada. Non devono viaggiare sulle strade ghiacciate lassù?"

"É vero, ma—non credo che li contrabbandino fino al sito della miniera. Tutto quello che devono fare è portarli al centro di taglio dove vengono lavorati. Deve solo sembrare che vengano dalla miniera. Finché sembra che vengano dalla Liberty quando raggiungono il centro di taglio, non destano sospetti. Pensaci. La sicurezza al sito della miniera dev'essere alta ovviamente, ma nessuno si aspetta che qualcosa venga introdotto al centro per il taglio."

"Sembra improbabile, Kat."

"Ma se possono far passare i diamanti come se fossero della Liberty e incanalare i diamanti in una fonte legittima, allora possono ottenere il prezzo di mercato, invece del prezzo al mercato nero. Aumenterebbe di molto la redditività della Liberty. Potrebbe perfino essere più economico comprare i diamanti al mercato nero che estrarli in modo legittimo. Non vedi cosa sta succedendo?"

Cindy rivolse a Kat un'occhiata scettica e non rispose.

"E se potessi far sembrare che arrivino dai Territori del Nordovest? Non sarebbe grandioso se potessi fornire un campione della miniera in Canada che corrisponda ai diamanti? Potresti raggirare tutta questa cosa del Kimberly Process."

"Vuoi dire, come in una nuova miniera? Far entrare le pietre di contrabbando e fornirle come se provenissero dalla roccia ospite?"

"Esattamente. Allora non solo potresti legittimare i tuoi diamanti sporchi, ma se lo facessi in una nuova miniera senza una storia di produzione, in un paese che ha appena iniziato a scoprire vaste riserve, non solleveresti sospetti. Non ci sono dati di storico. Non attrae l'attenzione perché la produzione è aumentata all'improvviso. L'industria mineraria dei diamanti in Canada sta ancora muovendo i primi passi, quindi non c'è una lunga storia mineraria della nazione nel suo complesso."

"Non lo so, sembra un po' forzato, Kat. È possibile, ma non sembra che valga la pena correre un rischio simile."

"Quindi, immagino che il prossimo passo per me sia procurarti dei campioni dalla Liberty?"

"Aspetta un attimo—non ho detto di sì. Inoltre non abbiamo ancora una banca dati completa. Non ci sono garanzie che possano trovare qualcosa di decisivo."

"So che non ci sono garanzie. Ma se c'è una corrispondenza, almeno avrò un indizio. In questo momento ho un Direttore Finanziario scomparso senza lasciare traccia, cinque miliardi di dollari che contano che io ritrovi e quello che sembrano essere dati di produzione falsificati. Nessuno mi crederà a questo stadio senza prove e visto che la Liberty è mia cliente voglio sapere con che cosa ho a che fare prima di muovere delle accuse."

"Ok, Kat, vedrò che cosa posso fare. Ma devi promettermi che mi chiamerai prima di iniziare ad affrontare qualche organizzazione terroristica internazionale."

"Oh, non farei mai—"

"Sono seria, Kat. Non immischiarti con questa gente. Non sai in cosa ti stai andando a cacciare. Per favore, dimmi che non farai niente di illegale o pericoloso."

Kat si sentiva esaltata. Ancora una volta si era rimessa in carreggiata.

CAPITOLO 16

Le nocche di Kat dolevano per il freddo quando bussò ancora una volta sulla porta di Takahashi. Era rimasta nel portico per cinque minuti ma ancora non c'era risposta. Gli avrebbe dato un altro minuto. La sua Ford F150 malandata era parcheggiata nel vialetto e dal portico riusciva a vedere chiaramente delle impronte fangose lungo il vialetto. Le impronte erano le sue e l'assenza di segni di pneumatico o altre tracce rendeva chiaro che nessuno era arrivato o se n'era andato recentemente. Il posto era tranquillo in modo sinistro. Anche se la pioggia si era fermata, con le nuvole pesanti che coprivano il cielo sembrava che fosse già sera e non tardo pomeriggio.

C'era un'umidità fredda nell'aria e l'umore di Kat era cupo. Dopo aver sgobbato sui documenti della Liberty per tutto il giorno precedente, non aveva trovato altro. Il giorno seguente era il giorno della riunione con il consiglio e lei non aveva niente in mano. Aveva disperatamente bisogno di mostrare dei progressi, altrimenti Nick avrebbe scavalcato Susan e lei sarebbe stata messa alla porta anche prima della scadenza di venerdì. Le prove sembravano indicare qualcun'altro oltre a Bryant ma lei non aveva ancora modo di dimostrarlo. Ken Takahashi era la sua ultima speranza e non aveva intenzione di lasciare che se la cavasse facilmente non rispondendo ai suoi messaggi. Il tempo stava per scadere. Doveva parlargli quel giorno.

L'irruzione nel suo ufficio non aveva fatto altro che aumentare il senso di urgenza. Dopo l'attacco del tossico, Jace e Zio Harry avevano trasferito tutta la sua roba e i gatti alla casa, dove aveva dormito la notte precedente. La casa di Verna, come lei la definiva. Era un punto su cui non avrebbe mai vinto contro Jace, ma doveva ammettere di essersi sentita più sicura la notte prima, a stare con Jace invece che da sola nel suo ufficio di Gastown.

Kat non aveva in programma di passare davanti alla casa di Takahashi. Ma la sua corsa mattutina dalla casa di Verna l'aveva portata a meno di un chilometro da quel posto, quindi aveva deciso di fare un salto. Il suo telefono poteva essere fuori servizio. O forse lui non voleva parlarle di nuovo. Se la stava evitando, avrebbe potuto non rispondere alla porta se avesse visto l'auto di Kat nel vialetto.

Era abituata al fatto che la gente non rispondesse alle sue chiamate in situazioni come quella, ma c'era qualcosa che non andava. Quindi aspettò, la pelle d'oca che si formava a causa dei vestiti umidi che le aderivano alla pelle.

Premette l'orecchio contro la porta. Era appena accennato, ma Kat credette di sentire un suono. Cercò di fermare i suoi denti che battevano e ascoltò più attentamente. Questa volta il suono era più vicino alla porta. Il cane stava piangendo. Andò più vicino alla porta, più insistente ogni momento che passava.

"Ehi, ragazzo. È tutto a posto. C'è qualcuno in casa?" Un altro piagnucolio. Questa volta il lamento era ancora più sconsolato. Il cane iniziò a grattare l'interno della porta con la zampa e il suo piagnucolio si fece più forte.

"Ken? Sei lì?" Nessuna risposta. Kat scandagliò la stanza. Le tende erano tirate, insolito visto che era pomeriggio. Strano, ma di per sé non significava nulla. Eppure, Kat aveva una brutta sensazione. C'era qualcosa che non andava. Perché il cane stava uggiolando verso di lei se Takahashi era a casa? Kat provò la maniglia della porta per accedere al porticato. Era aperta.

Entrò nell'anticamera e bussò sulla porta interna. C'erano diverse giacche appese a una parete con stivali e scarpe accatastati in un mucchio al di sotto. Una scatola di legno su un piccolo tavolo attirò l'attenzione di Kat. Era la stessa scatola di pietre che Ken le aveva mostrato nella sua visita precedente. La prese ed esitò un momento prima di aprirla. A Takahashi non sarebbe dispiaciuto, pensò.

La scatola conteneva campioni di rocce di diverse miniere, tutti etichettati con precisione e suddivisi in scomparti individuali. Li studiò attentamente, cercando di ricordare che cosa aveva detto Ken dei campioni.

Il labrador adesso stava grattando furiosamente la porta, guaendo speranzoso. La luce era accesa in cucina e attraverso le tende Kat poteva vedere l'ombra del cane che balzava.

Provò la maniglia. Girò. La porta era aperta.

Doveva entrare? Si sentiva strana a entrare senza essere invitata. Eppure il comportamento del labrador era preoccupante. Forse Ken stava male e aveva bisogno di aiuto.

Kat girò la maniglia e aprì la porta. Quello che vide la fece bloccare per l'orrore.

CAPITOLO 17

Gli occhi di Kat seguirono la traccia di sangue che serpeggiava attraverso la cucina verso il corridoio. Con orrore crescente guardò in basso verso i suoi piedi. Ci era salita sopra! Balzò di lato, quasi cadendo nel sangue rappreso prima che il suo palmo finalmente trovasse la parete. La bile le salì in gola mentre recuperava l'equilibrio e fissava le impronte strisciate delle sue Adidas sul linoleum.

Il pavimento era disseminato di vetri e piatti in frantumi. Il bancone della cucina era in disordine, tranne che per un arco a destra del lavello, come se il braccio di qualcuno avesse spazzato il piano. Il labrador era al suo fianco, che uggiolava e guardava in su verso Kat, gli occhi supplichevoli. Poi abbaiò e fece una finta verso il corridoio, incitando Kat a seguirlo.

Kat si diresse verso di lui ma si fermò, in ascolto. Non c'erano altri suoni tranne le unghie del cane che ticchettavano sul pavimento in modo irregolare. Zoppicava e si fermò vicino alla porta che dava sul corridoio, appoggiandosi sul lato sinistro. Kat non ricordava di averlo visto zoppicare quando aveva fatto visita a

Takahashi la volta prima. Andò verso di lui, attenta a restare fuori dal sentiero di sangue questa volta, e si inginocchiò per esaminare la sua zampa posteriore destra.

"Vieni, fammi vedere," disse mentre gli toccava gentilmente il fianco, facendosi strada verso la zampa. Il labrador non protestò finché lei non toccò le sue unghie, a quel punto guaì e tirò via la zampa. Tutte e quattro le zampe avevano il pelo ugualmente impastato e macchiato di sangue, ma solo questa sembrava ferita.

"Bravo cane." Un pezzo di vetro era incuneato tra le unghie. "Mi dispiace, bello, deve venir fuori."

Kat infilò il mignolo tra le dita della zampa e spinse fuori il pezzo di vetro rapidamente e più forte che poté. La scheggia cadde sul pavimento mentre il cane tirava indietro la zampa e si affrettava ad andare dall'altra parte della cucina.

Un colpo forte spezzò il silenzio. Kat sobbalzò, colta di sorpresa. C'era qualcuno lì. Perché aveva lasciato che il cane la distraesse? Andò nel panico mentre immaginava le diverse possibilità, tutte con un pessimo finale. Era andata lì da sola, e nessuno sapeva che fosse lì. Nessuno sapeva nemmeno che era uscita per andare a correre. Rimase paralizzata mentre un vetro si rompeva alla sua sinistra. Con la coda dell'occhio vide una sagoma nera andare verso di lei. Chiunque avesse prodotto quel rumore stava andando a prenderla.

Era il labrador, che non zoppicava più. Un bicchiere mezzo rotto giaceva sul pavimento. La sua coda doveva averlo fatto cadere dal bancone, probabilmente dopo aver colpito la credenza mezza aperta e aver chiuso lo sportello di scatto. Kat tirò un sospiro di sollievo. Se ne fosse uscita tutta intera, non avrebbe mai più fatto niente di così stupido. Si voltò per uscire, ma il labrador bloccava la porta, cercando di spingerla verso il corridoio.

I cani sentivano il pericolo, giusto? Se ci fosse stato qualcuno lì, il cane avrebbe ringhiato. Un'occhiata veloce e se ne sarebbe andata. Kat strisciò accanto alla traccia appiccicosa fino in corridoio.

Lunghe strisciate di sangue deturpavano le pareti beige. Gli occhi di Kat seguirono le impronte di mani insanguinate lungo il muro mentre si trasformavano in sbaffi meno distinti. I suoi occhi tracciarono una serie di ditate mentre scivolavano in giù verso il pavimento. Fu allora che lo vide.

Ken Takahashi era mezzo coricato mezzo appoggiato alla cornice della porta del bagno alla fine del corridoio. Il braccio destro era abbandonato sul petto, come se cercasse di arrestare il flusso del sangue che inzuppava la sua camicia di flanella blu. Fissava dritto verso Kat, gli occhi aperti che non vedevano nulla.

Kat andò nel panico mentre ispezionava la scena. L'assassino era ancora lì? L'omicidio di Takahashi era collegato alla Liberty? Ma certo che lo era. Questo significava che l'assassino avrebbe cercato anche lei. L'assassino sapeva dove si trovava lei in quel momento?

Ignorò il labrador, che faceva avanti e indietro ansiosamente tra il corpo di Takahashi e Kat, gli occhi marroni che imploravano Kat di fare qualcosa. Kat rimase paralizzata per un momento, incapace di respirare o dare un senso ai pensieri che correvano nella sua mente. L'omicida poteva ancora essere da qualche parte in casa, ma lei non osava guardare. Aveva bisogno di aiuto. Ora.

Cercò febbrilmente un telefono, finalmente individuando un cordless in cucina. Le sue mani tremavano mentre chiamava Cindy. Dopo diversi tentativi, riuscì a smettere di tremare abbastanza da premere i numeri sul tastierino.

"Cindy?" la voce di Kat vacillò mentre cercava di calmarsi e far smettere le sue mani di tremare mentre teneva la cornetta. "Aiutami."

"Kat? Cosa succede? Sembri sconvolta.

"Oh mio Dio. Oh mio Dio, Cindy. Devi aiutarmi. Takahashi è morto! Qualcuno l'ha ucciso! L'ho trovato e credo che sia morto da un po'." Kat tornò in corridoio. Era reale per davvero. Deglutì a fatica mentre guardava il corpo e il pavimento insanguinato. La pelle di Takahashi cominciava a perdere colore e l'odore era insopportabile.

"Kat, chi è Takahashi? Dove sei? Sei con qualcuno?"

"Sono a casa di Ken Takahashi. È l'ex-geologo della Liberty. Non rispondeva alle mie chiamate, così ho pensato di passare di qui quando ho sentito il cane guaire e ho pensato che stesse male, così ho aperto la porta e sono entrata e quando ho visto tutto il sangue ho quasi dato di matto e—"

"Kat! Rallenta. Ascoltami. Hai chiamato la polizia?"

"La sto chiamando. Tu sei la polizia."

"Kat! Devi chiamare il 911. Adesso. Aspetta un secondo—stai chiamando da casa sua? Usando il suo telefono?"

"Sì ho dimenticato il mio cellulare e quando l'ho visto ho pensato che fosse meglio chiamare subito qualcuno."

"Merda. Kat, ascoltami. Sei su una scena del crimine. Ti rendi conto di quello che hai appena fatto? Hai aggiunto le tue impronte e il tuo DNA a una scena di un omicidio." Cindy continuò, "Resta dove sei. Non chiamare nessun'altro e non toccare niente. Chiamerò la omicidi e verrò lì."

I DETECTIVE della omicidi la interrogarono per diverse ore, facendole ripetere la catena di eventi che aveva condotto alla scoperta di Takahashi. Poi dovette fornire le impronte, un campione di DNA e frammenti dei vestiti che aveva indosso per escludere le prove dalla scena del crimine.

Cindy finalmente la accompagnò alle dieci di sera. Ricordava appena di essere uscita per la sua corsa nel primo pomeriggio. Ed eccola di nuovo a casa di Verna, una casa che non le apparteneva. Non importava come, tornava sempre in quel posto.

Arrancò fino al cancello davanti e su per i gradini, esausta. Stava cercando le chiavi destreggiandosi con il cibo cinese da asporto quando il suo piede colpì qualcosa nel portico. Lo ignorò, girò la chiave e tolse le scarpe nell'ingresso. Mentre stava per chiudere la porta principale lo vide, giaceva nel portico. La sua pelliccia era chiazzata di sangue e aveva la gola squarciata. Kat rimase impietrita, paralizzata dalla vista del corpo senza vita di Buddy.

CAPITOLO 18

Kat sobbalzò quando si aprì la porta principale. Jace era in piedi sulla porta.

"Kat? Dove sei stata? L'impresario ha aspettato per un'ora, ma non ho potuto trattenerlo di più. Non inizierà i lavori senza entrambe le nostre firme sul contratto. Sai che non può andare senza elettricità. Ci vorranno settimane per convincerlo a tornare qui."

Jace aveva le braccia incrociate davanti al petto, una torcia stretta nella mano destra. Kat non aveva bisogno di vederlo in faccia per capire che era furioso.

Aveva dimenticato dell'appuntamento con l'elettricista. L'ultima calamità che aveva colpito i loro progetti era un impianto elettrico non a norma. L'ispettore cittadino, che si era presentato per un'altra questione quella mattina, aveva determinato che il vecchio sistema con i pomelli di ceramica doveva essere aggiornato. Gli impresari desiderosi di lavorare su vecchie case erano difficili da trovare e questo tizio era il solo e unico elettricista che Jace era riuscito a convincere a far loro visita per fare una stima dei lavori. Era venuto fuori che ci sarebbero voluti altri diecimila dollari per raggiungere il loro obiettivo: 'loro' sarebbero stati fortunati a recuperare l'investimento iniziale per la casa una volta venduta, se mai quel giorno fosse arrivato.

Kat non rispose, invece indicò attraverso la porta aperta il corpo senza vita di Buddy nel portico.

"Ma che diavolo?" Jace la oltrepassò per andare nel portico, indirizzando il raggio di luce su Buddy. Si inginocchiò per esaminare il gatto. "Chi——"

"Non hai sentito niente?" chiese Kat debolmente mentre lo seguiva fuori. "Come ha fatto Buddy a uscire?"

Buddy non andava mai fuori, si accontentava di seguire Kat in giro. Quando lasciava una stanza, lo faceva anche lui. Era lo stesso con Jace. Si appisolava con un occhio aperto, tenendo sempre qualcuno in vista. Era molto insicuro, una conseguenza dell'essere stato abbandonato al rifugio per animali. Perché Jace non aveva notato che era sparito?

"Non lo so. Stava dormendo sul divano mentre lavoravo sul pavimento della sala da pranzo. Poi è arrivato l'elettricista." Jace si portò una mano alla bocca. "Abbiamo tenuto la porta aperta per un minuto per portare dentro degli attrezzi. Buddy ci stava tra i piedi. Forse è uscito sul portico per evitare di essere pestato."

"Non riesci a prestare attenzione a più di una cosa alla volta?" scattò Kat. Desiderò di poter portare indietro l'orologio e prendere una strada diversa. Prima della Liberty, prima di comprare quella stupida casa e prima che le cose diventassero così complicate con Jace.

"Andiamo, Kat—questo non è giusto. Mi dispiace di non aver notato Buddy, ma sto cercando di salvare quello che rimane dei pavimenti in legno dopo l'allagamento. Ho una scadenza per un lavoro alle otto di domani mattina e non ho neanche ancora iniziato la mia storia. Finalmente sono riuscito a far venire qui un elettricista e tu non ti sei fatta vedere. Perché non hai chiamato?"

Kat iniziò a spiegare—Takahashi, la polizia, il cane. Ma le si formò un groppo in gola quando la magnitudo della situazione la colpì. Sedette nel portico, a piangere. Le cose erano passate da cattive a pessime. Essere sfrattata dal suo appartamento, litigare con Jace per la casa che non avrebbero mai dovuto comprare. E il povero Buddy. Lo aveva deluso.

"Ehi, mi dispiace per Buddy." Jace sedette accanto a lei e la strinse tra le braccia. La attirò più vicina. "Praticamente ho inciampato su di lui per tutto il giorno, avrei dovuto capire che c'era qualcosa che non andava."

"Perché qualcuno avrebbe dovuto tagliargli la gola?"

"Non lo so." Jace si alzò e si avvicinò a Buddy, scandagliando il portico con la luce della torcia. Si fermò su una roccia grande un palmo e si chinò.

"Guarda questa," disse prendendo un foglio bloccato sotto la pietra. Lo tese verso di lei, illuminandolo con la torcia. "Chi farebbe una cosa del genere, Kat?"

L'avvertimento scritto al computer conteneva solo due parole.

KAT MORTA

"I—IO NON LO SO." Kat rabbrividì, sentendo improvvisamente il freddo. Si alzò. "La sola cosa a cui riesco a pensare è la Liberty. Ma è ridicolo. Lavoro sul caso da meno di una settimana, e non ho ancora trovato niente. Niente che giustifichi una minaccia di morte, se è di questo che si tratta."

Jace la avvolse tra le braccia, stringendola nel calore del suo corpo. Kat seppellì il viso rigato di lacrime nella sua spessa maglietta di cotone e lo abbracciò a sua volta, dimenticando per una volta se era appropriato o no.

"Sei sicura? Se credi che l'omicidio di Takahashi sia legato alla Liberty, perché non quello di Buddy?"

"Con Takahashi è diverso. È un ex impiegato della Liberty ed era un informatore. Io sono solo un aiuto assunto per rintracciare i soldi. Se non vogliono che indaghi, perché assumermi tanto per cominciare?"

"Forse stai facendo troppe domande, stai prendendo strade che non vogliono che percorri."

"Beh, la produzione falsificata va decisamente oltre lo scopo per cui mi hanno assunta. Sembra che si tratti di un'altra frode ed è probabile che siano collegate. Ma nessuno sa ancora che l'ho scoperto. Tranne te e Harry. E Cindy sa qualcosa."

"Non Takahashi?"

Kat cercò di ricordare la conversazione.

"No. Ma Takahashi non pensava che le pietre venissero dal Mystic Lake." Riassunse per Jace la loro discussione, incluso il quadro che Ken Takahashi aveva dipinto della miniera al Mystic Lake. I risultati gonfiati di certo la tenevano sveglia di notte. Non aveva parlato di quello che aveva scoperto con Susan o con altri alla Liberty, ma forse Takahashi l'aveva fatto, nonostante il suo diniego. Non avrebbe mai avuto la risposta a quella domanda.

"Entriamo."

Kat seguì Jace e il raggio della torcia. Lui prese il cibo cinese, ancora posato sul tavolino all'ingresso, e si trasferì in salotto, depositando il cibo sul tavolo da caffè. Una dozzina di candele sul tavolino e sulla mensola del camino gettavano un bagliore delicato sulla stanza. In circostanze diverse, a Kat sarebbe piaciuta l'atmosfera.

Sedette sul divano mentre Jace controllava porte e finestre del salotto. Erano tutte chiuse tranne che per una piccola finestra in salotto, troppo piccola per una persona, ma abbastanza grande per un gatto. Era aperta quando se n'era andata quella mattina? Kat rabbrividì mentre cercava di ricordare.

"Dovremmo chiamare la polizia, Kat," disse Jace, spostandosi verso le finestre della sala da pranzo.

"Perché? Non faranno niente riguardo a Buddy."

"Forse no, ma devono sapere della minaccia, specialmente del biglietto. Non è casuale. Qualcuno minaccia di ucciderti." Jace scomparve in cucina.

"Ne ho avuto abbastanza della polizia stasera. Li chiamerò domattina." Kat diede un'occhiata al cibo cinese e si rese conto che non aveva mangiato niente da colazione. Aprì la borsa e il profumo di pollo al limone si espanse verso l'alto. Tastò i contenitori—ancora caldi a sufficienza.

Jace tornò dalla cucina con due piatti e un paio di birre Tsingtao fredde.

"È una cosa troppo seria per non chiamare," disse Jace. "E se fosse legata all'irruzione nel tuo ufficio? Forse non era solo un senza tetto."

"Stai solo cercando collegamenti. Non credo che siano legate in alcun modo."

"Kat, chiamiamoli. Stasera. Alla peggio non daranno peso alla cosa. Lasciamo che sia la polizia a decidere se è importante o no. Se fosse qualcosa di più, almeno ne sarebbero a conoscenza prima che sia troppo tardi."

"Va bene."

Avevano appena finito di cenare quando la polizia arrivò, due agenti in uniforme e un detective. Jace fece vedere il biglietto al detective, che lo sollevò con le pinzette e lo fece scivolare in una busta di plastica. Rimasero nel portico davanti casa. Buddy era ancora lì, senza vita.

"Come mai la torcia?" chiese il detective mentre faceva scivolare la busta di plastica nella tasca.

Jace spiegò. Anche nella luce fioca Kat riuscì a vedere le veloci occhiate che si scambiarono i tre poliziotti. Probabilmente pensavano che non avessero pagato la bolletta, pensò.

Il detective andò alla sua auto mentre i due agenti in uniforme camminavano attorno ai cespugli nel cortile. Alla ricerca di cosa, Kat non riusciva a immaginarlo.

Kat osservò Jace seguire i poliziotti per il cortile. Rabbrividì mentre si trascinava su per i gradini, oltre Buddy, e dentro casa.

Sedette sul futon e chiuse gli occhi. Così tanta violenza in un giorno. Non si sentiva più al sicuro.

"Katerina." Era più un'affermazione che un saluto.

Sobbalzò per la voce non familiare, stupefatta. Non aveva sentito nessuno entrare alle sue spalle. Era il detective che l'aveva interrogata a casa di Takahashi. Quante probabilità c'erano?

Platt. L'altro detective doveva avergli passato il biglietto. Ora penzolava tra le sue dita, non più contenuto nella sua busta di plastica. Platt non poteva avere più di trent'anni, piuttosto giovane per essere un detective. Kat si chiese che cosa avesse fatto per impressionare i suoi superiori al punto di promuoverlo così velocemente.

"Katerina?" ripeté. "Si ricorda di me?"

Gli occhi d'acciaio del detective John Platt dardeggiarono per la stanza, assorbendo tutto tranne lo sguardo tagliente di Kat.

Accartocciò il biglietto nella mano, assicurandosi che Kat vedesse. Poi si infilò la palla di carta nella tasca dei pantaloni. Anche nella semi-oscurità, Kat ricevette il messaggio.

Jace tornò da fuori, fermandosi a metà di un passo, sorpreso di vedere Platt. I due uomini si fissarono senza dire una parola. Platt doveva essere più di un metro e novanta a giudicare da come torreggiava su Jace.

Poi Jace ruppe il silenzio.

"Vi conoscete?"

"Il detective Platt sta indagando sull'omicidio di Takahashi." Kat non aveva ancora raccontato a Jace tutti della scena del crimine. Come il fatto che aveva camminato per la casa, usato il telefono e contaminato le prove. Non aveva intenzione di farlo. Forse era una grande omissione, ma non aveva bisogno che un'altra persona le dicesse quanto avesse incasinato le cose. Cindy l'aveva già rimproverata a sufficienza.

Probabilmente era per questo che Platt era lì, aveva ricevuto una notifica quando l'altro detective aveva inserito il suo nome al computer. Era una sospettata? Anche se erano stati educati, la polizia non era stata proprio amichevole con lei. Come minimo, era colpevole di violazione di domicilio. Nella peggiore delle ipotesi, beh non ci voleva pensare.

"Le dispiace se do un'occhiata veloce?" Senza aspettare la risposta, Platt tornò nel corridoio e fece un giro al piano terra. Gli occhi di Jace e Kat si incontrarono mentre lo seguivano in cucina.

Platt illuminò con una torcia il tavolo, che svolgeva la doppia funzione di tavolo da pranzo e scrivania. In quel momento era un disastro, coperto da fogli sparsi, il portatile di Kat e una mezza ciotola di pop corn.

"Ehm, detective, è successo davanti alla porta d'ingresso. Non vuole concentrarsi lì?"

"Ho già dato un'occhiata. I ragazzi ci stanno lavorando adesso. Ho pensato di fare un controllo del perimetro, per accertarmi che sia tutto sicuro." Il suo sguardo trapassò Kat. "Non si può mai essere troppo attenti."

Kat si sentiva a disagio. Perché mandare quattro poliziotti? Era una scusa per una perquisizione senza un mandato? Qualcosa non andava.

Platt e la sua squadra finalmente se ne andarono a mezzanotte. Il coinvolgimento di Kat con la polizia nell'ultima settimana era abbastanza per una vita. Si sentiva come una sospettata di terrorismo su una no-fly-list.

"Perché Platt è così interessato a te? Non avete già parlato a casa di Takahashi?" Jace era in piedi davanti alla finestra della camera da letto per tirare le tende.

"Non lo so. Pensavo di aver risposto alle sue domande." Kat afferrò una delle t-shirt di Jace e andò in bagno a cambiarsi.

"Sta succedendo qualcos'altro. Non sembrava interessato a chi potrebbe farti del male. È più interessato a ficcare il naso in casa che a indagare sulla minaccia."

Kat emerse dal bagno e sedette sul bordo del letto, esausta.

"Jace, non puoi vedere le cose per come sono? Perché deve esserci sempre un motivo ulteriore?" Non c'era bisogno che lui sapesse che le sue impronte erano ovunque sulla scena del crimine.

"Forse è il giornalista che c'è in me. Ho imparato che le cose raramente sono come appaiono in superficie. Per quanto Buddy fosse importante per te, questo tipo è un po' troppo in alto per occuparsi della morte di un animale domestico."

"Lo so. E non mi piace il modo in cui ha girovagato per casa nostra come se fosse sua." Non appena Kat lo disse, desiderò di poterselo rimangiare. Casa nostra.

"Ho un brutto presentimento su di lui, Kat. Fa attenzione con lui."

Jace tirò indietro le coperte e si mise a letto.

"Non vieni sotto le coperte?"

"Non c'è un altro posto in cui dormire?"

"Non finché non ti troveremo un altro letto. Domani."

Kat aveva lasciato il suo nel suo appartamento. In qualche modo era convinta che se non lo avesse spostato tutto sarebbe tornato normale. Il suo padrone di casa avrebbe annullato lo sfratto e gli zero sul conto della sua Visa si sarebbero trasferiti sul suo conto bancario. Non era successo.

Jace diede una pacca al letto accanto a sé.

"Andiamo, sei stanca. Ti prometto di fare il bravo se lo fai anche tu."

"Ci proverò." Era troppo stanche per protestare, così soffiò sulle candele e andò a letto dall'altro lato. Tina si sistemò ai suoi piedi, apparentemente ignara dell'assenza di Buddy. In cinque minuti, il respiro di Jace si fece più profondo e lei capì che si era addormentato.

Mentre Kat giaceva al buio, pensò alla riunione del consiglio alla Liberty dell'indomani. Il consiglio era dominato da Nick Racine, che chiaramente voleva licenziare Kat, e fino a poco tempo prima, da Alex Braithwaite. Il resto del consiglio in genere seguiva la loro guida.

Il consiglio si aspettava una relazione sui progressi riguardo alle sue iniziali scoperte, ma c'era molto poco da mostrare fino a quel momento. Le sue indagini avevano portato alla luce più domande che risposte. Non quello che il consiglio voleva sentire. Inoltre l'avevano portata un paio di giorni più vicina alla scadenza di venerdì che le aveva dato Nick e avevano dato a Nick più giustificazioni per licenziarla.

Doveva farsi venire in mente qualcosa per il giorno dopo, ma cosa?

Rintracciare i soldi fino in Libano non era abbastanza, visto che non aveva fatto progressi nel recuperarli e non aveva indizi. I dati di produzione erano un'altra storia. Stava decisamente succedendo qualcosa, ma condividerli con il consiglio senza ulteriori prove e una soluzione non era saggio. Le prove potevano perfino implicare uno dei membri del consiglio. E se Jace avesse avuto ragione e la minaccia fosse stata legata alla Liberty?

Ancora non c'era traccia di Bryant, ma quello preoccupava meno Kat. Lo avrebbero trovato prima o poi. Finché si fosse concentrata sulla traccia dei soldi, lui sarebbe stato alla fine di quella traccia.

Eppure dubbi asfissianti tormentavano Kat. Chi aveva ucciso Alex Braithwaite e perché? Era collegato all'assassinio di Takahashi? E chi aveva ucciso Takahashi? Coprire falsi dati di estrazioni minerarie era un movente abbastanza forte per uccidere un ex capo geologo che avrebbe potuto parlare. Chiunque l'avesse ucciso o avesse cospirato per ucciderlo poteva far parte del consiglio.

CAPITOLO 19

La Carter & Associati era un alveare di attività quella mattina. La riunione del consiglio della Liberty si sarebbe tenuta di lì a due ore e Kat era impegnata a dare qualche tocco dell'ultimo minuto alla sua presentazione per l'aggiornamento del consiglio riguardo ai progressi. Harry stava aiutando Kat con uno storyboard sulla cronologia degli eventi della produzione gonfiata.

Aveva in programma di mostrare una correlazione tra l'aumento della produzione e l'aumento del valore delle azioni. L'incremento del prezzo dei diamanti nell'ultimo anno doveva aver avuto un effetto sul valore delle azioni, quindi aveva rivisto la sua analisi. Considerando lo stesso volume di produzione al prezzo di diamanti dell'anno precedente, poi sottraendo una quantità equivalente all'incremento del prezzo delle azioni, il valore delle azioni era comunque più alto dell'ottanta per cento. Questo si poteva attribuire solo alla nuova miniera al Mystic Lake. Quindi, se quella miniera era un falso, gli investitori avrebbero reagito circa allo stesso modo, ma vendendo le azioni questa volta.

Come avrebbe reagito il consiglio? Dovevano esserne consapevoli e prendere provvedimenti riguardo qualsiasi attività fraudolenta che si svolgeva sotto il loro controllo. D'altra parte, la loro retribuzione era basata sul valore delle azioni. E lei non sapeva ancora chi fosse dietro alla frode. Eppure doveva essere collegata al furto di Bryant e forse anche agli omicidi di Braithwaite e Takahashi. Era una coincidenza troppo grande per non esserlo.

Finché non avesse avuto le prove su chi stava orchestrando tutto, era meglio aspettare. Ma la scadenza di venerdì imposta da Nick incombeva su di lei e non aveva nient'altro per andare avanti. I membri del consiglio avevano un particolare interesse in tutto quello che faceva salire il valore delle azioni. E alcuni, come Nick Racine, avevano anche l'accesso per manipolare la produzione.

Stava rimuginando su questo quando Jace irruppe nella stanza, bagnato fradicio per la pioggia fuori.

"Ultime notizie!" Nella scia di Jace comparve una traccia di gocce mentre scaricava la sua valigetta sulla sedia da ufficio di Kat.

"Kat, credo che abbiamo il collegamento con il Libano! È appena venuto fuori sulla Reuters." Jace lasciò cadere le carte sulla scrivania.

I caratteri erano sbavati per la pioggia, ma Bancroft Richardson saltava all'occhio nel titolo.

LA BANCROFT RICHARDSON implicata in un'indagine per riciclaggio di denaro dei terroristi.

"CINQUE MILIARDI, giusto? Corrisponde al tuo bonifico bancario. Dev'essere collegato alla Liberty."

"Potrebbe essere. Ma come possiamo essere certi che sia lo stesso denaro? Solo perché non ci sono grandi trasferimenti dalla valuta Libanese a quella Canadese, non significa che le due cose sono collegate. Non possiamo provarlo."

"In effetti, credo che possiamo. Le autorità bancarie libanesi hanno fornito i dettagli. Il conto bancario libanese è stato aperto con fondi trasferiti dalle Cayman. Fino a qui, i dettagli quadrano, inclusa la cifra—cinque miliardi, a meno di qualche migliaio di dollari. Leggi il resto della storia, Kat."

Kat prese il giornale e diede una scorsa alla storia.

UN BROKER locale è sotto inchiesta per non aver riportato numerosi bonifici bancari per un totale approssimativo di cinque miliardi di dollari. I fondi sono stati trasferiti da una banca Libanese e depositati nel conto della Opal Holding, cliente della Bancroft Richardson. Per effetto delle leggi contro il riciclaggio di denaro, gli istituti finanziari sono obbligati a segnalare transazioni di una certa portata o sospette. Secondo una fonte confidenziale, sono stati fatti numerosi piccoli depositi per aggirare le soglie di segnalazione della legge anti-riciclaggio.

I DEPOSITI SONO STATI SCOPERTI SOLO DOPO che le autorità libanesi hanno inviato una notifica agli ufficiali di sicurezza canadesi. Il grande volume di transazioni ha dato il via a un'indagine riguardo a un conto recentemente aperto presso Credit Libanais, la fonte libanese del trasferimento. Il conto del cliente della Bancroft Richardson è stato congelato fino alla conclusione dell'indagine congiunta degli ufficiali canadesi e libanesi.

CI VOLLE SOLO un minuto per capire dove Jace volesse andare a parare.

"Sembra promettente. Se riuscissimo a far corrispondere le cifre sui conti, potrebbe essere una svolta." Kat si sentì euforica per la scoperta, ma anche delusa. Se non fosse stato per Jace, avrebbe potuto non fare mai il collegamento. Nonostante la buona notizia, si sentiva un po' un fallimento. Perché non ci era arrivata da sola?

Harry comparve sulla porta dell'ufficio di Kat, attirato dalla confusione.

"C'è una cosa che non capisco," disse Kat. "Le leggi sulla segretezza delle banche libanesi. Perché hanno svelato—"

"Secondo Credit Libanais, la banca libanese e la polizia libanese, erano insospettiti dai volumi della transazione e hanno iniziato un'indagine. Questa si è rivelata essere collegata al terrorismo, cosa che permette loro di aggirare le leggi sulla segretezza bancaria libanesi. Ecco perché hanno potuto rivelare le informazioni alle autorità qui. Finché possono provare che il denaro è legato al terrorismo, le regole di segretezza delle banche libanesi non si applicano.

"Quando è venuto fuori che i soldi erano finiti in un conto di intermediazione della Bancroft Richardson, sono state coinvolte le autorità canadesi. È questo il punto a cui sono adesso. Stanno interrogando il broker per sapere perché non ha denunciato le transazioni sospette."

"Hai detto Bancroft Richardson? È dove ho il mio conto." Harry era incredulo. "Mi chiedo se si tratta del mio broker. Probabilmente no. Il mio broker è una mezza cartuccia. Non risponde mai alle mie chiamate e non ha tempo per me. Qual è il suo nome?"

"Frank Moretti. Si dice che sia il loro broker di punta."

"È lui! È il mio uomo." Harry percorse la distanza fino al computer di Kat ed entrò nel suo account sul sito della Bancroft Richardson. "Immagino sia troppo occupato con i grandi scommettitori per preoccuparsi di un vecchio come me."

Inspirò profondamente mentre fissava lo schermo. "Aspetta un attimo. Questo è diverso dal rendiconto che ti ho fatto vedere un paio di giorni fa. Dice che ho quattrocentomila azioni della Liberty. Quattrocentomila!"

Harry indicò lo schermo.

"Non può essere giusto. E c'è qualcos'altro che non va. Dice che ho venduto altre centomila azioni allo scoperto. Dev'esserci un errore. Io non vendo allo scoperto, Kat. Non capisco nemmeno bene come funziona."

Tutti e tre si radunarono attorno al computer e fissarono lo schermo. Era completamente diverso dal rendiconto che Harry aveva mostrato a Kat quella settimana.

Kat rifletté un momento prima di parlare.

"Scommetto che ci sono un sacco di discrepanze nei conti dei clienti di Moretti. E penso di sapere perché."

"Perché è un pessimo contabile?" Harry non la seguiva ancora.

"No. Sta cercando di pompare le azioni. Deve aver comprato le azioni per sé come prima cosa, prima di comprarle per te o per gli altri clienti. Si chiama *front running*. Poi deve aver venduto le sue azioni per prime, traendone un bel profitto, e le tue e quelle degli altri clienti per ultime. Per allora quelle azioni valevano molto meno, visto che ci sono più vendite che acquisti."

"Non gli ho mai dato il permesso di investire senza dirmelo. Può farlo davvero?"

Kat non rispose.

"È grandioso per la mia storia," disse Jace. "Non solo la Liberty sta falsificando i risultati delle estrazioni minerarie, ma c'è anche un aspetto di manipolazione del mercato azionario."

"Potrà anche essere grandioso per la tua storia, Jace, ma è un disastro per me. Ora sono ancora più nei guai con Elsie. Mi ucciderà. Non ho tutti quei soldi. Che cosa farò?" Harry sembrava sul punto di sentirsi male per il panico.

"È una sfortuna, Harry. Magari il valore delle azioni risalirà. Potrebbe ancora andare bene. Ragazzi, devo andare. Ho una storia da scrivere." Jace afferrò la giacca ed era già a metà del corridoio.

Kat lasciò cadere le sue carte e gli corse dietro.

"Jace, aspetta! Non puoi scrivere di questo! Soprattutto non della parte riguardo alla produzione gonfiata. Non ancora. Sarebbe un avvertimento per chiunque sia dietro alla manipolazione. Prima devo scoprire che cosa significa. Ho bisogno di più tempo prima che tu la trasformi in una storia."

"Mi dispiace, Kat. Non posso aspettare oltre. È una cosa enorme. La manipolazione del valore delle azioni di Moretti deve essere collegata ai dati falsificati di produzione. Se non do la notizia io, lo farà qualcun'altro."

"Ma devo ancora prendere la persona all'interno della Liberty che sta rendendo più appetibile la produzione mineraria. Come posso farlo se metti la Liberty sotto i riflettori in questo modo? Per favore, Jace. La produzione falsa è off-limits finché non avrò più dettagli. Siamo i soli a esserne a conoscenza adesso." Questo sistemò la cosa. Nessuna discussione riguardo al Mystic Lake con il consiglio. Avrebbe dovuto trovare qualcos'altro da mettere nella presentazione.

"Ok, Kat. Ma terrò la cosa per me solo fino a domani. Il mio redattore mi tormenta. È un po' che non gli porto una buona storia ed è solo questione di tempo prima che ogni altro reporter in città scopra di questa cosa."

Jace si affrettò fuori dall'ufficio, quasi andando a sbattere contro il Detective Platt. Lanciò un'occhiata indietro a Platt con un'espressione di disgusto ma continuò verso la porta.

Kat gemette dentro di sé. Quella visita inaspettata era l'ultima cosa di cui aveva bisogno. Voleva dimenticare il giorno precedente, almeno fino a dopo la riunione con il consiglio della Liberty. Jace aveva ragione. Una seconda visita da un detective era decisamente oltre il semplice dovere per Buddy.

Platt andò dritto al punto.

"Katerina, dobbiamo parlare. Non mi ha ancora dato una ragione per cui si sarebbe dovuta trovare a casa di Ken Takahashi l'altra sera. Che cosa stava facendo lì?"

"Detective Platt. Vorrei parlare ancora con lei, ma ho una riunione tra mezz'ora. Posso chiamarla questo pomeriggio?"

Platt sedette su una delle sedie della reception e prese una rivista dal tavolo. Kat sentì crescere lentamente la rabbia mentre lui la sfogliava.

"È nel suo migliore interesse parlare con me, Katerina. Prima è meglio è." Platt strinse le sue labbra sottili in una linea severa.

"Perché? Sono una sospettata?"

"Diciamo che è una persona d'interesse. Non è stata onesta con me riguardo al motivo per cui si trovava a casa di Takahashi. Voglio sapere perché. Che cosa nasconde?"

"Non sto nascondendo niente. Crede che sia coinvolta nel suo omicidio?"

Platt non rispose. Invece mise i piedi sul tavolino, ovviamente cercando di farla irritare. Funzionò.

"Non può dire sul serio!" Kat era sbalordita. "Sono andata a fargli visita e quando non ha risposto sono entrata in casa per indagare. È un crimine preoccuparsi per la salute di una persona?"

"Beh, non posso escluderla. Le impronte delle sue mani e delle sue scarpe sono dappertutto sulla scena del crimine. E non ci sono prove che ci sia il DNA di qualcun'altro. Questo la rende la sospettata numero uno sulla lista. A meno che lei non dimostri il contrario."

Kat ebbe un presentimento oscuro. Era serio. Apparentemente era in un guaio enorme.

"Detective, quale sarebbe il mio movente? Che cosa avrei ottenuto dall'uccidere Takahashi? Guarda caso era la mia sola fonte di informazioni nel caso del Direttore Finanziario e dei soldi scomparsi. Ora non ho niente."

Platt si alzò.

"Va bene. Possiamo parlare più tardi. Non lasci la città. Non vada da nessuna parte senza prima dirlo a me."

"É una follia. Ha due persone uccise collegate alla stessa società e mi sta dicendo che non ci sono altri sospettati? Ci sono un sacco di persone che trarrebbero beneficio dai loro assassini. E io non sono una di loro!"

"Questo resta da vedere."

"Davvero, detective? Prima di tutto, non conoscevo nemmeno

queste persone fino a una settimana fa. Sono stata assunta dalla Liberty per recuperare dei soldi rubati. Probabilmente questo è proprio il movente. Qualcuno stava cercando di mettere a tacere Ken."

"Come ho detto, non vada da nessuna parte. La terrò d'occhio." Platt si voltò e uscì dall'ufficio senza un ulteriore sguardo. Harry fece cautamente capolino da dietro l'angolo mentre la porta sbatteva.

"Kat, che cosa diavolo sta succedendo qui? Perché la polizia ti cerca? Sei nei guai?"

Kat aggiornò Harry riguardo alla scoperta nella casa di Takahashi.

"Credi che sia collegato alla Liberty? Non lo so, Kat. Questo caso della Liberty potrebbe non valere i soldi che ti danno. Sembra che tu ti stia immischiando con gente pericolosa."

Kat controllò l'orologio. Mancavano venti minuti alla riunione con il consiglio.

CAPITOLO 20

Kat percepì la tensione nell'attimo in cui varcò la soglia dell'ufficio di Susan. Lei e Nick sedevano ai lati opposti del tavolo da conferenze, come avversari all'inizio di un'importante partita di hockey.

"Buon giorno, Kat. Cambio di programma. Non parteciperai alla riunione del consiglio, dopo tutto. Hanno cose più importanti di cui occuparsi adesso."

Susan spinse il comunicato stampa verso Kat e fece un gesto per indicarle di prendere posto vicino al tavolo.

Un'acquisizione. Quali altre sorprese aveva in serbo la Liberty? La Porter Holding, una compagnia di cui Kat non aveva mai sentito parlare, si era offerta di comprare tutte le azioni in circolazione. Kat diede una scorsa ai documenti e fissò Nick e Susan con stupore.

"Com'è possibile? Voglio dire, come può qualcuno tentare un colpo di mano senza possedere la maggioranza delle azioni? Con Nick e il fondo che controllano la compagnia, come può la Porter ottenere il controllo?"

La domanda di Kat era diretta a Susan, ma fu Nick a intervenire.

"Non succederà. Non c'è alcuna maledetta possibilità che perda la compagnia che mio padre ha costruito. La Porter non otterrà niente con questa merda. Non perderò la Liberty!" Nick picchiò il pugno sul tavolo.

Nick aveva opportunamente omesso Henry Braithwaite, l'altro cofondatore, pensò Kat. Morley Racine, il padre di Nick, non aveva messo in piedi la compagnia da solo. E la Liberty non apparteneva a Nick. Apparteneva a tutti gli azionisti. Semplicemente lui aveva un interesse maggiore degli altri.

Nick non aveva esattamente risposto alla domanda.

"Ma come—"

Susan interruppe Kat, parlandole come se fosse una bambina.

"Perché il fondo ci sta giocando un tiro mancino. Almeno è quello che pensiamo. Il fondo si sta mettendo d'accordo con un compratore generoso a sufficienza da comprare un numero di azionisti di Classe B che, insieme al fondo, possiedono abbastanza per avere la maggioranza."

"Ma anche insieme non avranno abbastanza azioni," disse Kat. Nessuno la stava ascoltando. Sia Nick che Susan ignorarono Kat mentre Nick continuava con la sua tirata.

"Ho investito fin troppo impegno in questa compagnia per rinunciare senza combattere," disse Nick.

Kat non riuscì a trattenersi. "Nick, forse questo è un piano per far salire il prezzo delle azioni. Alcuni di questi scalatori di società sono noti per fare un tentativo con una società solo per smuovere le cose. Una volta fatto salire il valore delle azioni in reazione all'annuncio, venderanno le loro quote e andranno avanti con un buon profitto. Visto che lei o il fondo potete bloccare questa vendita, questo dà loro una probabilità di successo molto bassa e un'elevata probabilità di fare soldi velocemente, senza rischi. A meno che, naturalmente, lei o il fondo non vogliate liberarvi della Liberty. È così?"

"Certo che no. Perché mai dovrei volerlo fare?"

"Non sto dicendo che lei lo vuoi. Solo è strano che prendano di mira la Liberty e non una società ampiamente diffusa in cui possono far salire a bordo gli investitori."

Nick rivolse un ghigno a Kat come se lei fosse uno scarabeo stercorario. Le puntò contro un dito sprezzante. "Dovresti continuare a masticare i tuoi numeri. Non capisci come funziona il mondo degli affari."

Ahia. Non era tra quelli nati con la camicia. Sapeva molto più di Nick. Lui non aveva mai neanche lavorato in un posto che non fosse la Liberty. La collera che le divorava la bocca dello stomaco stava per traboccare. Ma rimase in silenzio—aveva bisogno della sua parcella.

Susan intervenne.

"Ha detto una cosa giusta, Nick. Non sarebbe la prima volta che succede. Inoltre, perché la Porter dovrebbe tentare un trucco come questo quando c'è un blocco di investitori che controllano le azioni che non accetterà l'offerta? Tu non venderai le tue azioni e, in base a quello che mi hai detto di Audrey Braithwaite, anche il fondo non lo farà. Sai che la scalata non avrà successo. Anche io lo so, ma l'opinione pubblica no. Le azioni si sono già alzate del venti percento da quando ha aperto il mercato. Non importa cosa succederà o non succederà, la Porter otterrà un bel rialzo del valore delle loro azioni della Liberty. Così come lo avremo noi."

Nick lanciò un'occhiataccia a Susan mentre rispondeva.

"Beh, tu hai le tue teorie e io ho le mie. A differenza di te, non posso permettermi il lusso di pensarci per tutto il giorno. Devo tornare alla riunione del consiglio." Nick rispose bruscamente con un gesto della mano mentre si alzava e usciva dall'ufficio di Susan.

Kat aspettò che fosse uscito e poi si sporse sulla scrivania di Susan.

"Susan, sei davvero certa che Nick voterà no?"

"Lo hai sentito, Kat. A me è sembrato piuttosto convincente."

Anche il pugno sul tavolo era stato piuttosto persuasivo, pensò Kat cinicamente. Per non dire melodrammatico.

"Che mi dici del fondo?"

"I beneficiari del fondo sono le proprietà di Alex Braithwaite e sua sorella, Audrey. Senza Alex, Audrey probabilmente farà qualsiasi cosa Nick e il consiglio suggeriscano."

"Quindi stai dicendo che il consiglio è unito contro l'acquisizione."

"Beh, da quello che dice Nick, sembra di sì. Raccomanderanno di rifiutare l'offerta. Nick è stato irremovibile a riguardo."

"Ma Susan, presumendo che la Porter non si sia data tutto questo disturbo solo per far alzare il valore delle azioni, e che sappiano che è improbabile che riescano nella loro scalata, perché farebbero questo tentativo con la Liberty?"

Susan fece una pausa un po' troppo lunga prima di rispondere alla domanda di Kat. Si sporse verso Kat e rispose quasi in un sussurro.

"È questo quello che mi preoccupa, Kat. Le acquisizioni sono troppo dispendiose e richiedono troppo tempo a meno che uno non sia serio, e credo che la Porter lo sia. Non farebbero questo tentativo a meno che non si aspettassero di vincere. Nick non accetta la realtà," disse Susan. "Il consiglio sta lavorando a una strategia per respingere l'acquisizione, ma non sarà facile. Con questa offerta sul tavolo, ci sarà un sacco di pressione da parte degli altri azionisti perché accettiamo. O per lo meno, perché otteniamo un'offerta migliore da qualcun'altro."

Susan porse a Kat una copia del modulo di trasparenza 13D della Porter, depositato presso la Commissione per i Titoli e gli Scambi il giorno precedente. Secondo le leggi sulla sicurezza era richiesto di dichiarare l'intento dell'acquirente una volta che possedeva il cinque percento o più del totale delle azioni in circolazione. Il 13D indicava che le intenzioni della Porter erano di comprare interamente la Liberty o acquisire una partecipazione di controllo della compagnia.

"Non capisco. Perché la Porter dovrebbe mentire sul 13D? Potrebbe causargli un sacco di problemi legali."

"Non lo farebbero, Kat. C'è sotto qualcos'altro."

"Così mentre Nick e il consiglio stanno raccomandando di rifiutare l'offerta, tu pensi che ci sia un accordo sotto banco in corso?"

Forse il consiglio non era unito dopo tutto.

"Un'acquisizione dovrebbe essere impossibile." Susan trasse un profondo respiro e continuò. "A meno che Nick o il Braithwaite Family Trust vogliano che succeda qualcosa. Controllano la compagnia con le loro azioni e possono ribaltare il voto. Chiunque voglia prendere il controllo della Liberty dovrebbe ottenere il controllo della maggioranza delle azioni di classe A. E nessuno saprà davvero come Nick o il fondo voteranno."

"Non sarebbe ovvio dal numero di voti a favore?"

"Se il settantacinque percento o più concorresse per il sì, significherebbe che entrambi hanno votato sì. Ma questo si saprebbe dopo il fatto. Se la percentuale fosse inferiore, significherebbe che uno di loro ha votato per l'offerta di Porter. Chi dei due potrebbe rimanere un mistero."

Quindi Nick poteva interpretare la parte del bravo ragazzo e votare comunque a favore dell'offerta senza che nessuno lo sapesse. Kat era pronta a scommettere che qualsiasi cosa Nick volesse, l'avrebbe ottenuta.

CAPITOLO 21

Ortega si alzò dalla sedia di pelle e attraversò il suo ufficio spazioso. Era mezzogiorno e dalla finestra a tutta altezza poteva vedere le persone che si affrettavano durante la loro pausa pranzo nella strada sottostante. La voce di Mohammed gemette attraverso il vivavoce, zampillando una litania di scuse. Ortega l'aveva sentita troppe volte prima.

"Mohammed, risparmiami le bugie. Ne ho abbastanza delle tue deboli ragioni sul perché non puoi consegnare. Questi diamanti sono una merda—lo sai tu e lo so io. Perché non lo ammetti e non mi risparmi le stronzate?"

Ortega era furioso. Era stanco delle scuse infinite di Mohammed. Tornò a sedersi.

"Ma Señor Ortega, le prometto che—"

"Basta!" Ortega picchiò un pugno sulla scrivania di mogano intagliato. Si era fatto fregare da Mohammed e dai suoi compari libanesi, chiaro e semplice.

"I miei diamanti sono della migliore qualità. Per favore, non capisco di cosa parla."

"Penso di sì. Ho fatto testare i diamanti. Mi stai fregando, Mohammed. Non posso scaricare della merda come questa." Ortega tamburellò sulla scrivania con la penna. "Li ho fatti analizzare, quindi non mentirmi."

I risultati dei test avevano mostrato che i diamanti erano di qualità inferiore a quanto avesse sospettato inizialmente. Non solo il volume era calato, ma anche la qualità.

Ortega si spostò a grandi passi verso il divano di pelle davanti a una tv a schermo piatto montata sulla parete. Versò il latte caldo nel suo caffè dal vassoio che Luis aveva silenziosamente portato solo un momento prima.

Sullo schermo c'era l'esterno del negozio di Mohammed, con gli stessi uomini pigri che sprecavano la loro giornata alla caffetteria della porta accanto. Ortega aveva installato le telecamere all'avvio del loro accordo per monitorare le attività al negozio. Erano momenti come quello a rivelare il valore di tutte quelle precauzioni extra. Di lì a poco si sarebbe assicurato che Mohammed non lo fregasse più.

"Signor Ortega, sistemerò le cose. Parlerò ai miei fornitori immediatamente."

I lamenti di Mohammed continuarono mentre perorava la sua causa, ma Ortega non provò alcuna compassione. Era bloccato in una strettoia della catena di rifornimento a causa di quel truffatore. Aveva sempre bisogno di una gran quantità di diamanti, ma Mohammed non li aveva consegnati proprio nel momento più critico. Era impossibile rivedere i suoi piani ad uno stadio così avanzato. Mohammed stava per pagare molto caro il suo scivolone.

Ortega si accigliò mentre guardava lo schermo. Era stanco di aspettare. Era ora di farla finita. Contò fino a cinque e premette il detonatore. Mentre guardava impassibile, l'esplosione eruttò sullo schermo da dentro al negozio, mandando in frantumi finestre e pareti verso l'esterno. La linea telefonica cadde. Gli uomini corsero via dalla caffetteria, gridando mentre scappavano in strada per sfuggire all'esplosione.

Ortega preferiva sempre concludere personalmente i suoi contatti. Se non l'avesse fatto lui stesso, non sarebbe mai potuto essere sicuro del risultato.

Bevve un sorso del suo caffè mentre si meravigliava per un attimo della tecnologia. Fino a qualche anno prima, quella prova di forza sarebbe stata impossibile da portare a termine senza essere scoperti. Ora poteva eliminare i suoi nemici premendo un pulsante, stando comodamente nel suo ufficio. Era irrintracciabile. Pulito e semplice. Ortega dava un gran valore all'efficienza.

La prima ragione per la fine di Mohammed era la punizione. Ortega era certo di poter pareggiare i conti, ma doveva mettere in atto velocemente il suo piano di contingenza altrimenti non avrebbe coperto la grossa perdita finanziaria. La seconda ragione era l'intimidazione. Mohammed poteva essere facilmente rimpiazzato, ma Ortega voleva che al prossimo fornitore arrivasse il messaggio. Non si sarebbe fatto emarginare né avrebbe permesso ad altri di invadere il campo dei suoi affari. Non c'era abbastanza spazio per altri concorrenti e la posta in gioco era troppo alta. I libanesi avrebbero fatto affari con lui o non avrebbero fatto affari con nessun altro. Ortega non poteva permettersi alcun compromesso. La prossima voce sulla sua lista era eliminare il compratore dei diamanti che avrebbero dovuto essere suoi. Li avrebbe avuti, in un modo o nell'altro, ma il tempo stringeva.

Il suo cellulare squillò, interrompendo i suoi pensieri. Era Nick Racine, qualcun'altro a cui doveva dare una lezione. Ortega ripercorse mentalmente gli eventi alla Liberty, ascoltando solo a metà Nick mentre si versava una seconda tazza di caffè.

Gli investimenti nella Liberty appena prima della scoperta al Mystic Lake aveva reso bene, gli avevano fornito un profitto dieci volte maggiore quando aveva venduto al picco del mercato. Vendere appena prima che il furto di Bryant fosse reso pubblico gli aveva garantito un altro raddoppio facile. La massiccia vendita al ribasso aveva fatto precipitare il valore delle azioni della Liberty così tanto che erano praticamente carta straccia. Il coup de grace era la sua acquisizione in sospeso della Liberty a un prezzo stracciato.

Ora era tutto a rischio, visto che il suo conto di intermediazione canadese, sotto il nome di una società d'investimenti, la Opal Holding, era stato congelato dalle autorità canadesi. Aveva pianificato di chiudere il conto e usare i ricavi per finanziare l'acquisizione della Porter. Come se questo non fosse stato abbastanza, ora Nick Racine stava facendo il doppio gioco con lui, cercando un'altra offerta per surclassare quella della Porter.

"Ascolta Nick. Avevamo un accordo. Sono venuto in tuo soccorso. In cambio mi aspetto che tu rispetti la tua parte del patto. Patto che non prevede altre offerte per la Liberty. Hai i tuoi soldi. Ora voglio quello che mi devi."

Ortega accese un sigaro Cohiba e tirò una lunga boccata, assaporando le sfumature speziate e il tocco di cioccolato. La giornata si stava rivelando essere molto lunga.

"Emilio, ascolta," disse Nick. "So quello che sto facendo. Tu vuoi che questa cosa sembri legittima, giusto? A meno che non ci sia una seconda offerta, sembrerà che il consiglio non abbia fatto la sua *due diligence*. Gli azionisti potrebbero rifiutare l'offerta."

Forse avrebbe dovuto eliminare Nick un po' prima del previsto.

"Un'altra proposta farebbe aumentare il prezzo per me. E tu sei la maggior parte degli azionisti. Tutto quello che devi fare è bloccare le azioni dei Braithwaite. Con le loro e le tue è cosa fatta. Abbiamo un accordo. Sono stato buono con te, Nick. Non cercare di fregarmi solo per fare qualche dollaro extra."

"Emilio, trovare un'altra offerta svierà i sospetti. Non posso sostenere pubblicamente un'offerta non richiesta. Come direttore, devo mostrare di aver vagliato altre opzioni e aver raccomandato la migliore. Se ci fosse almeno un'altra offerta, darebbe l'apparenza della competizione. La Porter potrebbe alzare leggermente l'offerta e allora avresti la Liberty."

"Nick, questo è un avvertimento. Non alzerò l'offerta. E liberati di quella contabile forense. Sta facendo troppe domande."

"Ci sto lavorando. La licenzieremo. Ma prima abbiamo bisogno della sua relazione che incastra Bryant."

"Avevi detto che non avrebbe trovato altro."

"Non credo che troverà altro. È più brava di quanto pensassi."

"Beh, licenziarla non è abbastanza. Devi liberarti di lei."

"Di che cosa stai parlando?" Ci fu una lunga pausa all'altro capo. "Intendi ucciderla? Non è un po' estremo? Non è quello che ho accettato di fare."

"Non hai detto nulla quando Bryant è scomparso. Eri felice fintanto che i tuoi debiti di gioco fossero stati pagati."

"Era diverso. Inoltre avevi detto che l'avresti fatto sparire. Non pensavo che l'avresti ucciso."

"Nick, che cosa credi che succeda quando le persone scompaiono? Solo perché non hai premuto il grilletto non significa che tu non sia complice. Coinvolgere Bryant è stata una tua idea, ricordi? Ora sei altrettanto colpevole."

Ortega si era assicurato che non ci fossero dubbi a riguardo. Quando avessero trovato il corpo di Bryant, avrebbero trovato anche il DNA di Nick sulla scena del crimine. Ortega doveva solo essere abbastanza paziente da completare l'acquisizione della Liberty. Una volta che avuta la Liberty, Nick non sarebbe più stato di nessuna importanza. Ortega chiuse la chiamata. Ne aveva abbastanza di Nick per quel giorno.

Spense il sigaro nel posacenere di marmo e rivolse i pensieri a Clara.

Ancora nessuna notizia. Per quel che ne sapeva, le sue azioni si stavano svolgendo secondo i piani. Ma il silenzio lo metteva comunque a disagio. Poteva essere tentata di correre dei rischi. Rischi non necessari. Tutto quello che poteva fare era aspettare la sua chiamata.

L'aveva coinvolta con riluttanza in quella faccenda e solo dietro sua insistenza. Lo rimpiangeva adesso. La conosceva, eppure a volte lo sorprendeva. Era tosta, intelligente e indomabile, ma era anche sua figlia. Si preoccupava per lei. Il suo mondo era fin troppo pericoloso per una donna.

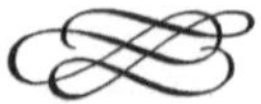

CAPITOLO 22

*E*rano quasi le dieci di sera ormai. Mentre guidava, Kat continuava a scervellarsi sui motivi dietro l'acquisizione ostile. Il valore delle azioni della Liberty era più basso che mai, ma era anche in un casino molto serio, cosa che rendeva la compagnia un obiettivo poco attraente. Il Direttore Finanziario aveva rubato abbastanza denaro da spingere la Liberty alla bancarotta e due persone legate alla compagnia erano morte. Il tempismo della Porter era impeccabile. Kat non credette nemmeno per un momento che fosse una coincidenza.

Kat rimuginò sulle possibilità mentre la pioggia schizzava sul parabrezza. Se Nick e il fondo avessero votato entrambi a favore dell'offerta, la Porter avrebbe avuto la Liberty. Nick da solo poteva costringerli alla vendita solo se avesse votato sì con le sue azioni e se anche tutte le azioni quotate pubblicamente avessero votato sì, per due terzi della maggioranza. Il fondo, col trentacinque percento, non aveva abbastanza azioni per essere determinante da solo. Anche se tutte le azioni pubbliche avessero votato a favore dell'offerta della Porter, combinate con il fondo sarebbero arrivate solo al sessanta percento, non abbastanza per avere una maggioranza di due terzi. Che cosa le sfuggiva?

Rallentò mentre lasciava l'asfalto liscio e i lampioni della strada principale. I suoi occhi si adeguarono lentamente alla strada non illuminata mentre si affidava all'unico faro funzionante della Toyota Celica. Navigare tra le buche e i solchi mentre cercava di stare lontana dal ciglio della strada e dal fiume qualche metro più sotto richiedeva tutta la sua concentrazione. La pioggia adesso colpiva il parabrezza a raffiche ed era difficile vedere a più di qualche metro davanti a lei. Perché non aveva recuperato la scatola di legno durante la sua ultima visita a casa di Takahashi? Scoprire il corpo di Ken era stato uno shock, ma anche così, non le era venuto in mente in quel momento di prenderla.

Ora si rese conto che probabilmente era l'unica prova su cui avrebbe mai messo le mani per provare l'origine dei diamanti. Chiunque avesse piazzato quei diamanti al Mystic Lake era collegato ai soldi rubati—e lei era pronta a scommettere che fossero legati anche agli assassini di Takahashi e Braithwaite. La polizia probabilmente li aveva confiscati ormai, ma c'era una possibilità che non li avessero notati. Pregò che fossero ancora lì

Kat si sporse in avanti, strizzando gli occhi per cercare di trovare il vialetto di Takahashi attraverso la pioggia torrenziale. I tergicristalli pulirono il parabrezza per una frazione di secondo, mostrando il canale proprio davanti a lei. Girò bruscamente il volante a sinistra, evitando per un pelo un bagno nel fango. Si fermò nel vialetto e parcheggiò accanto alla casa. Spense il motore e rimase seduta finché il suo cuore non smise di martellare.

Afferrò la torcia e arrancò lungo il vialetto fangoso fino alla porta sul retro. Il silenzio era rotto soltanto dal tamburellare regolare delle gocce che cadevano dalle grondaie malconce nelle pozzanghere del vialetto d'accesso. Nessun cane che abbaiava, niente investigatori della polizia e nessuna scena del crimine, diversamente dall'ultima volta in cui era stata lì. Kat si domando per un momento quale fosse stato il destino del Labrador di Takahashi. Non aveva mai davvero pensato a lui fino a quel momento. Un'altra vittima, pensò tristemente, mentre girava l'angolo della casa verso i gradini.

Il cordone di nastro della polizia era stato rimosso e tutti i segni del crimine erano spariti. Le tende alle finestre erano tirate. A chi non conosceva la verità, poteva sembrare che i proprietari fossero andati in vacanza.

Kat salì i gradini del portico sul retro e provò ad aprire la porta. Non era chiusa e il pomello girò facilmente. Entrò nello stanzino guardaroba, posando la torcia sullo scaffale di legno sopra i ganci per i cappotti. Trattenne il respiro, aveva quasi paura di guardare. La scatola era ancora lì, apparentemente intonsa. Le tremavano le mani mentre prendeva la scatola e apriva il coperchio. I tre diamanti del Mystic Lake che Takahashi le aveva mostrato durante la sua prima visita erano ancora lì. Uno dal filone originale e due dal nuovo filone.

Le pietre erano la chiave per il mistero della produzione gonfiata, il solo modo in cui avrebbe potuto avere diamanti grezzi senza una spiegazione. Avrebbero provato oppure smentito la produzione falsificata, e senza prove non aveva credibilità. Kat fece ruotare le pietre nella mano, sorpresa della sua fortuna.

Doveva prenderle. Era il solo modo per avere dei diamanti da far testare. Non era proprio rubare, razionalizzò. Lo stesso Takahashi aveva detto che stava succedendo qualcosa di strano e, ora che era morto, stava a lei provarlo.

Tornata nella sua auto con il riscaldamento al massimo, Kat depositò le pietre prese in casa di Takahashi sul sedile del passeggero, mentre usciva in retromarcia dal vialetto, attenta ad evitare il fosso da entrambi i lati.

Seguì il raggio del suo unico faro funzionante, che tracciava la riga centrale della strada. I tergicristalli creavano delle strisciate sul parabrezza, lasciando sezioni appannate nei punti in cui erano consumati. Perché non aveva sostituito prima le spazzole dei tergicristalli? Era fortunata che non ci fosse traffico di cui preoccuparsi.

Dieci minuti più tardi, aveva quasi raggiunto la strada principale quando un veicolo apparve alle sue spalle—andava veloce a giudicare dai fari che brillavano nel suo specchietto retrovisore. Kat frenò, momentaneamente accecata, e spostò lo specchietto.

Troppo veloce con quel tempo.

Ma non c'era un punto in cui fermarsi.

Le luci divennero visibili mentre il veicolo si avvicinava. Un furgone, a giudicare dall'altezza dei fari. E la stava tallonando.

Kat accelerò, cercando di mettere almeno la distanza di sicurezza tra la Celica e il furgone. Gettò un'occhiata al tachimetro. Quindici chilometri sopra il limite in cattive condizioni metereologiche. Non l'ideale, ma la strada principale con i suoi lampioni distava solo un minuto o due. Poi avrebbe accostato e avrebbe lasciato passare quell'idiota.

Rivolse di nuovo i pensieri ai diamanti. Perché Takahashi non li aveva fatti analizzare se aveva dei campioni? O lo aveva fatto? Li prese dal sedile del passeggero e se li ficcò in tasca.

All'improvviso l'interno della Celica fu illuminato a giorno. Quell'idiota stava per tamponarla. Accelerò ancora, ma riuscì appena a gestire la curva successiva. Era trenta chilometri sopra il limite di velocità e riusciva a vedere non più due metri avanti.

Strinse il volante, sentendo le dita tendersi mentre si concentrava sulla strada, cercando di anticipare le curve in quel tratto poco familiare.

L'interno dell'auto divenne di nuovo buio.

Poi il furgone la colpì.

Kat schiacciò il freno con il piede ma tutte e quattro le ruote si bloccarono e sentì la piena forza del furgone alle spalle. L'auto sbandò oltre la linea di mezzeria, mettendosi di traverso. Girò il volante a destra ma era troppo tardi. Mentre la Celica lasciava la strada, vide le luci posteriori rosse del furgone che si allontanavano veloci.

CAPITOLO 23

L'impatto fu esplosivo. Kat lottò per capire che cosa stava succedendo. L'auto si fermò in bilico sulla banchina della strada, inclinata verso il fiume. Il lato del guidatore oscillava in modo nauseante; balzò verso il sedile del passeggero, tenendo ancora le mani saldamente sul volante. Nel panico, sterzò verso il molo, sperando di guadagnare un po' di terreno e fermare l'auto prima che arrivasse all'acqua. Non era sufficiente.

Lo stomaco di Kat sprofondò mentre la Celica slittava sulla superficie di legno bagnato, ruotava di traverso e precipitava oltre il bordo. Poi, l'oscurità. Nient'altro che nero e il suono dell'acqua tutto attorno a lei mentre l'auto si tuffava nell'acqua gelida del fiume. Galleggiò per un momento poi iniziò ad affondare mentre il motore tirava giù prima il muso, nel silenzio dell'acqua torbida.

Kat tirò la cintura di sicurezza, ma la chiusura era inceppata. L'acqua filtrò nella sua scarpa sinistra mentre continuava a lavorare sulla chiusura ma senza risultato. Cominciò a sentirsi male.

Non c'era nessuno lì. Qualcuno l'avrebbe trovata in tempo? Cercò di fermare la sua mente abbastanza a lungo da capire che cosa fare dopo. L'acqua fredda faceva già effetto, addormentandole le mani e rendendo difficile manipolare la chiusura della cintura. Il cuore le martellava nel petto mentre si rendeva conto del suo destino. Avrebbe ceduto alle acque fredde a meno che non si fosse concentrata abbastanza da pensare solo alla chiusura della cintura. Si impose di stare calma, e provò la chiusura ancora una volta. Finalmente si sganciò.

L'acqua le arrivava quasi alle ginocchia ormai. Kat lottò, cercando di aprire la portiera, ma non si muoveva di un centimetro. Combatté il panico. A meno di non riuscisse a pensare chiaramente, non sarebbe mai uscita. L'acqua gelida la paralizzava, rendendole difficile muovere le braccia o le gambe. Aveva i pantaloni bagnati ed era questione di minuti prima che l'interno si riempisse d'acqua.

C'era ancora aria, ma il livello dell'acqua si stava alzando rapidamente. Ora le arrivava alla vita, l'acqua fredda che la inghiottiva. Scalciò contro i finestrini, ma l'acqua che la circondava le rendeva impossibile metterci la forza giusta.

All'improvviso si rese conto. C'era più acqua fuori che dentro e creava così tanta pressione verso l'interno che era impossibile rompere il vetro a calci. A meno che la pressione non fosse uguale dentro e fuori. Ma non era così perché l'interno era ancora parzialmente pieno d'aria. Non sarebbe mai riuscita ad aprire la portiera, a meno che non avesse aspettato. Avrebbe dovuto aspettare fino a quando più acqua avesse riempito l'abitacolo, poi avrebbe potuto provare ancora.

Kat si spostò sul sedile posteriore, ora a quarantacinque gradi rispetto all'acqua. La tasca d'aria sul retro le avrebbe fatto guadagnare un po' di tempo, ma solo qualche minuto al massimo. Esitò. Poteva finire intrappolata nel retro dell'auto. Eppure, era la sua sola speranza per riuscire finalmente a venire fuori.

L'acqua era salita fino in cima ai sedili e Kat dovette tendere il collo per stare sopra il livello dell'acqua. L'acqua fredda la avvolse, rendendo quasi impossibile espandere la cassa toracica abbastanza da respirare.

In meno di un minuto tutta l'auto sarebbe stata sommersa. Tastò per il pulsante del finestrino, ma imprecò silenziosamente mentre si rese conto all'improvviso: i finestrini elettrici non funzionavano nell'acqua. Spostando il corpo di lato, raccolse le gambe per dare un calcio laterale al finestrino, ma anziché sentire la forza, sentì un freddo intorpidimento alle gambe. Era troppo debole. Mentre lottava per fare un secondo tentativo, l'oscurità l'avvolse in modo definitivo, l'ultima bolla d'aria inghiottita dalle acque gelide.

CAPITOLO 24

Qualcuno la stava chiamando. Una voce, ancora debole, si fece più forte e più vicina. Si concentrò sulla luce in lontananza mentre si affievoliva e tornava in vista. Il dolore le attraversò il corpo mentre cercava di andare avanti. Partì dalla testa, percorse la schiena e infine la sua gamba destra, giù fino all'alluce come una scossa elettrica. Il dolore pulsava in ogni centimetro del suo corpo. Dolore? Questo voleva dire che dopo tutto non era morta. E se non era morta, dov'era?

"Kat? Riesci a sentirmi?" La voce era più vicina adesso e Kat aprì lentamente gli occhi. Harry e Jace erano piegati sopra di lei, i loro volti che si mettevano a fuoco per poi sfocarsi di nuovo. Era stesa su un letto con le sponde in una stanza grigia e scialba. I soli pezzi di arredamento che riusciva a vedere erano una sedia e un carrello con sopra dei piatti di plastica.

"Dove sono? Che ore sono?" Un'ondata di nausea la investì mentre cercava di mettersi a sedere. Tutto nella stanza diventò improvvisamente sfocato e iniziò a girare. La sua testa martellava mentre cercava di rimettere a fuoco Harry e Jace. Fece una smorfia e lasciò cadere la testa sul cuscino. Ora ricordava: l'incidente, l'auto che affondava nelle acque gelide del Fraser River.

"Sei all'ospedale, Kat. Sono le dieci e trenta e il dottore dice che non dovresti ancora muoverti." Harry diede una pacca delicata sul braccio di Kat. "Rilassati e torna a dormire. Ti sentirai meglio."

Dieci e trenta? Del mattino? Il panico la travolse. Doveva portare le pietre a Cindy per farle analizzare e aveva una tonnellata di altri lavori da fare, come controllare il collegamento libanese della Bancroft Richardson. Inoltre l'offerta per l'acquisizione ostile della Porter aggiungeva una nuova dimensione agli strani avvenimenti alla Liberty e la scadenza che Nick le aveva dato per ritrovare i soldi incombeva su di lei.

Non c'era tempo da perdere. Doveva uscire in fretta da quell'ospedale.

"Davvero, devo andare. Ho del lavoro da fare e io—"

"Tu non andrai da nessuna parte, signorina." La voce di Harry prese un tono ammonitore. "Il dottore dice che dovranno passare almeno altre ventiquattro ore prima che prendano in considerazione l'idea di dimetterti. Hai una commozione cerebrale, le costole incrinate e un sacco di altri tagli e contusioni. Che cosa è successo comunque? La polizia ha detto che ti sei addormentata al volante. Ti ricordi qualcosa della scorsa notte?"

"Cosa? Non mi sono addormentata al volante. Qualcuno mi ha spinto fuori strada!" Kat era oltraggiata. "Stavo guidando lungo la River Road quando un grosso furgone è arrivato alle mie spalle e mi ha speronata e poi—"

"Un furgone ti ha colpita?" chiese Harry.

"È quello che ho detto—un furgone."

"Come fai a dire che era un furgone? Non era buio?"

"L'ho visto. Mi lasceresti finire, per favore?" Kat cercò il pulsante di controllo del letto d'ospedale con la mano destra. Finalmente lo trovò e lo spinse così da poter sollevare la testa.

"Ok, ok. Vai avanti."

"Quando ho sterzato, ho perso il controllo dell'auto e sono

finita nel fiume. L'ultima cosa che ricordo è di essere rimasta intrappolata nell'auto mentre affondava."

"Hai visto l'autista?" chiese Harry.

"No. Tutto quello che ho visto sono stati i fari nello specchietto retrovisore." Tornò al momento prima dell'incidente: l'interno della Celica momentaneamente illuminato dalle luci del furgone, poi essere intrappolata dalla cintura mentre l'auto si tuffava dal molo. Rabbrividì.

"Sei sicura, Kat? Il testimone ha detto che non c'era nessun'altro. Devi aver sentito l'impatto quando hai colpito il pontile prima di finire in acqua."

"Quale testimone? L'autista del furgone?"

"Un tassista," disse Jace.

"Non c'era nessun autista del furgone," disse Harry.

"Non mi credete? Te lo sto dicendo, Zio Harry, qualcuno mi ha spinta fuori strada." La voce di Kat era alta per la frustrazione. "Voi non c'eravate—io sì."

"Non dubito che tu pensi che sia successo, Kat. È facile commettere errori quando si è stanchi."

"So cos'è successo. Vedrete le prove sulla mia auto."

"Beh, la tua auto è nel fiume. La polizia non è nemmeno sicura di riuscire a tirarla fuori."

"Sei stata molto fortunata, Kat." Jace intervenne. "Il taxi stava andando nell'altra direzione quando ti ha vista uscire di strada."

"Ma non c'era nessun altro lì. Nessuno."

"È stato lui a chiamare la polizia. Ha detto che stavi sbandando per tutta la strada, come se fossi ubriaca. È quello che dicono della mancanza di sonno. È come bere e be—"

"Vi sto dicendo ragazzi—sono stata spinta fuori strada! Era un grosso furgone. Non capisco come chiunque possa non averlo visto. Qualcuno sta cercando di uccidermi!" Kat si tirò a sedere di scatto e si lasciò andare altrettanto velocemente mentre un'altra scossa di dolore assaliva il suo corpo.

"Certo, Kat," disse Jace. "Ora mettiti giù."

Kat sentì il viso farsi rosso per la rabbia mentre si concentrava su Jace.

"Avevi ragione riguardo a Buddy. Qualcuno sta cercando di impedirmi di scavare alla Liberty."

"Forse è ora di chiudere. Se qualcuno davvero ti dà la caccia, questa storia non vale la tua sicurezza personale."

"Non posso. Non adesso, quando sono così vicina a trovare Bryant e i soldi, e a portare alla luce la frode al Mystic Lake. Devo tornare in ufficio!" Kat se ne rese conto con orrore. Chiunque si fosse preso il disturbo di mandarla fuori strada doveva sapere che cosa aveva trovato. Che era a conoscenza dei dati di produzione falsificati. Avrebbero fatto qualsiasi cosa per distruggere sia lei che le prove che li incriminavano.

"Lascia che vada io, Kat. Ci penserò io." Harry era insistente.

"No, non capisci. Devo fermarli prima che distruggano la traccia di documenti."

"Kat, tu non te ne andrai dall'ospedale. L'infermiera e il dottore l'hanno detto entrambi. Lascia che vada Harry." Jace spinse il carrello verso il letto. "Almeno fai colazione."

"Ok," disse Kat. Recitò a Harry la lista dei documenti da prendere insieme al suo computer. Chiedere a Harry di fare qualcosa oltre a rispondere al telefono e archiviare documenti era un invito al disastro. D'altro canto, nessuno tranne Harry sarebbe stato in grado di trovare quei documenti nel suo stravagante sistema di archiviazione. Kat diede un morso al suo toast. Era molliccio e freddo.

Recuperare i soldi quel giorno, mentre era intrappolata all'ospedale, era impossibile. Anche se fosse stata capace di rintracciare il contatto libanese, le banche lì sarebbero già state chiuse.

"È incredibile. Finalmente mi aggiudico un grosso caso. Poi quando inizio a fare progressi nel risolverlo, qualcuno cerca di uccidermi! La mia auto è un rottame. Non ho soldi per comprarne un'altra, cosa di cui ho disperatamente bisogno, e ora sono tenuta prigioniera in ospedale. Il ladro a cui sto dando la caccia probabilmente sta distruggendo tutte le prove e nessuno mi crede. E il povero Buddy è morto a causa mia. È il giorno peggiore della mia vita!"

"Non è il giorno peggiore della tua vita, Kat," disse Jace con dolcezza.

"Non lo è?" Kat vide un leggero barlume di speranza.

"No, è solo il giorno peggiore della tua vita *fino ad ora.*"

"Jace, non sei molto incoraggiante in questo momento."

"Kat, tutto quello che sto dicendo è che non sai mai che cosa ti riserva il futuro. Cosa che mi ricorda—c'è un altro biglietto."

"Eh?"

Jace le porse un foglio di carta piegato.

"Era sul portico davanti."

"Non voglio vederlo." Kat spinse indietro la sua mano mentre immagini di Buddy le balenavano davanti agli occhi. Forse Jace aveva ragione. La Liberty non valeva tutto questo.

"Mi dispiace. È diverso dal biglietto di Buddy. Scritto a mano, con una calligrafia femminile."

Kat aprì lentamente il foglio, temendo ancora di guardare. La calligrafia era piccola e precisa, ma scritta con una mano tremante.

Ricopri le rose di pacciame, copri le radici. È la menta a sopraffare. L'ho visto farlo.

"Visto chi?" chiese Kat. Non aveva notato menta nel giardino. La menta era invasiva, ma in genere moriva con la prima gelata. Decisamente non era qualcosa che richiedesse immediata attenzione.

"Non lo so, Kat. Speravo che lo sapessi tu."

Non lo sapeva, e le faceva male la testa. Sentiva la pesantezza del sonno che ricominciava ad assalirla. Ma non prima di aver visto Jace piegarsi su di lei e posarle un bacio sulla fronte. Fu l'ultima cosa che sentì mentre calava di nuovo nel profondo torpore dell'incoscienza.

CAPITOLO 25

Kat si svegliò di soprassalto, il panico ormai familiare che la avvolgeva. Cercò di liberare le gambe, ma non ci riuscì. In pochi secondi le tornò tutto in mente.

Rabbrividì: l'incidente d'auto, l'ospedale e il letto in cui era ancora sdraiata. Poi emise un sospiro di sollievo mentre apriva gli occhi. I suoi piedi erano solo intrappolati tra le coperte, non cercavano futilmente di rompere a calci il finestrino della Celica. Oltre a questo, le ventiquattro ore precedenti erano confuse.

La luce del sole entrava dalla finestra e si riversava sul pavimento, intercettando granelli di polvere sul suo cammino e dando luce alle pareti beige spento del reparto d'ospedale. Voci e il suono di passi affrettati entravano dal corridoio, il chiacchiericcio di infermiere che parlavano dei loro weekend. Kat fece mentalmente un conto.

La sera di lunedì era a casa di Takahashi. Era di nuovo mattina. Quindi doveva essere martedì. Il tempo stava passando velocemente e prima fosse uscita da quel posto, meglio sarebbe stato. Gettò un'occhiata al comodino. Il suo computer era ancora al sicuro in cima. Harry l'aveva portato come promesso.

All'improvviso ricordò. I diamanti! Dov'erano? Li aveva persi nell'impatto dell'incidente? Se così fosse stato, i diamanti di Takahashi erano andati per sempre. Il cuore di Kat sprofondò. I diamanti erano la sua ultima speranza. Dovevano essere nel fiume, insieme all'auto e al suo contenuto, impossibili da recuperare. Come avrebbe fatto ad avere altri diamanti della Liberty per farne testare l'autenticità? Era il solo modo che aveva per provare la sua teoria della produzione gonfiata.

Premette i tasti del suo cellulare. Era morto. L'acqua l'aveva danneggiato irreparabilmente. Il telefono poteva essere rimpiazzato, ma i diamanti no.

Kat fece rotolare le gambe giù dal lato del letto e usò le braccia per mettersi dritta. Fece una smorfia mentre il dolore le scorreva attraverso il corpo. La testa le pulsò mentre si alzava in posizione eretta. Si toccò la fronte e sentì un grosso bernoccolo. Mentre si raddrizzava, un'altra fitta di dolore la fece nuovamente piegare in due. Si sentiva come una ferita con le gambe e tutto quello che voleva fare era tornare a stendersi finché il tormento non si fosse placato. Ma non era un'opzione. Era a corto di tempo e doveva trovare dei diamanti della Liberty.

Trascinò i piedi per la stanza con indosso la sua camicia da notte da ospedale e le ciabatte, alla ricerca del resto dei suoi effetti personali. Dov'erano i suoi vestiti? Dovevano essere da qualche parte nella stanza. Una fitta di dolore la fece irrigidire mentre procedeva lentamente per la stanza, alla ricerca di qualche segno dei suoi oggetti. C'era un armadietto dietro al letto che non aveva notato prima. Dentro c'erano i jeans e la camicia che aveva indosso quando era avvenuto l'incidente. Rovistò nelle tasche, sperando contro ogni speranza di trovare i diamanti. Niente.

Non c'erano nemmeno le scarpe. Era bloccata in ospedale ancora per un po', almeno finché non fosse riuscita ad avere qualcosa da mettere ai piedi e a recuperare un po' di mobilità. Un'altra scossa di dolore le incendiò la schiena mentre si rimetteva a letto, esausta.

Accese il portatile ed entrò nelle sue e-mail. Passò al setaccio la sua in-box, cancellando le offerte di vacanze gratis, prescrizioni a buon mercato e soldi da banchieri nigeriani. La sola e-mail legittima proveniva da Susan Sullivan della Liberty, datata il giorno precedente. La aprì e rimase paralizzata mentre leggeva il messaggio sullo schermo.

La fissava dritta in faccia—tre frasi in bianco e nero che dicevano che i servizi di Kat non erano più richiesti.

Che diavolo stava succedendo? Susan non aveva parlato di licenziarla al loro ultimo incontro. Al contrario, si era confidata con lei riguardo a Nick. Certamente c'era un errore. Avrebbe chiamato Susan per sistemare le cose.

Si tirò su di nuovo e uscì dal letto. Mentre si alzava in piedi, fece mentalmente un controllo. Il dolore era tollerabile finché si muoveva con cautela. Indossò un paio di ciabatte dell'ospedale e camminò lentamente lungo il corridoio, sentendosi come un carcerato in fuga. Evitò di guardare negli occhi chiunque avesse scarpe vere e trascinò i piedi oltre la postazione delle infermiere con indosso la sua camicia da notte molto poco lusinghiera. Fortunatamente le infermiere erano ancora prese dalla loro conversazione e non la notarono mentre arrancava per oltrepassarle. Doveva trovare un telefono pubblico.

Finalmente ne trovò uno fuori dalle porte del Pronto Soccorso, vicino al parcheggio. Un gruppo di fumatori variamente agganciati a sacche di soluzione salina e altri apparati la guardarono con curiosità. Sembrava che fosse poco vestita per affrontare gli elementi. Li ignorò e compose il numero di Susan, usando uno dei quarti di dollaro che in qualche modo le erano rimasti in tasca. Decise di non dire a Susan da dove stesse chiamando.

"Susan Sullivan."

"Susan. Sono Kat. So che mi avete sollevata dal caso, ma c'è qualcosa di cui dobbiamo parlare. È importante."

Ci fu una lunga pausa all'altro capo.

"Kat, mi dispiace che non abbia funzionato. Mi dispiace

davvero. Devo andare. Ho un sacco di lavoro da fare adesso con questa acquisizione."

"Ma Susan, i soldi sono solo una parte di questa storia. C'è qualcosa che devi sapere riguardo al Mystic Lake."

"Onestamente, Kat, ora non ho tempo di ascoltare nessuna delle tue teorie infondate che potrebbero o meno avere qualcosa a che fare con i soldi spariti. Ora che abbiamo rintracciato i soldi fino in Libano, dovremmo essere in grado di recuperarli. Devo andare adesso. A presto."

Abbiamo? Kat aveva rintracciato i soldi in Libano, non Susan o nessun altro alla Liberty. Con l'aiuto di Jace, naturalmente, ma Susan non lo sapeva. Era conveniente per Susan prendersi il merito di qualcosa che non aveva fatto.

"Susan, per favore. Non riattaccare!" Kat quasi strillò dentro il telefono. Una donna sovrappeso nel gruppo dei fumatori si fermò a metà di una frase, fissando Kat come se fosse malata di mente.

"Devi fare controllare il tuo anello, Susan. Il diamante non proviene dal Mystic Lake. Posso provarlo. Qualcuno sta gonfiando la produzione di quella miniera con diamanti illegali."

"Kat, questa è una follia. Ovviamente viene dal Mystic Lake. È stata una delle prime pietre estratte dal filone. Onestamente non so di che cosa stai parlando. Devo andare."

Kat si era sbilanciata. Non c'era modo di provarlo senza far analizzare l'anello di Susan. Ma non aveva avuto scelta.

"Susan, il diamante sul tuo anello proviene da una miniera in Africa. Ho le analisi che lo provano."

Silenzio all'altro capo della linea, poi un click. Susan aveva riattaccato.

Kat arrancò nuovamente lungo il corridoio, le costole incrinate che dolevano ad ogni passo del viaggio di ritorno. Il senso di urgenza fu sostituito dallo scoramento. Tecnicamente aveva fatto quello che era stata assunta per fare, anche se i soldi non erano ancora tornati alla Liberty. Dimenticare Susan e la Liberty sarebbe dovuto essere un sollievo. Avrebbe trovato un cliente meno problematico, uno per cui non avrebbe dovuto rischiare la vita. E avrebbe avuto il tempo di aiutare Jace a preparare la casa per la vendita.

Ma era stata solo una questione di fortuna se non era morta. Chiunque fosse dietro al suo incidente era anche responsabile degli assassini di Takahashi, Braithwaite e probabilmente Buddy. Lo doveva a loro, doveva trovare chi li aveva uccisi. Con tutti quei miliardi in ballo non si sarebbero fermati davanti a niente e, licenziata o no, avrebbero comunque potuto metterla a tacere. Qualcuno doveva prenderli e assicurarsi che giustizia fosse fatta. Susan era così miope da non vederlo? O era complice nella frode?

Le infermiere non erano da nessuna parte in vista quando tornò. Camminò con passo stanco fino alla sua stanza e fu accolta dalla Zia Elsie e uno strano profumo che non riuscì a identificare subito. Sandalo.

"Zia Elsie! Non puoi bruciare incenso qui! Spegnilo."

"Non posso, cara. Una volta acceso, devi lasciarlo bruciare." Zia Elsie si alzò dalla sedia accanto al letto e camminò verso di lei, sventolando il bastoncino di incenso nell'aria. Indossava una giacca di broccato turchese con un ricamo a crisantemi, secondo i dettami della sua ultima mania in fatto di moda che comprendeva tutto quanto c'era di orientale. Un semplice vestito nero e décolletè con pochi centimetri di tacco completavano l'insieme. Il guardaroba era la sola area della sua vita in cui trasudava senso pratico. Abbinava pezzi trovati a buon mercato nei negozi vintage con abiti basici. Sosteneva che qualsiasi pensionato potesse vestirsi alla grande.

"Ma questo è un ospedale. Non puoi bruciare cose! Gettalo nel lavandino del bagno. Mettilo sotto il rubinetto." Kat aveva già abbastanza problemi senza avere delle questioni anche con il personale ospedaliero. Per lo meno l'ospedale non stava cercando di liberarsi di lei.

Elsie le lanciò un'occhiata ferita. "Mi dispiace, Kat. Sto solo cercando di creare un po' di atmosfera. Questo posto è così freddo e istituzionale. Non sono un maestro di Feng Shui, ma in questa stanza manca qualcosa. L'incenso allenta la tensione. Ecco, bevi un po' di tè."

Due tazze di porcellana contenenti Earl Grey appena fatto erano posate sul comodino e Kat decise di non interrogarsi sulla logistica.

"Cara, non avevo idea che fare la contabile fosse così pericoloso. Saresti dovuta diventare infermiera come me."

"Aspetta un secondo, Zia Elsie, il tuo convoglio non è finito in un'imboscata quando eri in Africa?" Elsie era stata un'infermiera educatrice con l'UNESCO prima di sposare Harry.

"Beh, sì, ma almeno sai con che cosa hai a che fare."

Kat non capiva perché farsi sparare da qualcuno che conosci fosse diverso da farsi sparare da un estraneo, ma decise di non perseguire un senso logico.

"Zia Elsie, sei stata in Sierra Leone negli anni Cinquanta—estraevano diamanti allora?" Elsie aveva lavorato lì prima di incontrare e sposare Harry.

"Sì, cara. Ti ho mai detto che Claude era un mercante di diamanti?"

"Davvero?"

Claude era stato lo spasimante di Elsie prima di Harry. Kat aveva sentito qualcosa riguardo a lui, ma aveva sempre pensato che anche lui fosse nell'UNESCO:

"Comprava diamanti grezzi e li vendeva ai tagliatori di diamanti ad Anversa. Ha fatto i soldi come intermediario."

"Dove li prendeva?" Kat deglutì mentre il tè bollente le bruciava il palato. Era stata colta alla sprovvista da questa notizia, sconosciuta fino ad allora.

"A volte dalle miniere, ma più spesso da minatori individuali. In Sierra Leone, ci sono un sacco di operazioni da un solo uomo, almeno c'erano allora. La maggior parte dei diamanti venivano ritrovati nei letti dei fiumi. Dilavamento, è così che lo chiamano. In ogni caso, Claude aveva un buon giro di affari. Forniva un mercato ai minatori e loro gli fornivano i prodotti. Ti ho mai mostrato l'anello di diamanti che mi ha regalato?"

"No. Sono sicura che sia bello ma davvero ho bisogno di sapere se..."

"Oh Kat, è meraviglioso. Sarà tuo un giorno. È un diamante giallo da un carato a taglio di brillante che proviene dal distretto di Kono in Sierra Leone. Claude me l'ha regalato poco prima che gli sparassero."

"Che gli sparassero? Chi è stato?"

"Un capitano dell'esercito. Voleva un diamante, proprio come tutti gli altri. Claude si rifiutò, così lo uccise."

"Lo uccise? E tu che cosa hai fatto?"

Elsie si asciugò una lacrima dall'occhio.

"Non c'era niente che potessi fare. È stato allora che sono tornata a casa."

"Claude commerciava legittimamente? Faceva parte del commercio legale o del mercato nero?"

"Allora tutti facevano parte un po' di entrambi. Non c'erano le regolamentazioni che ci sono adesso. E non c'era davvero un mercato nero. Tutto passava attraverso gli stessi canali. Poteva essere estratto dalla compagnia mineraria durante il giorno o dagli operai che corrompevano le guardie per entrare di nascosto nelle miniere di notte. Nessuno la vedeva davvero in quel modo. Ho anche alcuni diamanti grezzi. Sembrano proprio come le tue pietre, in effetti."

"Le mie pietre?"

"Sai, sono come quelle che avevi con te ieri. Proprio come quelle."

"Sai delle pietre?" Il cuore di Kat mancò un colpo. Forse c'era speranza dopo tutto. "Sai dove sono?"

"Ma certo, cara. Ce le ho io. Sai come sono gli ospedali. Lasci una cosa in giro e prima che te ne renda conto, è sparita. Ho deciso di tenerle per sicurezza."

"Oh, Zia Elsie. Non hai idea di quanto sia importante. Posso riaverle adesso?"

"Sì, cara. Una volta che sarai uscita dall'ospedale e sarai al sicuro a casa te le ridarò. Ora dove le ho messe? Hmmm. Nella cassetta di sicurezza o nella scatola dei gioielli? Non riesco a ricordare bene adesso."

"Prova a pensarci, Zia Elsie. Per favore. È davvero importante."

"Ci penserò cara, lo farò. Mi verrà in mente. Potrebbero volerci alcuni giorni, ma me ne ricorderò. Le cose rallentano un po' quando arrivi alla mia età. Ma mi tornerà in mente. Vedrai."

Contro il suo buon senso, Kat decise di coinvolgere Jace e lo Zio Harry ancora di più. Doveva far avere a Cindy i diamanti il più presto possibile. Il suo futuro dipendeva da questo.

CAPITOLO 26

Le dimissioni dall'ospedale il giorno precedente sembravano storia antica e Kat era contenta di essere fuori. La casa di Verna stava iniziando a piacerle. Tina faceva le fusa accanto a lei e nella cucina, pitturata di fresco e appena pulita, c'era un frigo pieno di cibo grazie a Jace.

Ciotole piene di farina, zucchero e altri ingredienti, incluso l'ingrediente principale della cucina francese, il burro, punteggiavano il bancone. Ogni piatto, ogni utensile e ogni centimetro dello spazio sul bancone era in uso, ma con la disposizione della cucina non sembrava disordinato.

Aveva trovato le ricette di Verna mentre puliva la credenza lunedì e ne aveva scelto alcune per il suo menù a tema francese. Kat e Cindy avevano pianificato quella cena da settimane, prima delle Miniere Liberty Diamonds e prima che Kat perdesse il suo appartamento e guadagnasse la casa di Verna. Faceva parte del loro piano di allenamento multi sfaccettato per la maratona di Parigi: fare tutto quello che facevano i francesi nelle settimane precedenti alla gara. Tutto, tranne fumare Gitanes o mangiare lumache.

Cercando Verna su Google non era spuntato niente sulla

signora che, a giudicare dalla sua casa, avrebbe potuto fare concorrenza a Martha Stewart per i soldi. Nemmeno Jace aveva scoperto molto dai vicini; la casa era vuota quando si erano trasferiti due anni prima.

I collezionisti di porcellane di Limoges, porcellane cinesi e libri di cucina di Julia Child non svanivano nel nulla senza lasciare tracce, né perdevano la loro casa nelle aste giudiziarie. I collezionisti avevano troppi bagagli. Comprare la casa all'asta giudiziaria poteva essere stato perfettamente legale, ma sembrava di rubare l'esistenza di qualcun'altro. Senza sapere la ragione per cui Verna era scomparsa, Kat poteva solo custodire le porcellane, i cristalli Baccarat e i mobili antichi come un guardiano temporaneo. Non potevano vendere la casa con tutti i suoi tesori all'interno, ma cosa potevano fare? Kat decise che avrebbe trovato loro una casa, come se fossero una cucciolata di gattini.

Il timer da cucina suonò (l'orologio sulla stufa non funzionava più), e Kat infilò i guanti da forno. Era multi-tasking—un soufflé aspettava di andare nel forno non appena la zuppa francese di cipolle ne fosse uscita. Un'insalata provenzale appena preparata aspettava il suo condimento di vinaigrette. Controllò la zuppa e reimpostò il timer per altri dieci minuti.

Cindy sarebbe arrivata a momenti. Allenarsi per la maratona implicava trascorrere ogni momento di veglia a pensare al cibo, a comprarlo o a prepararlo. Naturalmente essere licenziata dalla Liberty le aveva dato una certa libertà e quel giorno il lavoro di preparazione non le era pesato neanche un po'. Niente più cibo da ospedale fatto a purea o schiacciato in una pappa omogenea. Morire di fame era meglio che mangiare quella colla insapore.

Stava ancora aspettando che la zuppa francese di cipolle uscisse dal forno, quando Cindy marciò attraverso la porta sul retro. Kat guardò su appena in tempo per vedere Tina sfrecciare attraverso la porta prima che si chiudesse. Le braccia di Cindy attirarono l'attenzione di Kat. Stava portando dei regali: una baguette, una bottiglia di Pinot Grigio e una scatola di pasticceria che sembrava contenere un ottimo dessert.

"Mmmmm. Ha un buon profumo, Kat!" disse mentre la abbracciava. "Non sembri così malconcia. Hai riavuto la tua auto?"

"No. La compagnia di assicurazione dice che potrebbero volerci settimane, forse mesi, prima che la tirino fuori dal fiume. Quindi oltre a essere disoccupata, sono anche senza macchina!"

Cindy posò le borse sul bancone e si servì di un cappello di fungo ripieno.

"Questi sono deliziosi." Se ne ficcò un altro in bocca. "In ogni caso, è più economico non guidare. Niente benzina, tagliando, o lavaggio dell'auto. Vai dappertutto di corsa invece."

"Sarebbe poco pratico. Non posso presentarmi dappertutto sudata marcia. Inoltre, la corsa mi fa mangiare di più. Sto spendendo per fare la spesa almeno quanto spendevo per la benzina."

"Perché devi sempre fare un'analisi costi-benefici su tutto? Almeno aiuteresti l'ambiente. Dov'è Jace?"

"È di nuovo fuori per una ricerca. Uno sciatore di sci di fondo è disperso sul Monte Seymour dalla scorsa notte. L'hanno chiamato alle quattro del mattino. Una pattuglia ha trovato l'auto dello sciatore ancora nel parcheggio." Jace era un membro nel della Squadra di Ricerca e Salvataggio del North Shore. Le chiamate arrivavano sempre tardi la sera, quando le famiglie e gli amici denunciavano la scomparsa di una persona, o molto presto al mattino, quando il soccorso alpino notava l'auto ancora nel parcheggio.

"Quando tornerà?"

"Non lo so. Non ha chiamato, quindi dubito che tornerà in tempo per la cena." Una ricerca poteva richiedere da alcune ore a molti giorni. Anche gli sciatori e gli escursionisti esperti sottovalutavano le aree isolate dei monti North Shore, indotti ad abbassare la guardia per la loro vicinanza alla città.

"Spero che torni presto," disse Cindy. "Ho sentito che il rischio di valanghe è estremamente alto adesso."

Kat non ci voleva pensare. Le squadre di ricerca e salvataggio venivano spesso messe in pericolo per salvare sciatori che andavano consapevolmente fuori dalle piste alla ricerca di neve fresca. Cambiò argomento.

"Hai avuto i diamanti?" Harry avrebbe dovuto consegnarli a Cindy dopo che Elsie finalmente si era ricordata del suo nascondiglio speciale.

"Sì, li ho avuti." Cindy tirò fuori una busta trasparente dalla borsetta e gliela porse. "Ecco, voglio che te li riprenda."

"No! Devi farli analizzare. Devo provare che sono diamanti sporchi, Cindy. Sei la sola che mi possa aiutare."

"Non senza sapere da dove vengono. Chi te li ha dati?"

"Ehm, beh, posso darti i dettagli più tardi. Il fatto che siano illegali è ciò che importa. Vuoi prendere i criminali, non è vero? Ti prometto che ci condurranno a loro, chiunque siano."

Kat tirò fuori la zuppa francese di cipolle dal forno e la posò su una griglia per farla raffreddare leggermente. Il formaggio era sciolto e ben scurito, proprio come nella foto nel libro di cucina di Betty Crocker. Preparò il soufflé di formaggio e lo mise in forno.

"E chi sarebbero?"

"Beh, ho ristretto la cerchia ad alcune persone alla Liberty, ma non so ancora dirti chi sia con certezza. Però so che i diamanti non sono legali. So già da dove non provengono. Tu mi dirai da dove provengono una volta fatte le analisi in laboratorio. Sono sicura che non vengano dal Mystic Lake."

"Ma Kat, non posso semplicemente portare una manciata di diamanti e chiedere di farli analizzare senza ragione."

"C'è una ragione. Ho le prove che i numeri sono stati manipolati, due persone sono state uccise e io ero la prossima sulla lista. Non è abbastanza?"

"L'incidente? Harry ha detto che ti sei addormentata al volante mentre tornavi a casa."

"Non è proprio così. Un furgone mi ha colpita e se solo tirassero fuori la mia maledetta auto dal fiume, il danno sarebbe evidente. E prima ancora, il povero Buddy è stato ucciso. È allora che ho ricevuto quel biglietto di minacce. Devi aiutarmi, Cindy. Sta succedendo qualcosa alla Liberty, ma senza le analisi dei diamanti non posso provarlo."

Cindy sospirò.

"Sei sicura di tutto questo? Perché se finiamo con un pugno di mosche, passerò un sacco di guai per aver sprecato risorse preziose. I tagli al budget e tutto il resto—conosci la procedura."

"So che questi diamanti non vengono dalla Liberty. Quindi vengono da un'altra parte. Tu mi hai parlato del Kimberly Process e del sistema di certificazione. Ogni diamante deve avere un documento che ne certifichi la provenienza. Basandomi su questo, questi devono essere diamanti illegali."

Cindy sospirò e guardò Kat con rassegnazione mentre stappava il vino. "Ok, li farò controllare. Mi devi un favore."

"Lo so. Ma vedrai. Sarai ricompensata quando prenderemo chiunque sia dietro questa truffa."

Tina miagolò ai piedi di Kat. Strano, visto che era uscita quando Cindy era arrivata. Forse aveva lasciato una finestra aperta. Tina rifiutava il cibo per gatti, preferiva il cibo delle persone. Kat aveva provato ogni marca di cibo per gatti, ma Tina semplicemente faceva lo sciopero della fame finché Kat non la assecondava dandole qualsiasi cosa stesse mangiando. Specialmente il formaggio.

Kat si rimise al lavoro grattugiando una manciata di Gruyère per Tina mentre il cellulare di Cindy squillava. Cindy posò i diamanti sul bancone e andò nel portico per rispondere alla chiamata. Kat ci era abituata; il lavoro sotto copertura dell'amica implicava che non potesse lasciar che nessuno ascoltasse le sue conversazioni, sia per la sua sicurezza che per quella degli altri.

Kat non riusciva a scrollarsi di dosso la sensazione di essere osservata. Guardò oltre la porta del portico, ma vide solo Cindy, la schiena rivolta verso Kat mentre parlava al telefono.

Tolse la zuppa di cipolle dalla griglia dove l'aveva messa a raffreddare e la posò in tavola. Era occupata a tagliare a fette la baguette quando vide un movimento con la coda dell'occhio. Cindy era ancora fuori e non si aspettava che Jace tornasse per almeno altre due ore, sempre che fosse tornato.

Era il Detective Platt, in piedi sulla porta della sala da pranzo, che la osservava. Come aveva fatto a entrare? Avrebbe giurato che la porta principale fosse chiusa. La porta sul retro era bloccata da Cindy, ancora appoggiata allo stipite come un momento prima. Se non fosse stata sveglia, l'avrebbe classificato come un incubo. Decise di lasciar perdere i convenevoli. Questo tizio andava oltre la maleducazione.

"Si presenta sempre senza bussare? Che cosa vuole?"

"Katerina, non c'è bisogno di essere scortese."

Kat lo fissò riuscendo appena a trattenersi. Le aveva sentite parlare dei diamanti? "Mi dica cosa vuole. Mi chieda qualsiasi cosa. Mi accusi di qualcosa oppure mi lasci in pace. Non ho fatto niente di sbagliato e sono stanca di essere trattata come una criminale."

"Voglio che mi dica la verità. Perché è tornata a casa di Takahashi?"

"Di che cosa parla? Perché sarei dovuta tornarci?"

"Me lo dica lei, Katerina. È stata lì lunedì sera. L'abbiamo vista."

"Mi avete vista? Mi seguite adesso? Che cosa vi dà il diritto di molestarmi in questo modo?"

In quel momento decise che non solo Platt non gli piaceva—lo odiava.

Cindy, allertata dal tono alto delle voci, incrociò lo sguardo di Kat dall'altro lato della porta. Kat le fece cenno di entrare.

"Risponda alla domanda, Katerina. Perché è andata lì?" Gli occhi duri e blu di Platt perforarono nei suoi mentre incrociava le braccia. Evidentemente non sarebbe andato da nessuna parte finché Kat non gli avesse risposto.

Cindy entrò ma rimase in silenzio. Anche Platt non diede segno di averla notata. Invece tenne gli occhi su Kat, in attesa di una risposta.

"Tutte queste domande su Takahashi sconfinano nelle molestie."

"Non me ne vado senza una risposta." Continuò a guardarla, gli occhi che non lasciavano trapelare nulla.

"Sono dovuta andare lì. Dovevo controllare una cosa."

I diamanti. La busta trasparente era sul bancone dove Cindy l'aveva lasciata. Kat cercò di non guardarla, sperando che Platt non la notasse.

"L'ho vista mettersi qualcosa in tasca quando è uscita. Violazione di domicilio e rimozione di proprietà senza permesso sono crimini. Dovrei arrestarla adesso."

"Non può arrestarmi—non ho preso niente. Avevo una caramella e ho messo la carta in tasca."

"Detective Platt, Kat è una sospettata?" chiese Cindy.

"Diciamo che è una persona d'interesse. Non posso né includerla né escluderla senza la sua collaborazione."

"Quindi lo è."

Platt non rispose e continuò a fissare Kat. Si sentiva come una rana sotto a un microscopio, dissezionata nell'ora di biologia.

"Detective Platt, delle persone innocenti sono state uccise. E qualcuno ha cercato di uccidere me domenica. Ma lo sa già se mi stava facendo seguire. Anch'io ho delle domande. Se mi stavate pedinando, perché non avete fatto qualcosa riguardo al furgone che mi è venuto addosso e mi ha spinta nel fiume?"

"Non la stavamo proprio seguendo. La casa di Takahashi è sotto sorveglianza e l'abbiamo vista andare e venire. Ancora non ha risposto alla mia domanda. Perché era lì?"

"Stavo solo dando un'occhiata in giro. Per cercare prove che non avete individuato. Il pover'uomo è stato ucciso e voi siete sulla pista sbagliata. So di non essere l'assassina, ma non sembra che voi lo sappiate. Se non sapete fare a dovere il vostro lavoro e trovare l'assassino, allora devo farlo io, per il bene di Ken. È stato sprecato fin troppo tempo."

"A parte il fatto che stava commettendo una violazione di

proprietà privata, non ha autorità per entrare su una scena del crimine."

Kat vide un lampo di fuoco balenare negli freddi occhi blu di Platt. Lo aveva fatto arrabbiare. Bene. Era un gioco a cui si poteva giocare in due.

"Spero che stia dicendo la verità, Katerina. Se ha preso qualcosa da quella casa, lo scoprirò."

La bocca di Cindy si aprì per la sorpresa. Aveva capito da dove provenissero i diamanti. La chiuse altrettanto velocemente e sul suo viso comparve un'espressione impassibile. Era di nuovo sconvolta. Eppure, Cindy rimase in silenzio e non diede più alcun contributo alla conversazione.

"E se potessi provare che Takahashi è stato ucciso per un insabbiamento alla Liberty?"

"La ascolto."

"Sto ancora lavorando sui dettagli. Le farò sapere quando li avrò."

"Non aspetti troppo a lungo. Le darò un'ultima occasione—ha preso qualcosa da quella casa?" L'atteggiamento freddo di Platt se n'era andato e il suo volto era arrossato. Kat decise di approfittarne.

"E se l'avessi fatto? Che cosa farebbe?"

Cindy lanciò a Kat un'occhiata di avvertimento.

"L'inquinamento delle prove viene preso molto seriamente. Oltre al fatto che stava violando una proprietà privata, non può portare via niente da una scena del crimine."

"Non sembrava che le importasse prima."

"Siamo chiari. È un crimine e se scoprirò che l'ha fatto, la perseguirò."

"D'accordo. Ma lei dovrebbe indagare su tutte le persone che avevano dei motivi per uccidere Takahashi. È stato ucciso perché ha fatto troppe domande."

"È stato licenziato dalla Liberty molto tempo fa. Se la cosa fosse collegata, sarebbe stato ucciso allora. Non cerchi di sviare l'attenzione. È ancora la mia sospettata principale."

"La Liberty era cinque miliardi più ricca qualche mese fa, non stava guardando in faccia la bancarotta e non aveva uno scandalo riguardante il Direttore Finanziario. Lei è sulla pista sbagliata e il tempo che sprecate a sorvegliare me, fa sì che l'assassino possa uccidere altra gente. Ha già ucciso Takahashi, Braithwaite e probabilmente Bryant. Chi sarà il prossimo?"

"Un momento. Non ci sono prove che colleghino gli omicidi. E Bryant è scomparso, non è stato ucciso."

"Andiamo, Detective Platt. Braithwaite è stato ucciso perché era schietto e c'era una lotta di potere tra lui e Nick Racine. Takahashi è stato ucciso perché qualcuno aveva paura che mi raccontasse dei dati di produzione falsificati al Mystic Lake. Di nuovo, un conflitto con qualcuno alla Liberty. È stato costretto a lasciare quel lavoro. E io sono stata quasi uccisa mentre lavoravo alla frode della Liberty. Queste mi sembrano maledette prove che sia tutto legato alla Liberty. Bryant è stato incastrato come capro espiatorio per i soldi mancanti. Non ha preso il denaro. Era un pagamento per i diamanti. La Liberty viene usata come condotto per diamanti sporchi."

Kat non si aspettava che lui le credesse, e non lo fece.

"Non dovrei essere sospettata. Sono in pericolo. Qualcuno mi manda nel fiume dopo che ho ricevuto un biglietto di minaccia attaccato al mio gatto morto? Che cosa mi succederà dopo?"

"Stia attenta a come parla. Sta oltrepassando i limiti." Platt si voltò è uscì infuriato dalla porta sul porticato. L'odore di bruciato si diffuse dal forno.

Kat aprì lo sportello e imprecò. Il suo soufflé era bruciato e sgonfio. Ma non era niente in confronto alla collera di Cindy.

"Kat! Come hai potuto farlo? Ora sono parte della tua personale ondata di crimini. Non era la carta di una caramella. Hai rubato i diamanti da casa di Takahashi. Non posso credere che tu l'abbia fatto." Cindy trafisse il un fungo ripieno con più forza del necessario, rompendo lo stuzzicadenti in due.

"Mi dispiace. Lo sai non ti avrei messa in questo casino a meno che non avessi altra scelta. Una volta analizzati i diamanti, avrò le prove."

"Potrei perdere il lavoro per questo. Se Platt scoprisse che sono coinvolta, non lavorerei mai più come poliziotto."

"No, sarai discolpata. Vedrai. Aspetta finché non avremo i risultati. Ti assicuro che mostreranno che sono diamanti riciclati. E questo mi toglierà di torno Platt e lo indirizzerà verso chiunque sia il responsabile dell'assassinio di Takahashi."

Kat scaldò al microonde la zuppa di cipolle ormai fredda. Certamente un faux-pas in qualsiasi libro di cucina parigina, ma servì al suo scopo.

"Platt ha una reputazione. Non rinuncia mai."

"Non scherzare."

"Sono seria. La mia carriera sarà finita se mando a monte la sua indagine per omicidio."

Cindy prese due bicchieri da vino dalla credenza e versò il Pinot Grigio. L'amichevole atmosfera parigina di qualche momento prima era evaporata.

"Ma non è molto bravo nel suo lavoro, Cindy. Non ha preso quei diamanti. Perché sono l'unica che collega i puntini? Se fosse intelligente, si concentrerebbe sulle persone con dei moventi per l'omicidio di Takahashi. Io non ho un movente."

"Il furto."

"Cosa?"

"Il furto. Hai rubato i diamanti da casa sua. Questo lo rende un furto."

"Ma una volta che avrai fatto analizzare i diamanti—"

"Kat, mi stai mettendo in una posizione difficile. Prima contamini la scena del crimine e poi mi dai potenziali prove da quella scena—che hai rubato—senza dirmi come le hai avute. Mi hai incriminata. Perché dovrei aiutarti?"

"Credevo di farti un favore."

"Lo chiami un favore? Io sto facendo un favore a te, salvando il tuo povero culo. A mio rischio e pericolo, dovrei aggiungere."

"Ok. Suppongo che tu abbia ragione. Avrei dovuto dirtelo. Ma sono sicura che le analisi mostreranno che questi sono diamanti sporchi. Questo non dovrebbe anche scagionarmi come sospettata?"

"Non so se ti scagionerà. Voglio dire, il tuo DNA è dappertutto a casa di Takahashi. Ma questo aggiungerebbe un altro movente, che significa altri sospetti. Però c'è una cosa che Platt sembra non aver considerato."

"Cosa?"

"È strano che pensi che tu possa vincere in una colluttazione contro Takahashi."

"Perché sono una donna?"

"Sì. Anche se tu sei più alta del suo metro e settanta circa, non hai la forza nelle braccia che hanno molti uomini. Messo davanti a una lotta per la sua vita, dubito che avrebbe perso contro di te."

"Faccio i pesi. Sono più forte di quanto pensi."

"Non ti sto criticando, è un dato di fatto. Come minimo, se ti trovassi in una lotta tra la vita e la morte con un coltello, probabilmente avresti dei segni anche tu. Sono sorpresa che Platt non abbia messo questo in discussione. O forse l'ha fatto. Solo che non ha altre piste al momento."

"È esattamente quello che dico io. E non ne sta cercando altre."

"Kat, io sono dalla tua parte. Solo che non mi piace come ti muovi. So che non sei un'assassina. Lasciamo perdere. Farò analizzare i diamanti."

"Sicura? Puoi tirarti indietro quando vuoi."

"Non adesso, non posso. Far analizzare i diamanti è il solo modo per scagionarmi. Se Platt scoprisse che avevo quei diamanti e non ho fatto niente, per me sarebbe finita."

Kat dissezionò il soufflé, cercando parti da salvare. Ma non ce n'erano. Nemmeno Tina l'avrebbe toccato. Lo scaricò nella pattumiera e mise dell'acqua a bollire. Se la sarebbero dovuta cavare con i maccheroni al formaggio.

"Oh, quasi dimenticavo," disse Cindy porgendo a Kat un foglio di carta piegato. "Ho trovato questo nel portico sul retro."

Kat lo aprì. Era scritto con la stessa calligrafia tremante del biglietto che Jace le aveva mostrato ieri, con una differenza importante. Quel biglietto era firmato.

CARO CUSTODE,

IL MIO TOUR *è stato esteso. Per favore, rimani. Il giardino sembra a posto, ma ai rododendri potrebbe far bene un po' di fertilizzante;*

CORDIALMENTE, *Verna*

CAPITOLO 27

Kat stava diventando impaziente. Audrey Braithwaite era in ritardo di quarantacinque minuti. Il cameriere camminò altezzoso fino al suo tavolo e le riempì di nuovo il bicchiere d'acqua con un gesto plateale.

"Aspetta ancora i suoi amici?"

Non si sarebbe guadagnato un granché di mancia continuando a riempirle il bicchiere di acqua del rubinetto. Erano quasi le undici e il Carlisle era pieno della folla dei pranzi d'affari. Il cameriere era ansioso di destinare il suo tavolo a un cliente più remunerativo. Se ne sarebbe dovuta andare presto o ordinare qualcosa dal menù oltraggiosamente caro.

Decise di dare a Audrey altri cinque minuti. Diede un'occhiata ai clienti dei tavoli vicini. Meglio così. Gli antipasti erano minuscoli. Disposti artisticamente o meno, le escargot al tavolo a fianco le ricordavano le lumache che aveva visto sul suo marciapiede quella mattina. Avrebbe potuto giustificare la spesa solo se ne fosse valsa la pena.

Kat pensò alla nota indirizzata custode del giorno precedente. Era davvero Verna o qualcuno le stava facendo uno scherzo? La calligrafia sembrava quella di una signora anziana, ma poteva essere contraffatta. Verna poteva essere la persona che aveva visto nel cortile sul retro?

Se fosse riuscita a intercettare chiunque fosse a lasciare i biglietti, avrebbe potuto avere delle risposte. Forse avrebbe scoperto di più riguardo a Verna e perché avesse perso la casa a un'asta giudiziaria.

"È laggiù."

La voce del cameriere attirò l'attenzione di Kat. Alzò lo sguardo dal menù per vedere il cameriere insolente avvicinarsi con Audrey. Ogni traccia di arroganza era scomparsa e fece un gran sorriso mentre la scortava al tavolo di Kat, nel retro del ristorante. A giudicare da come chiacchieravano, si conoscevano, non che fosse una sorpresa visto che era stata Audrey a scegliere il ristorante.

Audrey sembrava essere almeno sulla sessantina, ma portava bene i suoi anni. Kat immaginò un esercito di personal trainer, chirurghi plastici e chiunque altro la gente ricca assumesse per comprare la giovinezza. Fece lampeggiare un sorriso dal bianco artificiale verso Kat mentre sedeva.

"Cosa prende, Signora Braithwaite? Il solito? E per lei, signorina? Altra acqua?"

Audrey ordinò un doppio gin tonic per entrambe prima che Kat potesse protestare. Si stava ancora riprendendo dal Pinot Grigio della sera precedente. L'alcol la faceva sentire stordita e aveva bisogno di agire in fretta prima che facesse effetto. Era ora o mai più.

Inoltre era cautamente ottimista. Avrebbero potuto legare bevendo drink. Un piccolo tête-à-tête e forse avrebbe potuto fermare il prossimo atto criminale.

Bevve un sorso cauto del suo gin tonic e quasi si strozzò. Era alcol puro e il primo approccio di Kat con il gin. Non esattamente un buon sapore, ma era decisa a fare buona impressione a Audrey, non importava cosa ci volesse. Se significava bere superalcolici a stomaco vuoto, l'avrebbe fatto.

Audrey buttò giù il suo drink in due rapide sorsate.

"Quindi lei è la ragazza che lavora sulla frode di Bryant. Ho sentito molto parlare di lei."

A quanto pare non abbastanza, o avrebbe saputo che Kat era stata licenziata. E non era esattamente una ragazza, ma decise di non offendersi per il commento di Audrey. Le persone più vecchie sembravano sempre sottostimare l'età. Era una forma di auto-negazione.

"Ora mi dica—che cos'è tutta questa storia?"

Kat aggiornò Audrey sui dettagli dell'offerta della Porter mentre il cameriere planava su di loro con un altro drink per Audrey.

"Quindi crede che vendere alla Porter sia una cattiva idea?"

"Sì. Credo che si stiano approfittando di voi. Qualcuno sta svendendo la Liberty su vasta scala, facendo scendere il prezzo delle azioni. Probabilmente è una manovra orchestrata dalle stesse persone che stanno cercando di comprare la Liberty a un prezzo da saldi di fine stagione."

"La Porter? Ma è la nostra ultima occasione di riavere i nostri soldi. O accettiamo l'offerta o dichiariamo bancarotta. Ci sono così tanti debiti a causa del furto di Bryant che non abbiamo altra scelta. Le azioni non valgono quasi più niente. Che altro possiamo fare?"

"Non accettate l'offerta. Vendere le azioni farebbe il gioco della Porter. Non vede? Prima manipolano il prezzo delle azioni vendendole allo scoperto e ora stanno cercando di portarvi via la compagnia. Inoltre i debiti della Liberty sono stati rifinanziati a breve termine, quindi non c'è pericolo di bancarotta per almeno qualche mese. Ci serve solo un po' più di tempo per riavere i cinque miliardi."

Il cameriere portò altri due gin tonic, uno a testa. Kat aveva ancora tre quarti del suo primo drink. Né il cameriere né Audrey sembravano aver fretta di ordinare del cibo. Un po' di pane per assorbire l'alcol nel suo stomaco non avrebbe guastato. Audrey bevve una bella sorsata e si sporse in aventi per sussurrare con tono cospiratorio.

"Non le piace il gin? Lo posso mandare indietro se non le piace."

"Uh, no. È rotondo. Lo stavo solo assaporando."

"Beh, ce n'è altro in arrivo. Non sia timida."

Come faceva Audrey? Era più magra di Kate, non più di quarantacinque chili. Incarnava lo stereotipo della matrona della società anoressica con la taglia 38, e stava surclassando Kat con la sua taglia 44. Kat disse mentalmente una preghiera per il suo fegato e lo buttò giù d'un fiato. Si sarebbe preoccupata delle conseguenze più tardi. Era più importante convincere Audrey a non vendere le azioni del Braithwaite Family Trust. In quel momento il gin era il loro legame.

Audrey continuò, ignara del dilemma alcolico di Kat.

"Devo ammetterlo, tutti questi affari aziendali mi annoiano. Si è sempre occupato Alex di tutto. Ora se n'è andato. Però Nick mi è stato di grande aiuto. È stata una sorpresa, considerando quanto odiasse mio fratello."

"Davvero? Nick le ha dato dei consigli?"

"Ha detto che, in fondo, non ha importanza cosa facciamo. Ha detto che le sue azioni decideranno il destino della compagnia. E ha ragione. Qualsiasi cosa Nick voglia, la ottiene. Alex si è scontrato più di una volta con lui. Non erano mai d'accordo su niente."

"Perché crede che Alex sia stato ucciso?"

"Non lo so. Mio fratello era un po' una testa calda. Aveva dei nemici per questo. Un sacco di gente lo voleva fuori dai piedi. Ma ucciso? Non avrei mai pensato che qualcuno sarebbe arrivato al punto di ucciderlo."

"Nick l'avrebbe fatto? Ha detto che Nick odiava Alex." Kat stava camminando sul filo del rasoio. L'aveva detto prima di rendersi conto che i pensieri le sfuggivano dalla bocca. Era l'alcol a parlare.

"Nick? Ha un brutto carattere, ma non è un assassino. Agli uomini come Nick non piace sporcarsi le mani. Non l'avrebbe fatto. Avrebbe potuto incaricare qualcuno di farlo, badi bene. Si può delegare un omicidio?"

"Si può comprare tutto se il prezzo è giusto."

Audrey rivolse una lunga occhiata a Kat. "Non crederà che l'assassinio di Alex abbia qualcosa a che fare con l'acquisizione, vero?"

Nell'annebbiamento dell'alcol, Kat capì che stava iniziando a fare breccia con Audrey.

"Beh, il tempismo è interessante. Non lo escluderei." Kat era certa che le cose fossero collegate. Solo che non aveva ancora collegato tutti i punti.

"Nick non avrà opposizione, ora che Alex se n'è andato."

"Così sembrerebbe. A meno che lei e il fondo fiduciario di famiglia non decidiate di fermarlo."

"Che cosa possiamo fare? Gli altri azionisti sono convinti che non avranno un centesimo a meno che non vendano le azioni. Le loro azioni insieme a quelle di Nick sono abbastanza per un'acquisizione."

"Nick ha ragione riguardo alle sue azioni. Può ribaltare il voto. Ma c'è una cosa che ha dimenticato di dirle. Anche se il fondo fiduciario della sua famiglia non ha la maggioranza delle azioni per votare l'acquisizione, ha abbastanza quote da fermarla. Per l'acquisizione ci vuole una maggioranza dei due terzi. Il fondo ha il trentacinque percento. Cento percento meno trentacinque percento, lascia un sessantacinque percento—solo che i due terzi sono il sessantasei percento."

"È abbastanza per opporsi all'acquisizione e fermare Nick."

"Sì." Le cose si stavano muovendo nella direzione giusta. Kat bevve un altro sorso di gin. Audrey buttò giù quel che restava del suo bicchiere e il cameriere riapparve all'improvviso, depositando altri due gin tonic.

"Audrey, come si sarebbe sentito Alex a vendere?"

"Non aveva mai considerato l'idea. Diceva sempre che era solo l'inizio per la Liberty e che lui era in corsa a lungo termine. Sentiva che c'era così tanto potenziale non sfruttato nel nord del

Canada e la Liberty era nella posizione migliore per approfittarne. Era quello che diceva anche Papà." Audrey sembrò assorta per un momento.

Proprio come Bryant, pensò Kat.

"Ricordi, Audrey. Lei ha una scelta. Anche se la Liberty ha delle difficoltà finanziarie al momento, non significa che sia perduta. C'è uno studio legale che sta lavorando per recuperare i soldi mancanti proprio adesso."

"Beh, Nick ha detto che questa sarà la nostra ultima occasione. Anche il consiglio raccomanda di accettare l'offerta della Porter. Non lo farebbero a meno che l'offerta non fosse ragionevole in queste circostanze. Non voglio vendere la compagnia di Papà, ma non voglio nemmeno che le azioni diventino carta straccia."

Kat sapeva che Audrey Braithwaite non aveva mai dovuto lavorare un giorno nella sua vita. La ricchezza arrivava senza sforzo. Alex prendeva tutte le decisioni e assumeva dei professionisti per occuparsi di tutti i dettagli. Quella era probabilmente la prima volta in cui Audrey doveva decidere qualcosa di più complesso di quale sfumatura di smalto portare. Doveva essere spaventoso per lei.

"Può fermarli, Audrey. Suo fratello l'avrebbe fatto. Non deve vendere alla Porter."

"Vorrei che Alex fosse qui. Saprebbe cosa fare. Faceva sempre la cosa giusta, anche se era un po' impulsivo."

"Audrey, dipende da lei. Senza il suo no, gli altri azionisti sono impotenti. Non lasci che la Porter si approfitti di un momento temporaneo di debolezza."

"Beh, non lo so. Forse ha ragione. Mi dia un giorno per pensarci."

Il voto degli azionisti era di lì a due giorni. Audrey si alzò dal tavolo e se ne andò, apparentemente in ottima forma dopo quattro doppi gin tonic. E non alleggerita nel portafogli, si rese conto Kat con orrore. Audrey le aveva appena scaricato il conto.

CAPITOLO 28

Kat rispose al telefono al primo squillo. Era per Harry, cosa non sorprendente. Harry riceveva più telefonate di lei in ufficio in quei giorni. Era deprimente. Drizzò le orecchie quando sentì chi stava chiamando.

"Un momento. Bancroft Richardson?" Kat balzò dalla sedia, rovesciando il caffè sulla tastiera. In quel momento non le importava. Probabilmente comunque sarebbe stata sequestrata e questa poteva essere la svolta di cui aveva bisogno.

"Sì. Per favore mi faccia chiamare da Mr. Denton a proposito del suo conto."

Kat notò un tono leggermente condiscendente nella voce della donna. Probabilmente pensava che Kat fosse la segretaria.

"Ha qualcosa a che fare con la Opal Holding, Frank Moretti o la Liberty?" Harry doveva aver dato il numero dell'ufficio per evitare che Elsie lo scoprisse.

La linea fu silenziosa per un momento.

"Temo di sì. Devo parlare con Mr. Denton e assicurargli che stiamo facendo tutto il possibile per risolvere il problema."

"Forse potrebbe parlare anche con me. Sto lavorando sul caso di frode che coinvolge la Liberty. Potremmo scambiarci gli appunti." Kat non vedeva alcun male nel mentire. Solo perché era stata licenziata non significava che non potesse comunque lavorare al caso da sola. Poteva benissimo essere la prima contabile forense volontaria al mondo.

Meno di due ore dopo, Kat sedeva davanti a Rashida Devane nel suo ufficio, arredato in modo eccessivo, alla Bancroft Richardson. Collocato in un grattacielo dall'altro lato della strada rispetto alla Liberty, Kat avrebbe potuto vedere direttamente nell'ufficio di Susan se non fosse stato per i vetri oscurati.

"Quindi la Liberty l'ha assunta per lavorare sulla frode?"

"Sì." Tecnicamente era vero. Rashida non aveva chiesto se la Liberty l'avesse licenziata, quindi tenne la bocca chiusa in proposito. "E come ho detto al telefono, sospetto che il prezzo delle azioni venga manipolato."

"Ed è dove Frank Moretti e la Opal entrano in gioco?"

Kat annuì mentre gettava un'occhiata intorno alla stanza. Si può dire molto di una persona dal suo ufficio. Quello di Rashida era opulento, decorato nei toni del borgogna e con legno scuro. L'antica scrivania di mogano costituiva il centro della stanza, e le finestre a tutta altezza erano accentuate da pesanti drappeggi di damasco. Due lampade Tiffany a piantana gettavano un bagliore dorato. Se erano vere, erano un notevole investimento in illuminazione. La ragazza di sicuro aveva un gusto per il lusso. Decisamente non allineato con gli standard aziendali che Kat aveva visto alla Bancroft Richardson entrando. Kat si sfilò una scarpa e tastò la lana soffice del tappeto Kashan con il piede.

"Esatto. Quindi, ditemi delle operazioni finanziarie."

"Beh, non posso parlare con lei dei conti di nessuno dei nostri clienti. È riservato. Suppongo che potremmo discutere gli aspetti pubblici del caso tuttavia."

Rashida aggiornò Kat sull'enorme volume di acquisti di azioni della Liberty che Frank aveva fatto con tre fondi che gestiva, così come del volume acquistato attraverso le transazioni della Opal.

Per quanto riguardava i fondi, le transazioni consistevano solamente di acquisti, mentre non risultavano acquisti o vendite per la Opal fin dalla vendita allo scoperto prima della scomparsa di Bryant. Prima ancora, le transazioni effettuate per la Opal e per i fondi erano identiche. Entrambi avevano acquistato quantità significative delle azioni della Liberty appena prima della scoperta del Mystic Lake e avevano venduto allo scoperto appena prima della scomparsa di Bryant. Il tempismo era troppo perfetto.

"Ha già trovato i suoi conti offshore?"

"Quali conti offshore?"

"La sola ragione per cui Moretti avrebbe rischiato comprando azioni fallimentari per tutti i fondi è per pompare il prezzo delle azioni. Perché? Così da poter vendere le sue azioni personali." Kat stava facendo una scommessa calcolata sui conti offshore, ma doveva sembrare convincente con Rashida. "Scommetto che ha un sacco di soldi impegnati nelle azioni della Liberty e ha bisogno che il prezzo non continui a scendere. Sta usando un conto offshore per non essere individuato, probabilmente una holding che non è a suo nome. Superi lo schermo della personalità giuridica e troverà i legami con Frank Moretti."

"Ma ha dovuto dichiarare tutti i suoi investimenti come parte degli accordi della Bancroft Richardson. Non c'erano conti offshore nella lista."

"Non è esattamente un tipo onesto, come mi ha fatto notare." Kat si chiese se l'ignoranza di Rashida fosse genuina o una recita.

"Vero," disse Rashida. "Presumendo che avesse un grosso investimento nella Liberty, avrebbe venduto dai suoi conti all'incirca nello stesso momento in cui stava comprando grosse quantità di azioni per i fondi, giusto?"

"Penso di sì. C'è modo di controllare?"

"La commissione di sicurezza sta revisionando tutte le transazioni. Anche se le sue transazioni personali provengono da conti offshore, sono comunque passate per la borsa. Dovremmo essere in grado di rintracciare un gran volume di transazioni controllando i registri di borsa. Probabilmente però ci vorrà un ordine della corte."

"Questo non dovrebbe essere un problema. Le indagini sono già in corso. È solo un'altra cosa da controllare," Kat osservò Rashida estrarre uno spesso fascicolo dal cassetto della scrivania.

Mentre Rashida apriva il fascicolo, ne sfuggì una foto, che finì sulla scrivania davanti a Kat. Rimase a bocca aperta. Conosceva quella faccia, anche se il colore dei capelli e il taglio erano diversi. Kat la prese e la porse a Rashida.

"Normalmente tenete le fotografie dei dirigenti delle compagnie in cui investite?"

"Quella è Clara de la Cruz, Segretaria della Opal Holding. Ci viene richiesto legalmente di avere fotografie dei correntisti nei nostri fascicoli."

Kat aveva appena trovato un grosso pezzo del puzzle. Era una fotografia di Susan Sullivan.

CAPITOLO 29

Una leggera pioggerellina cadeva mentre Kat camminava lungo Denman Street, diretta al supermercato. La pioggia era sufficiente a inumidirle la pelle ma non abbastanza per un ombrello. Erano le quattro ed era in crisi d'astinenza da carboidrati dopo la sua maratona a base di gin al pranzo con Audrey. Pasta o anche un tozzo di pane francese abbondantemente spalmato di burro avrebbero certamente aiutato la sua concentrazione.

Aveva inventato di aver dimenticato un appuntamento, promettendo di chiamare Rashida l'indomani. Si sentiva in colpa per non aver rivelato la sua scoperta, ma non poteva rischiare che Rashida smascherasse Clara prima di avere un piano d'azione. Il collegamento Susan/Clara aveva fatto andare tutti i tasselli a posto. Ora aveva bisogno di un piano per smascherare Clara senza rischiare che fuggisse. E doveva capire come togliersi Platt dalle calcagna e metterlo alle calcagna di Clara.

Aprì il telefono con uno scatto e chiamò Jace, colpendo i tasti mentre camminava, gettando occhiate ai manichini nelle vetrine delle boutique e pensando all'identità segreta di Susan.

"Attenta!"

Kat non aveva notato il vecchio. Il suo impermeabile grigio lo rendeva quasi invisibile contro il muro di cemento. Mentre si scontravano, il bastone dell'uomo cadde di lato e lui cadde contro il muro, proprio sotto una grondaia che perdeva.

"Quale diavolo è il suo problema?" Si sosteneva al muro adesso, la testa calva bagnata dall'acqua che gocciolava. Sollevò il bastone fino a livello della vita e la indicò. "Rallenti!"

Kat mormorò una scusa proprio mentre Jace rispondeva. Lo aggiornò sulla scoperta Susan/Clara mentre entrava nel supermercato.

"Wow! Quale hai detto che era il suo nome?"

"Clara—Clara de la Cruz."

Kat si fermò per prendere un cestino. Doveva almeno fingere di essere una cliente mentre si aggirava furtivamente tra le corsie alla ricerca di campioni gratuiti. Un penny risparmiato era un penny che non pesava sull'estratto conto della sua Visa. Anche guardare al centesimo poteva essere divertente con il giusto atteggiamento.

Kat sentì Jace digitare sulla tastiera all'altro capo della linea.

"Interessante… C'è una Clara de la Cruz in Argentina che è stata indagata per riciclaggio di denaro. C'è un link a un articolo qui. Dice che non è mai stata accusata formalmente."

"Riciclaggio di denaro? È decisamente da lei."

"C'è altro. È imparentata con un famoso trafficante d'armi in Argentina. Il nome del tizio è Emilio Ortega Ruiz. È suo padre."

"Clara ha davvero molte conoscenze. Solo non del tipo che mi aspettavo," disse Kat mentre si metteva in fila per la panetteria.

"Ortega praticamente controlla il traffico al Triplo Confine. Tratta più armi e munizioni di chiunque altro lì."

"Triplo Confine?"

"È in Sudamerica," disse Jace. "Dove Brasile, Paraguay e Argentina confinano. È un importante punto di trasbordo per qualsiasi cosa, dall'elettronica contraffatta alle auto rubate, per la maggior parte attraverso il Paraguay. I brasiliani e gli argentini vanno a caccia di affari a Ciudad del Este nei weekend, ma la maggior parte di quello che trovano è rubato o contraffatto."

"Ora ricordo di aver sentito parlare di quel posto. È anche uno dei più grandi centri globali per le spie internazionali, i terroristi e i criminali del mondo." Kat sorrise alla signora al bancone e infilzò un assaggio di pane alla banana con il suo stuzzicadenti.

"Kat, è una storia enorme. Sapevo che era grossa, ma non così."

"E sta per migliorare. Clara sta vendendo allo scoperto la Liberty attraverso la Opal Holding. I cinque miliardi sono stati usati per vendere allo scoperto le azioni della Liberty appena prima che la scomparsa di Bryant fosse annunciata. Una volta reso pubblico il furto di Bryant, le azioni della Liberty erano praticamente senza valore. È stato allora che l'operazione di vendita allo scoperto è stata chiusa con un enorme profitto." Kat aggiornò Jace riguardo a quello che aveva saputo da Rashida riguardo alle transazioni della Opal.

"Un Amministratore Delegato che vende allo scoperto la sua stessa compagnia?"

"Lo so," disse Kat. "La Opal è una copertura. Penso che Clara e suo padre siano dietro alla scomparsa di Bryant e ai cinque miliardi rubati. Naturalmente le vendite allo scoperto della Opal sono avvenute appena prima della scomparsa di Bryant. Perché altrimenti Susan avrebbe fatto scendere il prezzo delle azioni ancora di più e rinunciato al suo bonus?"

"Hai ragione. Ha perso milioni di bonus ma ha guadagnato miliardi dalla vendita allo scoperto."

"Esatto. Ha orchestrato l'operazione in modo che avvenisse appena prima dell'annuncio dell'imbroglio di Bryant, sapendo che la notizia avrebbe reso le azioni praticamente senza valore. La Opal ha venduto le azioni della Liberty per circa cento dollari a azione prima che la notizia fosse resa pubblica. Poi le ha ricomprate per pochi centesimi ad azione e hanno liquidato la loro posizione."

"Quanto pensi ci abbiano fatto?"

"Rashida mi ha fatto vedere solo alcuni dei documenti, ma immagino miliardi. Sappiamo che cinque miliardi sono stati trasferiti sul conto in Libano. Tutto quello che Rashida ha detto è stato che Opal ha chiuso con un enorme profitto. Qual è un enorme profitto su cinque miliardi?"

"Non c'è da stupirsi che Susan fosse disposta a restare per due anni," disse Jace.

Kat fece una pausa alla fine della corsia delle zuppe, dove piccole ciotole di carta di zuppa alla zucca gialla e peperoncino erano sistemate su un vassoio d'argento. C'era perfino un piccolo crostino al centro di ogni tazza. Afferrò una ciotola e si ficcò una cucchiaiata in bocca con il cucchiaino di plastica, cercando di non succhiare rumorosamente.

"Cos'è stato quel rumore?"

"Uh, niente. C'è un ultimo pezzo del puzzle."

"Quale?"

"La Porter. Compagnie sull'orlo della bancarotta come la Liberty di solito non ricevono offerte di acquisizione. Perché la Porter vuole la Liberty?"

"Beh, il prezzo è giusto," disse Jace.

"È un prezzo economico, ma dov'è il valore? La Liberty è stata spogliata dei suoi soldi, è indebitata fino al collo e le sue azioni non valgono quasi più niente."

"Dev'esserci una spiegazione."

"C'è. Credo che la Porter sia in qualche modo collegata alla Opal. La Opal Holding ha la sede nelle Isole Cayman. Secondo la circolare d'offerta della Porter, anche loro hanno sede alle Cayman. Forse non è la sola cosa che hanno in comune."

"Credi che la Porter sia controllata da Clara o da suo padre? Perché dovrebbero volere la Liberty dopo averla ripulita?"

"Per riciclare diamanti sporchi. Ricordi i dati di produzione? So che i numeri sono stati gonfiati ma non riuscivo a capire perché. I diamanti veicolati attraverso la Liberty possono essere fatti passare per legittimi. Naturalmente la sfida per Clara e suo padre era farsi pagare per i diamanti. I cinque miliardi ne hanno pagati un po', ma ha funzionato così bene che vogliono continuare. Compare la compagnia significherebbe far tornare a loro i profitti."

Kat sentì Jace battere ancora rapidamente sulla tastiera all'altro capo del filo.

"Jace, per favore dimmi che non stai già scrivendo di questa storia."

"È solo una bozza. Mi renderà più facile mettere insieme i pezzi più avanti. Non preoccuparti, non finirà ancora sui giornali."

"Spero di no. Non voglio spaventare Clara prima che possa essere presa e accusata. Mette tutto in una luce completamente diversa."

"E sostiene quello che hai detto fin dall'inizio—Bryant dev'essere stato incastrato. Non ti sei chiesta perché abbia assunto te per un caso tanto grosso? Penso che contasse sul fatto che non saresti stata in grado di rintracciare i soldi scomparsi."

"Caspita, Jace, grazie per il voto di fiducia."

"Beh, hai detto tu che Nick voleva assumere uno dei grossi studi legali, ma Susan—voglio dire, Clara—non voleva. Sto cercando di comprenderla. Prima ti assume e quando sembra che tu sia sulla pista giusta, ti licenzia."

"Beh, non si libererà di me così facilmente. Le proverò che si sbagliava."

CAPITOLO 30

Kat sgattaiolò fuori di casa, facendo attenzione a non fare alcun rumore che potesse svegliare Jace. Ma a giudicare dal modo in cui russava, era profondamente addormentato, ancora esausto per aver trascorso il sabato e la domenica sera su in montagna. Non avevano trovato lo sciatore disperso fino alle prime ore di lunedì, quindi era andato al lavoro senza dormire.

Jace decisamente non avrebbe approvato quello che stava facendo. Né l'avrebbe approvato Harry, specialmente se avesse saputo che la sua auto stava per essere usata per un crimine. Ma non aveva molte alternative. Girò le chiavi nel quadro di accensione e si diresse sull'autostrada 99.

Kat veleggiò sulla statale nella Lincoln esagerata di Harry. L'auto era due volte più grande della sua sventurata Celica, ma accelerava in modo fluido ed efficiente. I sedili anteriori a panchina erano più grandi del divano di Kat e altrettanto comodi. Harry aveva comprato l'auto di lusso fine anni Novanta un paio d'anni prima, vantandosi che era un magnete per le pupe. Kat aveva i suoi dubbi: nessuna bomba sexy attempata inseguiva i suoi gas di scarico. La Lincoln si sarebbe mimetizzata bene al reparto geriatrico White Rock, se qualcuno fosse stato ancora sveglio a quell'ora.

Kat cantò "Beyond the Sea" insieme a Bobby Darin sull'emittente dei classici, dimenticando per un attimo il compito serio che doveva affrontare. Una leggera pioggerella punteggiava il parabrezza mentre si dirigeva a sud, seguendo il bagliore giallo e freddo delle luci al sodio dell'autostrada.

Dopo qualche minuto la sua mente tornò a vagare verso la Liberty. Aveva così tante domande in testa. Chi era Clara de la Cruz e che cosa voleva? Impersonare una Susan Sullivan fittizia e farla franca per due anni era a dir poco incredibile. Kat percepì tutta la fortuna dell'incontro con Rashida. Era la svolta di cui aveva bisogno ed era arrivata al momento giusto. La Lincoln scivolò giù dalla rampa d'uscita mentre Kat cercava di mettere insieme i pezzi.

Clara rappresentava la Opal Holding, la compagnia ricevente i soldi sottratti indebitamente, eppure nel suo ruolo come Susan Sullivan lavorava anche per la Liberty. Poteva significare che era in qualche modo coinvolta negli omicidi? Una cosa era certa—seguendo la pista dei soldi, era decisamente collegata alla scomparsa di Paul Bryant.

Kat parcheggiò a qualche isolato di distanza da Beachgrove Drive, alla fine di una strada senza uscita. Harry le aveva prestato l'auto senza fare domande. Dimostrava una grande fiducia da parte sua, considerando che l'ultima auto che aveva guidato giaceva sul fondo del fiume Fraser. Agli occhi di Harry non c'era cospirazione, era semplicemente una schiappa come automobilista.

Kat camminò con passo felpato fino a Beachgrove Drive, sentendosi come un ninja nella sua tuta da ginnastica nera. Udiva le suole delle Adidas scricchiolare l'asfalto ad ogni passo, talmente la zona era silenziosa. Controllò l'orologio. Erano quasi le tre del mattino. Si sentiva un po' a disagio a stare da sola in una zona che non conosceva, ma se fosse andata prima avrebbe solo corso più rischi di essere scoperta.

Il suo piano era semplice. Rubare la spazzatura di Clara e

passarla al setaccio alla ricerca di indizi. I suoi geni da genio della contabilità non stavano facendo la loro magia, quindi era venuto il momento di essere pragmatica. Non poteva permettersi di stare ad aspettare e vedere che cosa sarebbe successo dopo.

Raggiunse l'angolo e scandagliò i numeri civici. L'indirizzo apparteneva a una casa in stile marinaresco, la quarta dall'angolo. Una finestra rotonda con i vetri a piombo che componevano un motivo a conchiglie decorava quello che probabilmente era il pianerottolo della scala. Davanti c'era un portico che girava tutto intorno alla casa, con due sedie Adirondack. Kat immaginò che fossero solo per decorazione. Clara era l'ultima persona che si sarebbe immaginata a sedere sotto il portico a chiacchierare del più e del meno con i passanti.

Il retro della casa si affacciava sulla riva del fiume. Kat si diresse verso il sentiero di accesso alla spiaggia, controllando che nelle case sul suo percorso non ci fossero luci all'interno. Non c'era nessuno che lei riuscisse a vedere. Un minuto dopo si trovò su una spiaggia sabbiosa e svoltò l'angolo. Contò quattro case dal sentiero di accesso. Una luce illuminava la cucina. Dalla sua posizione sulla spiaggia, non riusciva a vedere nessuno dentro. Doveva fare in fretta per evitare di farsi scoprire.

Il cancello di metallo era socchiuso e Kat lo spinse lentamente, tendendo l'orecchio per sentire scricchiolii o altri rumori che avrebbero annunciato la sua presenza. Scivolò cautamente sull'erba verso la casa, all'erta nel caso fossero comparsi cani che avrebbero potuto farla scoprire e ostacolare i suoi piani. Fino a lì, tutto bene. Sperava che Susan tenesse la spazzatura sul retro.

Improvvisamente il giardino fu invaso dalla luce. Kat si tuffò di lato e cercò di nascondersi tra le ombre della siepe di cedro. Trattenne il respiro, aspettando che qualcuno la scoprisse. I secondi trascorsero, ma nessuno venne a indagare. Doveva aver fatto scattare un sensore di movimento.

Individuò due bidoni della spazzatura in metallo di fianco alla casa. Sfortunatamente li avevano visti anche una famiglia di procioni, che erano impegnati a cercare di aprire il coperchio di uno dei due. Kat si avventurò più vicina. Ora era a meno di tre metri.

Il procione più grande fece un balzo in avanti e sibilò contro di lei, scoprendo i denti. Rabbia o no, aveva bisogno di quella spazzatura. Fece un passo in avanti e pregò che non la mordesse. Era più grande del piccolo bandito e mantenne la sua posizione. Kat sibilò a sua volta e agitò le braccia. Il procione non batté ciglio. Incontrò lo sguardo di Kat e sputò verso di lei, sfidandola ad avvicinarsi.

Improvvisamente un coperchio di metallo cadde a terra con un gran fracasso mentre gli altri due procioni aprivano il bidone. Bestiole piene di risorse. Non era una sorpresa che non ci fossero procioni pelle e ossa.

Una voce femminile perforò l'oscurità dalla balconata soprastante.

"Chi c'è?"

Kat rimase in silenzio. Così come i procioni. La pausa nell'azione sembrava quasi un intervallo. Tranne che non c'erano popcorn. Una voce di donna parlò.

"Tesoro? C'è qualcuno fuori."

Tesoro? Clara, nella sua recita da Susan, non aveva mai menzionato un partner. Kat presumeva semplicemente che una malata di lavoro come lei fosse sola. Non aveva fidanzato, bambini o anche amici di cui parlare.

La porta si aprì e Kat sentì dei passi pesanti sul portico al di sopra. Doveva agire in fretta. Gli occhi del procione erano fissi su di lei. Lui e il suo clan continuavano a fare la guardia ai bidoni, nonostante lei torreggiasse su di loro. Kat gettò un'occhiata in su. Un uomo sbirciò oltre la ringhiera, il volto in ombra per il buio.

"Ehi! Che succede laggiù?"

Non c'era tempo da perdere. Kat caricò i procioni e afferrò il sacco nel bidone aperto. I procioni si dispersero, ma non prima che il più grande le graffiasse la gamba. I suoi artigli penetrarono i pantaloni di Kat, facendola sussultare alla prima fitta di dolore. Era meglio che quella spazzatura valesse l'iniezione di antitetanica.

Kat si voltò e iniziò a correre proprio mentre l'uomo scendeva le scale. Per metà portò e per metà trascinò il sacco attraverso il prato sul retro mentre l'uomo correva verso di lei in diagonale, cercando di tagliarle la strada prima del cancello.

"Ferma! Cosa diavolo stai facendo?"

Kat si voltò. Sotto la luce del sensore di movimento vide un uomo alto e tarchiato che balzava verso di lei, a non più di sei metri di distanza. Non sarebbe stata sorpresa se le avessero dato la caccia anche i procioni attaccati.

"Ma che diavolo—? Ehi! Mettilo giù!"

Il cuore di Kat accelerò mentre raggiungeva il cancello. Avrebbe giurato di averlo lasciato aperto, ma adesso era chiuso. Imprecò mentre armeggiava con la maniglia, ma era bloccata. Gli ansiti dell'uomo si fecero più forti alle sue spalle. Si voltò abbastanza per vederlo avvicinarsi, a meno di tre metri da lei adesso.

In preda al panico, colpì la leva che finalmente scattò. Si aprì proprio mentre l'uomo afferrò il colletto della sua giacca. Kat gridò e tolse la giacca mentre correva oltre il cancello.

Atterrò sulla sabbia fuori dal cancello, cercando di correre più in fretta mentre i piedi le affondavano più a fondo nella sabbia ad ogni passo. Le sue dita si impigliarono in uno strappo nella plastica dove il sacco si era rotto. Sentì qualcosa di appuntito sporgere, colpendole la coscia destra ad ogni passo. Il sacco della spazzatura non era fatto per sopportare tutta quell'azione. Corse più in velocemente che poté nella sabbia, sperando che il sacco resistesse abbastanza da raggiungere l'auto.

Kat svoltò l'angolo e ascoltò per sentire se l'uomo la stava ancora inseguendo. Niente passi ne respiro ansimante. Tuttavia non osò rallentare. Altri quindici metri e sarebbe arrivata al sentiero sterrato che portava alla strada. Non osava correre più veloce di così con il sacco della spazzatura, stringendolo contro il fianco per minimizzare i movimenti. Mentre svoltava l'angolo, finalmente la Lincoln comparve alla sua vista. Almeno il suo allenamento per la maratona le aveva dato abbastanza velocità da staccare l'uomo misterioso.

Depositò il sacco nel bagagliaio e accese il motore. La strada era ancora deserta; nessuno l'aveva seguita. Eppure, tirò un sospiro di sollievo solo quando fu sulla rampa di accesso. Frank Sinatra cantava alla radio mentre Kat accelerava ed emergeva sull'autostrada.

Un odore stantio si spandeva dal retro dell'auto. Frutta marcia. Fu in dubbio se aprire il finestrino; faceva freddo fuori. Ma la puzza era insopportabile, così abbassò il finestrino e alzò il riscaldamento a manetta. Harry avrebbe dato di matto se avesse saputo che aveva usato la sua auto nuova per trasportare spazzatura puzzolente ottenuta illegalmente. Forse i procioni erano stati fortunati a non prendere questo sacco.

Kat pensò di nuovo all'uomo a casa di Clara. Sembrava stranamente familiare, anche al buio. Dove lo aveva visto prima?

CAPITOLO 31

Kat sedeva a gambe incrociate in un cerchio di spazzatura, suddivisa in pile ordinate a seconda del tipo. Si sentiva come una Martha Steward senza tetto che frugava nei cassonetti. La materia vegetale occupava il cumulo alla sua destra, la plastica era a ore nove alla sua sinistra e il metallo alle sue spalle. Direttamente davanti a lei, c'era carta a profusione, che ora stava accuratamente separando. Ci sarebbero volute ore perché fosse abbastanza asciutta da spiegarla e maneggiarla. Aveva fabbricato un filo stendibiancheria di fortuna fatto di corde e l'aveva appeso davanti al banco della reception. Le ricordava l'esposizione natalizia di un senzatetto, anche se le persone senza fissa dimora probabilmente non ricevevano biglietti di auguri a Natale.

Poi entrò Harry. Si fermò sui suoi passi, la bocca aperta. Rimase senza parole per alcuni secondi prima di ricomporsi.

"Cosa diavolo sta succedendo qui?"

"Non molto, Zio Harry. Sto solo facendo un po' di raccolta differenziata."

"Da quando sei un'ambientalista?"

"Da quando arrivi alle sei del mattino?"

"Non cambiare argomento, Kat. Che cos'è tutto questo casino?"

"Sono sempre stata a favore dell'ambiente. Adesso mi ci sto dedicando davvero."

Harry raccolse una bottiglia di plastica vuota e la voltò per leggere l'etichetta. Studiò Kat, confuso.

"Aspetta un momento. Questo è ammorbidente. Tu non lo usi —sei allergica a questa roba. Che succede?"

"Potrei aver raccolto delle cose che c'erano in giro. Sto solo cercando di fare la mia parte con le tre R."

"Sei impazzita?" Harry passò in rassegna la stanza con lo guardo. "Sei così al verde che ti sei messa a frugare nei cassonetti? Perché non hai detto qualcosa?"

"Zio Harry, non è come sembra."

"Non devi arrivare a questo, Kat. Perché non chiedi aiuto? Sei la benvenuta a cena quando vuoi e, se si tratta di soldi, beh, posso aiutarti finché le cose non si sistemano."

"Non capisci. Questa è la spazzatura di Susan Sullivan. La sto analizzando perché ho bisogno di trovare qualcosa."

Harry le lanciò un'occhiata scettica.

"Non mi interessa di chi è la spazzatura. Non avrei mai pensato che mia nipote si sarebbe abbassata a rovistare tra i rifiuti. Dio sa se non ti abbiamo dato tutto quello che abbiamo potuto. Che cosa ti è successo?"

"Rilassati, Zio Harry. La gente lascia un sacco di indizi interessanti nella spazzatura. E io sono abbastanza disperata da ricorrere a rimedi estremi. Devo trovare la sporcizia su Susan. Letteralmente."

"È ridicolo. Dammi quel sacco, adesso. Butto tutto fuori. Andremo da Safeway a fare la spesa. Ti sei abbassata a un nuovo livello, Kat. Sono stupefatto."

"Calmati. Come ho detto, è la spazzatura di Susan. Solo che non è Susan Sullivan. Si finge Susan, ma in realtà è Clara de la Cruz." Kat aggiornò Harry riguardo alla doppia identità di Susan.

"Non mi interessa se è Susan, Clara o il Papa. La spazzatura è spazzatura."

"Ma non capisci? Susan, Clara o chiunque sia—è coinvolta con il fiasco delle operazioni finanziarie Liberty-Opal e io scoprirò come."

"Cercando nella sua spazzatura? È disgustoso."

"È tutto quello che ho. Spero che abbia buttato qualcosa che mi darà un indizio. Qualcosa che ci aiuterà a prendere chiunque abbia rubato i soldi."

Harry sembrò pensarci su. Per quanto disgustoso, se avesse risolto il caso, le sue azioni della Liberty potevano recuperare.

"Ok. Hai un altro paio di guanti?"

"Tieni. Ho un sistema, Zio Harry. La materia organica va laggiù. Separo con attenzione la carta e la stendo ad asciugare." Kat disegnò un arco con il braccio. "Quello che non va bene in nessuna delle pile finisce là nell'angolo. Ce ne occuperemo dopo."

Kat si voltò verso la parete di vetro quando sentì aprirsi la porta dell'ascensore.

Era il decoratore d'interni che stava dall'altra parte del corridoio. Emerse dall'ascensore e rivolse a Kat un sogghigno malcelato prima di aprire il cellulare e cominciare a colpire furiosamente i tasti. Senza dubbio stava cancellando i suoi appuntamenti della mattina per evitare che i suoi clienti vedessero gli strampalati con i guanti di lattice dall'altra parte del corridoio. O forse stava chiamando l'amministratore di condominio per la seconda volta quella settimana. Non che avesse importanza. I giorni di Kat in quell'edificio erano già contati a causa dei mancati pagamenti dell'affitto.

Kat sapeva che non era una bella cosa. Spazzatura a vari stadi di decomposizione ricopriva il pavimento e ogni superficie orizzontale dell'area reception. Rivolse di nuovo la sua attenzione a Zio Harry, che aveva raccolto una camicia di velluto a coste e la osservava con interesse.

"Guarda questa! È un tale spreco! Una camicia perfetta nella spazzatura." Diede un'occhiata all'etichetta sul colletto.

"Ehi, è costosa. Almeno avrebbero potuto darla a Goodwill."

"Bleah! Non fare lo schifoso. Rimettila a posto."

"Una bella lavata e sarà come nuova. Ed è anche la mia taglia." Harry si mise l'oltraggiosa camicia contro il petto.

"Ti sei appena lamentato con me perché frugo nei cassonetti. In che cosa ti stai trasformando?"

"Oh, d'accordo, la metto a posto. Ma sono altre cianfrusaglie per la discarica."

All'improvviso Kat si ricordò.

"Aspetta—non buttarla via!"

"Ma mi hai appena detto di farlo."

In un lampo si rese conto a chi apparteneva la camicia. Era l'uomo che l'aveva inseguita dalla casa di Susan. Si ricordò dove l'avesse visto prima.

Quell'uomo era Paul Bryant.

CAPITOLO 32

"Non discutere con me. Devi lasciare adesso."

La gola di Clara si strinse mentre la rabbia montava dentro di lei. Suo padre non le dava mai alcun credito, non aveva importanza quanti soldi facesse per lui.

La sua voce rimbombò attraverso il ricevitore. "Non avrei mai dovuto lasciarti diventare Amministratore Delegato della Liberty. È troppo rischioso."

"Perché? Perché sono una donna?" La mano di Clara si irrigidì attorno al cordless mentre ascoltava la voce di suo padre a migliaia di chilometri di distanza.

"Perché sei mia figlia, ecco perché. Non discutere con me."

Incanalare i diamanti di guerra attraverso la Liberty aveva permesso loro di venderli come diamanti legali, al prezzo di mercato. Ma la sua idea più brillante era stata mascherare il pagamento con un furto, facendo sì che il pagamento all'impero Ortega sfuggisse all'individuazione e alla segnalazione prevista dalle leggi anti-riciclaggio. Aveva avuto l'idea dopo aver letto dei primi passi mossi dall'industria dei diamanti nel nord del Canada. L'estrazione dei diamanti in Canada era iniziata meno di dieci anni prima e avere una storia breve voleva dire che nessun termine di paragone avrebbe sollevato sospetti. Aveva funzionato così bene finché Kat non aveva iniziato a fare le domande sbagliate.

"Papà, il voto degli azionisti è tra due giorni. L'intera acquisizione potrebbe andare a monte se non sono qui."

Clara studiò il suo riflesso nello specchio dell'ingresso. I capelli biondi tinti erano tirati indietro in uno chignon che si abbinava al taglio formale del suo completo di lana grigia. Si addiceva perfettamente al ruolo di Susan. Non vedeva l'ora di sbarazzarsi di quei vestiti seri per tornare a qualcosa di più attraente. Qualcosa di sexy, così si sarebbe sentita di nuovo viva.

Andò alla finestra e tirò la tenda. Era mattina presto ed era ancora buio, l'acqua agitata1 mentre fuori si preparava una tempesta. Era mezzogiorno a Buenos Aires, luminoso ed assolato. Suo padre probabilmente stava chiamando dal tavolo nell'angolo del suo ristorante preferito, il Recoleta, dove aveva un tavolo sempre riservato.

Vincente sarebbe dovuto diventare l'Amministratore Delegato della Liberty per tenere Nick sotto controllo e assicurarsi che mantenesse la sua promessa. Quello era il piano prima che suo padre scoprisse del fondo segreto di Vincente e colpisse l'amore della sua vita. Lei era solo un piano B, solo perché suo padre non si fidava di nessun'altro.

"Ho il voto assicurato, Clara. Me ne sono occupato."

"Ma se Nick—"

"Penso io a Nick. Tu fai le valigie e prendi il prossimo volo."

"Come sai che non cercherà di fregarci?" Clara sapeva che non era saggio discutere con suo padre, ma il voto di Nick era essenziale perché l'accordo andasse avanti.

"Me ne occuperò io."

Sapeva che cosa voleva dire.

"Ok. Ma dammi ancora qualche giorno." Aveva bisogno di più tempo per spostare i profitti che aveva ricavato dalla vendita allo scoperto e sistemarsi per il futuro. Un futuro che non includeva suo padre.

"Va bene. Ma ti voglio a Buenos Aires appena dopo il voto."

"Come spiegherò la mia assenza improvvisa?" chiese Clara mentre andava in cucina.

"Non lo so—dì loro che hai il cancro. Ho un problema da donne e devi subire un intervento. Inventati qualcosa."

Suo padre controllava governi, guerre e il mercato globale delle armi, ma era un'idiota quando si trattava delle persone. Se non collaboravano, le uccideva. Clara sapeva che certe persone sono molto più utili da vive. La natura umana poteva sempre essere usata a proprio vantaggio.

"Qual è il mio posto in questo quadretto? Tornerò alla Liberty una volta completata l'acquisizione?"

"Quando sarà finita, parleremo del tuo futuro."

Il ché significava che non ne aveva uno, almeno non nell'impero Ortega.

Clara chiuse la chiamata, fumante di rabbia. Lanciò il telefono attraverso la cucina, guardandolo infrangersi contro la caraffa del caffè. Il vetro andò in pezzi, ma il telefono rimase integro mentre cadeva a terra. Il vetro si sparpagliò sul bancone e sul pavimento.

Gettò un'occhiata al vaso Lalique degli anni Quaranta sul bancone, un regalo di laurea da lui. Lo aveva portato fin dall'Argentina, ma ora le ricordava solo del controllo che esercitava su di lei. Lo prese e lo scagliò contro il microonde. Creò una lunga crepa sullo sportello del microonde mentre il vaso stesso andava in dozzine di pezzi.

Suo padre l'aveva sempre tenuta in pugno. Dalle governanti ai collegi, all'occhio vigile di chiunque avesse il compito di farle da baby-sitter. La Liberty era stato il suo primo assaggio di relativa libertà nei suoi trenta e più anni, e non voleva tornare indietro.

Aveva solo ricordi vaghi di sua madre, che era caduta da una balconata in una delle molte dimore degli Ortega. Clara aveva solo quattro anni, ma c'era una cosa che sapeva di sicuro. La versione ufficiale degli eventi era una menzogna. Suo padre era responsabile per aver eliminato le due sole persone che avevano avuto importanza nella sua vita.

"Cos'è tutto questo rumore?" Paul entrò silenziosamente in cucina e si fermò quando vide i vetri rotti sul pavimento.

Clara, così furiosa con suo padre, aveva dimenticato che era lui nella stanza accanto.

"Niente. Un incidente."

"Sei sconvolta." La circondò con le braccia e le accarezzò una guancia. "Che cosa ti ha detto?"

"Vuole che me ne vada prima del voto. Mi tratta come una bambina."

"Hai preso tempo?"

Lei annuì, poggiando la testa contro il suo petto. Clara aveva usato i cinque miliardi per un po' prima di farli procedere verso l'organizzazione Ortega. Prima di trasferirli, li aveva fatti crescere di dieci volte vendendo allo scoperto le azioni della Liberty. Era più ricca di ogni uomo o donna sulla lista di Forbes, ma nessuno l'avrebbe mai saputo, specialmente suo padre.

"Bene. Andare via adesso solleverebbe dei sospetti."

Clara sospirò mentre osservava il danno fatto solo qualche istante prima. Poteva pulire più tardi. In quel momento aveva bisogno di arrivare presto alla Liberty. Era ora di mettere in atto la sua strategia d'uscita.

Clara stava per disobbedire all'uomo più potente di Buenos Aires. Le persone che lo facevano non sopravvivevano, nemmeno sua figlia. Eppure, ricordò a sé stessa, invece di iniziare una nuova vita con Vincente, stava salvando quello che restava della sua. Suo padre si sarebbe pentito del giorno in cui aveva ucciso suo marito.

CAPITOLO 33

Un lampo bianco sul pavimento di quercia attirò lo sguardo di Kat mentre apriva la porta dell'ufficio. Difficilmente una busta consegnata a mano poteva portare qualcosa di buono. Forse uscire per pranzo era stato un errore. No, doveva mangiare, e si meritava una ricompensa dopo aver frugato nella spazzatura di Clara tutta la mattina. Aveva deciso di premiarsi con un pranzo da Athena, il nuovo ristorante Greco in fondo all'isolato. Qualsiasi cosa contenesse la busta, almeno un'ora della sua giornata era stata buona.

Kat si piegò per raccoglierla. Era battuta a macchina, indirizzata a Carter & Associati senza mittente. Sfregò la busta con il pollice per vedere se riusciva a capirne il contenuto, ma la carta era troppo spessa. Più aspettava ad aprirla, più sarebbe rimasta all'oscuro dell'ultima richiesta di pagamento, conto scaduto o di altri sfortunati aspetti del suo collasso finanziario. Benché l'idea fosse allettante, avrebbe dovuto aprirla prima o poi.

Fece un respiro profondo e lacerò la busta. Era anche peggio di quanto pensasse: la Carter & Associati era stata ufficialmente sfrattata. Aveva mancato il pagamento dell'affitto per l'ultima volta.

Le spalle di Kat si afflosciarono mentre trascinava i piedi fino al divano e si sedeva. Come aveva fatto a passare da uno stipendio a sei cifre e considerevoli gratifiche a debiti di sei cifre in meno di un anno? Rientrare nella riduzione del personale era una cosa, ma aprire il suo studio? Uno stipendio più basso e un lavoro in uno studio meno prestigioso almeno avrebbero minimizzato i suoi debiti. Di tutte le cose stupide che aveva fatto, aprire il suo studio di contabilità forense era in cima alla classifica.

Essere licenziata dalla Liberty significava che sarebbe stato ancora più difficile attirare nuovi clienti e non avere un ufficio la faceva sembrare una dilettante. Avrebbe dato qualsiasi cosa per cancellare l'ultimo anno della sua vita e tornare al suo vecchio lavoro, anche se era tedioso. Almeno avrebbe avuto un saldo positivo in banca e alcune prospettive per il futuro. Nick aveva ragione riguardo a lei—aveva solo un'attività da quattro soldi. C'era voluto lo sfratto per far arrivare il messaggio a destinazione.

Sobbalzò al suono del telefono che squillava, qualcosa che non aveva sentito molto spesso ultimamente. Era Cindy.

"Kat, ho i risultati dei test sui diamanti. Indovina?"

"Non voglio indovinare. Dimmelo."

"Ok, brontolona. È venuto fuori che i diamanti non vengono dal Mystic Lake."

Kat si sporse in avanti sul divano. Non avrebbe aiutato la sua situazione attuale, ma almeno si sentiva vendicata.

"Lo sapevo! Non avresti voluto credermi fin dall'inizio?"

"Va bene, Kat. Lo dirò. Avevi ragione. Ma ecco cosa non hai indovinato. I diamanti analizzati vengono da tre diverse miniere. Due provengono dalla Repubblica Democratica del Congo e l'altro dalla Costa d'Avorio. Entrambi i paesi sono zone calde per i diamanti insanguinati."

"Tre differenti miniere sostengono la mia teoria. Chiunque ci sia dietro, si sta muovendo su larga scala e ha un facile accesso ai diamanti provenienti da una moltitudine di miniere."

"Hai idea di chi potrebbe essere?" chiese Cindy. "Non ci sono molte persone che potrebbero riuscirci. Avrebbero bisogno di ottimi collegamenti con il mercato nero."

"Ho alcune tracce, ma ancora niente di definitivo." Kat non poteva ancora condividere la sua scoperta su Clara la principessa della mafia. Se l'avesse fatto, Cindy avrebbe considerato il coinvolgimento di Kat con il crimine organizzato troppo pericoloso e avrebbe insistito perché lei smettesse di lavorarci. Ma c'era un aspetto con cui Cindy poteva aiutarla. Kat avrebbe solo dovuto assicurarsi di concludere la sua parte prima che Cindy trovasse delle risposte e scoprisse il collegamento con Clara.

"C'è qualcosa con cui potresti aiutarmi—potresti scoprire dove queste miniere vendono la loro produzione. Visto che li abbiamo trovati alla Liberty, presumo che vengano venduti illegalmente."

"Posso farlo. Farò qualche chiamata. Qual è la tua scadenza?"

"Ieri—o più in fretta che puoi." Cindy non sapeva che Kat era stata licenziata dalla Liberty. Gliel'avrebbe detto a tempo debito, ma non era quello il momento.

"Le tempistiche sono un problema. Ci sono un sacco di piste da seguire. Molti dei diamanti in Africa vengono da piccoli operatori, individui chiamati scavatori. Riescono a ottenere a malapena di che vivere vendendo quello che trovano agli intermediari, che danno loro pochi spiccioli. Questo in aggiunta alla produzione diurna delle miniere."

"Vuoi dire che non sono solo le miniere a vendere la produzione, ma anche dei singoli?"

"Esatto. Alcuni di questi scavatori pagano le miniere stesse per il diritto di scavare di notte. Alcuni semplicemente oltrepassano i confini. E gli intermediari potrebbero aver comprato da chiunque."

Un altro ostacolo. Perché non c'era niente di lineare con la Liberty?

"È chiunque sia la persona a cui gli intermediari stanno vendendo. È lui che vogliamo," disse Kat.

"Lo so, ma per trovarli dobbiamo iniziare alla fonte. Questo dovrebbe condurci ai compratori, in genere trafficanti di droga, crimine organizzato o altri che hanno bisogno di un modo per riciclare i loro soldi."

"La Polizia Canadese non ha una lista di queste persone?"

"Non è così facile, Kat. Se non sono mai stati presi, non sappiamo niente di loro. E ai criminali piace variare il loro modus operandi. Il lato positivo è che sono un sacco di soldi e probabilmente c'è voluta un sacco di organizzazione. Quindi se funziona, il sistema non verrà abbandonato molto presto."

"Presumo che con tutte queste attività sotto banco, i diamanti non saranno certificati dall'Accordo Kimberly. Come possono venderli senza la certificazione?" Senza i documenti giusti i diamanti non sarebbero dovuti passare di mano. L'idea era di impedire ai ribelli di usare i profitti dei diamanti per minare e rovesciare governi. Almeno quella era la teoria.

"Ci sono dei posti, se conosci le persone giuste. A Dubai, per esempio. Con lo sconto giusto, qualcuno li comprerebbe, certificati Kimberly o no. Un boss della droga con miliardi di dollari da riciclare sarebbe disposto a prenderli. E i diamanti sono il metodo di pagamento preferito per alcuni gruppi terroristici del Medio Oriente."

Cindy fece una pausa.

"Kat, ancora non capisco come fanno i diamanti ad arrivare alla Liberty. Non dovrebbe essere difficile contrabbandare costantemente una tale quantità di diamanti? Le strade non sono chiuse in Artico in inverno?"

"Sì, ma non devono portarli alla miniera. Possono spedirli al laboratorio di taglio, proprio come quelli reali. La documentazione delle spedizioni viene falsificata così che sembri che arrivino dalla miniera della Liberty al Mystic Lake. In realtà potrebbero arrivare da qualsiasi posto."

"Ok. Posso crederci. Ma la Liberty deve comprare questi diamanti da qualche parte, giusto? Il costo dei diamanti non spazzerebbe via qualsiasi profitto aggiuntivo?"

"Hai ragione. Qualcuno deve averli comprati. E questo è quello che mi ha confuso le idee all'inizio. La produzione è stata decisamente alterata. Posso provarlo. Ma non riesco a trovare una transazione di pagamento. E sono convinta che nessuno darebbe i diamanti alla Liberty gratis."

"Di quanti diamanti stiamo parlando, Kat?"

"Beh, è qui che diventa interessante. La cosa è andata avanti per almeno un paio d'anni. Sono convinta che i cinque miliardi di Bryant dovessero essere il pagamento per almeno una parte di essi."

Cindy si lasciò sfuggire un fischio basso.

"Con quei soldi ci si comprano un sacco di diamanti. Quando si sono fermati?"

"Sta ancora andando avanti, Cindy."

"Credi che Bryant sia stato incastrato?"

"È possibile, ma non sono sicura." Kat non poteva dire a Cindy che Bryant era da Clara la notte precedente.

"Beh, se è stato incastrato, questo cambia tutto. Potenzialmente Bryant potrebbe essere una persona scomparsa e non un ladro. Che cosa ha detto la dirigenza della Liberty quando hai espresso i tuoi dubbi?"

Nessuna risposta.

"Kat? Non gliel'hai detto?"

"Non posso. Non finché non avrò altre prove. È troppo rischioso. A questo punto, a chiunque lo dicessi potrebbe essere coinvolto nella frode. Come posso sapere di chi fidarmi? Mi servono le informazioni sull'intermediario."

"Scaverò un po'. Sembra che tu abbia per le mani un crimine internazionale. Sei sicura di non avere altre piste? Se avessi qualcos'altro su cui lavorare, potrei riuscire a trovare dei nomi."

Kat prese in considerazione l'idea di rivelare l'identità di Clara, poi decise di non farlo. Era vero, avrebbe accelerato le cose. Ma non aveva ancora i soldi e una mossa prematura della polizia avrebbe messo a repentaglio ogni possibilità di recuperarli. Poche pressioni sui tasti di un telefono e sarebbero andati perduti per sempre. Studiò la lista di numeri sul foglio macchiato di salsa alla marinara proveniente dalla spazzatura di Susan. Una volta ritrovati i soldi, avrebbe collaborato.

CAPITOLO 34

I numeri sul foglio che Kat aveva trovato nella spazzatura di Clara erano sistemati in tre gruppi. Il primo recitava:

$23.4M
  13434589TQ
  41445
  119846768
  784119888718
  642389

LE ALTRE SERIE di numeri erano simili tranne che non contenevano lettere. Erano numeri di conti bancari? La M stava per miliardi? La cifra era sconcertante. Kat fece un rapido calcolo. Con le tre serie di numeri si raggiungevano cinquanta miliardi. Poteva collegare il numero del conto bancario originale ai cinque miliardi mancanti. Cinquanta miliardi erano un profitto di dieci volte e si collegavano ai commenti di Rashida. Presumendo che la "M" stesse davvero per miliardi, il totale dei cinquanta miliardi era superiore al PIL di metà dei paesi del mondo. Come aveva fatto Clara a trasformare cinque miliardi in cinquanta? La Liberty non aveva una cifra di quel genere.

Jace era arrivato direttamente dal lavoro con una pizza d'asporto un paio d'ore prima. Ora erano le nove passate e Kat non era più vicina a decifrare i numeri.

"Dove sei andata questa mattina?" chiese lui. "Mi sono svegliato alle quattro e tu te n'eri già andata."

"Non riuscivo a dormire, così sono venuta qui." Non era esattamente una bugia—era arrivata lì alla fine.

"Da dove viene tutta questa roba? Sembra la spazzatura di qualcuno."

"È spazzatura. Viene dal cestino di Susan alla Liberty. La stavo intercettando—prima che mi licenziasse." Era troppo ovvio per farla passare per qualcosa di diverso dalla spazzatura. Almeno il cestino di un ufficio era meglio di un bidone della spazzatura pieno di scarti di cucina. E non doveva spiegare di Bryant e dei procioni.

"Perché non mi hai svegliato? O non mi hai lasciato un biglietto? Mi sei mancata."

"Non volevo disturbarti." Si stava abituando a dividere il letto e i benefici del calore del corpo di Jace. Ma questo aveva tutta una serie di complicazioni. Doveva fare qualcosa a proposito della loro sistemazione per dormire.

"Sono sorpreso di non essermi accorto che te n'eri andata. Per la prima volta da settimane avevo abbastanza coperte." Jace sollevò la scatola di pizza vuota mentre osservava le pile di spazzatura. "In quale pila va questa?"

"Non è divertente, Jace. Se non avessi rubato la spazzatura, non avrei mai trovato questi documenti. Sei con me o contro di me?"

"Ma certo che sono con te," disse Jace indicando una delle pile. "Clara di certo mangia un sacco di cibo in scatola."

Kat andò fino al computer al banco della reception, il foglio macchiato di caffè tra le mani.

"Se sono i movimenti bancari di Clara, questo prova che è una criminale. Se riesco a decifrarli, posso fermare l'acquisizione della Porter e forse anche recuperare i soldi."

"Ma il voto è alle undici domani mattina," disse Jace. "E tutte le banche sono chiuse."

"Lo so. Se solo riuscissi a capire quale di questi è per il conto della Opal alla Bancroft Richardson."

"Non puoi semplicemente chiamare Rashida per prima cosa domattina e chiederglielo?"

"No, non me lo direbbe. Mi ha detto che mi ha già dato troppe informazioni riservate." Ma Kat aveva un'idea.

"Harry ha un conto alla Bancroft Richardson. Se sapessi il suo numero di conto, potrei confrontarlo e vedere se la sintassi è simile. Probabilmente aveva la stessa combinazione di cifre di quello di Clara." Zio Harry era appena uscito per un torneo di curling a Saskatoon.

"Harry non controlla il suo conto online qui dall'ufficio? Hai scritto il suo numero di conto quando hai parlato con Rashida?" La fronte di Jace si increspò pensierosa.

"No, ma se Harry nascondeva il suo estratto conto a Elsie, forse li archiviava qui." Kat rovistò nei cassetti della scrivania della reception. Niente.

"Dove terrebbe una cosa del genere?"

"Nello schedario?" Kat aprì il primo cassetto e cercò sotto la B per Bancroft Richardson. Niente. Anche sotto la I di investimenti. Kat tirò fuori i fascicoli dallo schedario a gruppi e cercò di ricordare le regole di archiviazione di Harry.

"Che ne dici di S per soldi?" disse Jace.

"Vale la pena tentare." Kat chiuse il cassetto superiore e si spostò verso uno più in basso. Tirò fuori un fascicolo intitolato "S-BR". Una mezza dozzina di estratti conto della Bancroft

Richardson caddero sul pavimento. Kat li raccolse e controllò il numero di conto: 15782631RQ.

"Corrisponde alla combinazione di lettere e numeri nella prima serie di numeri di Clara."

"Quindi sembra un conto della Bancroft Richardson. Ora dobbiamo solo scoprire la password."

"Forse la password è sullo stesso foglio."

"Ne dubito. Non è così negligente. Ma se riesco a risalire alla sintassi della password dal conto di Harry, forse potrei indovinare quella usata da Clara. Se riuscissi a entrare nel conto della Opal, potrei confrontare le transazioni nel conto con i documenti di Clara." Avrebbe fornito le prove che Clara aveva pianificato di trasferire i fondi sui suoi conti personali.

"Harry non terrebbe qui la sua password. L'avrà memorizzata."

"Uh, uh, Jace. Non mio zio Harry. Non ricorda niente a meno che non lo scriva. Dev'essere da qualche parte." Kat si spostò verso la P. "Credo di aver capito."

Tirò fuori un fascicolo intitolato "PWD". C'era solo un foglio dentro. Recitava HURRYHARD. Un termine di curling. Che sorpresa.

"Proviamo," disse Jace.

"Non lo so—mi sento strana a entrare nel suo conto."

"Hai ragione. Forse dovremmo solo aspettare che torni."

Ma il voto degli azionisti era per il giorno dopo. Se fosse riuscita a craccare la password di Clara…

"Lo farò. Lo Zio Harry capirà. Gli chiederò perdono più tardi."

Kat tornò alla sua scrivania ed entrò sul sito della Bancroft Richardson. Digitò il numero di conto e HURRYHARD e aspettò.

"Sono dentro!" Decise di resettare la password di Harry per vedere quali combinazioni di lettere e numeri erano consentite. Ne inserì una nuova con alcuni numeri. Comparve un messaggio di errore.

"Dice che deve essere tra sei e dodici lettere. Questo ci dice che è strettamente in lettere—niente numeri. Ma restringere il campo alle sole lettere vuol dire comunque un numero enorme di combinazioni."

"Quale parola o parole sono significative per Clara?" Jace sedette sul bordo della scrivania della reception, masticando rumorosamente l'ultimo pezzo di pizza fredda.

"Non ne ho idea. Ma dobbiamo scoprirlo, visto che abbiamo solo tre tentativi al massimo prima che il login venga disabilitato. Dobbiamo essere sicuri prima di digitare."

Kat tornò a sedere sul pavimento accanto alla pila di carta e iniziò a passare al setaccio il contenuto.

Sfogliò i conti del cellulare, alcune note scarabocchiate a mano, pagine di un calendario e una busta vuota con scritte indecifrabili sul retro.

Jace si avvicinò e afferrò una busta sporca dalla pila e la aprì.

"Ehi, fammi vedere."

Jace gliela porse. Era un biglietto d'auguri, indirizzato a Clara e Vincente, che augurava loro *Feliz Anniversário*.

"Clara è sposata?" chiese Kat.

Ma Jace era già al computer. Cercò Clara de la Cruz e Vincente su Google.

"Vincente è suo marito. Vincente Sastre. O era. È stato assassinato due anni fa. Nessuno è mai stato accusato."

"Vincente ha sette lettere," disse Kat. "Forse dovremmo provarlo."

"E se è sbagliato? Perché non aspettiamo e vediamo cos'altro viene fuori?"

"Non possiamo permetterci di aspettare con il voto di domani. Inoltre, possiamo provare una o due volte. Se non funziona, non c'è problema. Si resetterà entro ventiquattro ore." Kat sapeva, tuttavia, che una volta che il voto degli azionisti fosse andato come voleva Clara, non ci sarebbe stato motivo per lei di restare nei paraggi.

Digitò il numero di conto in cima alla pagina e poi digitò VINCENTE.

Login negato.

"Prova di nuovo, questa volta senza le maiuscole."

"Ma come—tutte minuscole, o con la V maiuscola?"

Aveva ancora una chance, perché se avesse sbagliato una terza volta si sarebbe bloccato completamente.

"Hmmm. Il modo corretto sarebbe con la V maiuscola. Ma la maggior parte della gente non lo farebbe. Proverei tutto minuscolo."

Anche Kat la pensava così. Digitò vincente e fissò la parola per un minuto.

"Oh, al diavolo." Premette invio e trattenne il respiro. Non accadde nulla.

Si aprì la pagina di benvenuto. Era dentro.

Il conto 1343589TQ apparteneva alla Opal Holding.

CAPITOLO 35

"Sei brava. Intelligente *e* sexy."

Kat sorrise a Jace.

"Mi hai aiutato. Vediamo che cosa troviamo." Kat cliccò sulla cronologia del conto e scandagliò le registrazioni.

"Guarda questo." Indicò la prima riga era un deposito di cinque miliardi di dollari, fatto due settimane prima. La grande somma doveva aver attirato l'attenzione: Rashida e gli altri alla Bancroft Richardson dovevano averne parlato.

"Quindi perché non ha avuto sospetti fin dall'inizio? Qualcuno deposita cinque miliardi in contanti in un conto di intermediazione nella tua compagnia, fa degli enormi profitti su un solo tipo di azione, e tu non fai niente?" Jace andò alla finestra.

"Magari ha avuto dei sospetti ma non ha detto niente. Le domande possono avere come risultato risposte che non voleva sentire. Risposte che avrebbero potuto mettere a repentaglio il deposito. Un deposito di cinque miliardi di dollari produce un grande guadagno in commissioni per la Bancroft Richardson. Meglio tenere la testa nella sabbia e fare soldi con le commissioni e le tariffe per le transazioni. Inoltre non era un conto di Rashida.

Apparteneva a quello squallido broker, Moretti. Ma altri lo avrebbero visto o ne sarebbero stati a conoscenza. I contabili e i banchieri, per esempio."

"La somma è stata depositata un paio di giorni dopo la scomparsa di Bryant con i cinque miliardi. Una bella coincidenza, non credi?"

"Troppo per essere una coincidenza." Kat scorse in basso sullo schermo. Il conto era stato aperto con il bonifico da cinque miliardi di dollari dal Libano. Dopodiché c'erano un gran numero di transazioni, uscite di contanti e vendite allo scoperto di azioni Liberty. Ogni operazione con un profitto. Il saldo del conto era poco meno di cinquanta miliardi fino a tre giorni prima.

Poi c'erano stati una serie di trasferimenti che avevano ridotto il conto ad appena oltre cinque miliardi.

"Passami quella lista."

Jace gliela passò e lei confrontò l'ammontare dei trasferimenti con i numeri sotto il numero di conto della Bancroft Richardson.

"Vedi questo?" Kat indicò una riga a metà dello schermo del computer. "Corrisponde alla lista di Clara. È un trasferimento verso un'altra banca. Ha aperto dei *walking account* per essere sempre un passo avanti."

"Walking account? Cosa sono?"

"Se vuoi spostare i tuoi soldi in modo che nessuno ti becchi, apri una serie di conti in diverse banche intorno al mondo. Quando i soldi raggiungono il primo conto, li trasferisci immediatamente in un secondo. Quando raggiungono il secondo, fai in modo che vadano in un terzo, e così via."

"Quindi rimani un passo avanti a chiunque stia cercando di seguirti?"

"Esattamente," disse Kat. "Sta coprendo le sue tracce in modo che nessuno possa rintracciare i soldi."

"Ho capito. Nel momento in cui lo capirai, lei se ne sarà andata da tempo."

"Esatto. Gli altri numeri sulla lista sono altri conti di intermediazione o conti bancari."

"Quindi, presumendo che abbia usato la stessa password, cosa che molte persone fanno, possiamo seguire i soldi entrando nei suoi conti?"

"Lo spero. C'è solo un problema. Non ci sono le descrizioni dei trasferimenti—solo numeri di conto. Questo rende difficile capire in quale banca siano finiti i soldi. Ci sono migliaia di possibilità. Potrebbero essere le Cayman, Guernsey, Malta, chi lo sa?"

Come poteva restringere il campo? Clara avrebbe usato una banca Argentina? Probabilmente no, pensò Kat. Avrebbe cercato un paradiso fiscale con solide leggi di riservatezza bancaria. Questo lasciava ancora centinaia di banche da controllare. Guardò l'orologio, sorpresa per l'ora. Erano già le tre e mezza del mattino. Il voto degli azionisti sarebbe stato di lì a sei ore.

CAPITOLO 36

*L*a Sala da Ballo Crystal al Waterfront Hotel era lussuosa, con pesanti broccati drappeggiati a incorniciare le grandi finestre e la vista panoramica del porto. Un enorme lampadario di cristallo pendeva al centro del soffitto a cupola, riflettendo la luce in tutte le direzioni. Piuttosto elegante per una compagnia sull'orlo della bancarotta, pensò Kat.

Fece scorrere lo sguardo sulla stanza gremita, cercando volti familiari. Gli azionisti affollavano la stanza, ansiosi di votare l'offerta di acquisizione della Porter. Alcuni erano già seduti, altri facevano capannello in piccoli gruppi, chiacchierando in fondo alle file, aspettando che l'incontro speciale degli azionisti della Liberty avesse inizio.

Kat si era presa il disturbo di vestirsi al meglio per un incontro tanto decisivo. Aveva scelto un abito Elie Tahari verde smeraldo, comprato quando ancora aveva un impego remunerativo. Faceva risaltare il colore dei suoi occhi e accentuava i suoi capelli castano ramato, che erano raccolti in uno chignon. Era una bella sensazione mettersi di nuovo in tiro. Essere licenziata l'aveva messa in uno stato di recessione dal punto di vista della moda, facendola andare in giro con jeans strappati e vecchie magliette. Con il trucco e il rossetto si sentiva di nuovo un'adulta. Un'ondata di adrenalina le corse per tutto il corpo. Sentiva di poter conquistare il mondo. Era una buona cosa, perché stava per farlo.

Nick Racine era preso dalla conversazione con una donna minuta dai capelli grigi che indossava un completo da ufficio color crema e si trovava davanti al podio. Aveva la schiena rivolta verso Kat. Improvvisamente gli occhi di Nick incontrarono quelli di Kat e lui interruppe la conversazione, camminando a grandi passi verso la porta, senza mai distogliere lo sguardo da lei.

"Scusami, Kat. Questo incontro è aperto solo agli azionisti. Ora se volessi andartene senza fare confusione—"

"Uh, Nick? Io sono un'azionista. Ora se volesse scusarmi, vorrei assicurarmi di prendere un posto davanti. Mi aspetto un incontro molto animato." Kat lottò per trattenere un sorrisetto. Aveva comprato un centinaio di azioni la settimana precedente con il solo proposito di partecipare all'incontro. In realtà non poteva permettersele. D'altronde, non poteva permettersi di non comprarle. Kat oltrepassò Nick e osservò la stanza. Non l'avrebbe intimidita.

Harry era lì, di ritorno dal suo torneo di curling e la salutava con la mano dal suo posto in seconda fila. Anche lui era vestito per il successo. Il suo completo avrebbe potuto essere alla moda vent'anni prima, ma il gessato lo faceva sembrare un gangster che sta invecchiando.

"Non è eccitante? Sentirò tutto sulla mia compagnia. E questo…" Harry fece un gesto con il braccio. "È tutto mio. Almeno in parte. Potrei avere il voto decisivo."

Non era così, ma Kat non aveva il coraggio di dirglielo. Percorse la stanza con lo sguardo mentre arrivavano altre persone. L'incontro sarebbe iniziato di lì a cinque minuti, ma la sola persona che Kat aveva sperato avrebbe fatto la differenza non c'era. Questo non doveva per forza significare qualcosa. Audrey Braithwaite non doveva partecipare all'incontro di persona. Le azioni del fondo fiduciario della famiglia Braithwaite avrebbero probabilmente votato tramite la persona designata o lei avrebbe potuto votare per procura. Che si presentasse o no, Kat sperava che Audrey avrebbe votato contro l'acquisizione della Porter.

"Kat? Sembri distratta."

"Mi dispiace, Zio Harry. Sto cercando qualcuno."

"Ha! Non sarebbe divertente se quel Bryant si presentasse?"

Ma Kat non stava ascoltando. Afferrò la borsetta e praticamente corse alla porta, dove Audrey era appena comparsa. I suoi muscoli a contrazione rapida entrarono in azione, senza dubbio un vantaggio di tutti quegli allenamenti di corsa.

"Audrey!" Kat cercò di calmare il respiro per non ansimare. Lo Chanel No.5 la avvolse mentre si avvicinava.

"Audrey—c'è una cosa che deve sapere. La Liberty ricicla diamanti per il crimine organizzato. La miniera al Mystic Lake? È finta. Tutto per alzare il prezzo delle azioni."

"Cosa? È ridicolo! Inoltre, non dovrei parlare con lei. Quando ho detto a Nick del nostro incontro, ha detto che è stata licenziata. Sta solo inventando storie per pareggiare i conti. Non mi piacciono i bugiardi."

"Non ho mai detto di lavorare ancora per la Liberty. E non sto inventando niente. Ci sono un sacco di persone peggiori di me in questa stanza adesso, credimi. Posso avere solo un minuto del suo tempo? Per favore?"

Audrey si guardò intorno, a disagio, senza dubbio alla ricerca di Nick.

"Beh, d'accordo. Faccia in fretta."

Il fischio del microfono perforò l'aria mentre qualcuno parlava, provando il suono.

Kat fece per Audrey un riassunto di un minuto sulla produzione falsificata, la manipolazione del mercato azionario da parte della Opal, il collegamento con la mafia Argentina e di come tutto era legato all'offerta di acquisizione della Porter.

"La mafia? Sta scherzando." Audrey era incredula. "Non mi

sorprende che Nick l'abbia licenziata. Inventare queste storie folli non cambierà niente."

"Audrey, per favore. Mi deve credere. Stanno usando la Liberty nel loro sistema di riciclaggio dei diamanti. Sono persone pericolose. Probabilmente hanno qualcosa a che fare con l'assassinio di suo fratello."

"Ora non può giocarsi di nuovo la carta di Alex. Collegare mi fratello a questo è un colpo basso. Non ha alcun rispetto? Non parlerò più con lei." Fece per andarsene.

"Aspetti! È la verità, Audrey." Avrebbe osato dirlo? "Qualcuno all'interno è corrotto."

Audrey fece scorrere lo sguardo sulla stanza alla ricerca di qualcuno che la salvasse.

"Questo è assurdo. Qualcuno le ha drogato il bicchiere? Ora mi lasci in pace."

Audrey si voltò sui tacchi.

Kat la afferrò per la spalla.

Audrey guardò Kat con un misto di shock e paura. Mentre Kat la lasciava andare, si sentì come uno degli intoccabili in una specie di battaglia proibita all'interno del castello.

"Audrey, non può accettare l'offerta. Susan Sullivan è un'impostora. Il suo vero nome è Clara de la Cruz Ortega ed è ricercata in Sud America per frode, traffico di droga e riciclaggio di denaro. Lavora per una delle più grandi organizzazioni criminali del mondo. Sta per dare a loro la Liberty."

Kat vide un luccichio di esitazione negli occhi di Audrey.

"Vuole sapere che cosa è successo ad Alex? Scommetto che Susan, o meglio Clara, lo sa. Perché non chiede a lei?"

"Non può dire sul serio."

"Sono molto seria. Suo padre è il più spietato boss del crimine organizzato in Sud America. Non si fermerebbe davanti a niente. Uccidere tuo fratello e Ken Takahashi fa parte del prezzo per fare affari con lui. Le sta rubando la Liberty da sotto il naso. Non le importa?"

"Io—io devo andare." Audrey si voltò e marciò fuori dalla stanza mentre lo speaker annunciava l'inizio dell'incontro. Kat sospirò per la delusione. Non si era aspettata di convincere Audrey di punto in bianco, ma aveva sperato che le informazioni l'avrebbero almeno fatta pensare due volte prima di offrire le azioni del fondo fiduciario di famiglia. Era ora di mettere in atto il piano B.

CAPITOLO 37

Kat si alzò e gridò con la voce più forte che poté, sovrastando il discorso di Susan Sullivan agli azionisti. Tutti si voltarono sulle loro sedie e fissarono Kat, disorientati, mentre si rivolgeva alla folla.

"Impostora! Susan Sullivan è una criminale. Susan e il suo padre mafioso stanno cercando di fregarvi la Liberty da sotto il naso."

Ci fu un brontolio nella folla mentre tutti allungavano il collo per vedere l'intrusa. Un paio di guardie di sicurezza robuste si stavano già facendo strada dal fondo della stanza lungo il corridoio nella sua direzione. Kat scattò verso il podio e afferrò il microfono dall'asta di fronte a Susan, rimasta senza parole, la bocca aperta mentre fissava Kat incredula.

"Il vero nome di Susan è Clara de la Cruz Ortega. Suo padre è a capo della mafia Argentina. Tratta droghe, armi e mine. Uccide le persone. E vuole la Liberty. Ecco perché Susan, sua figlia, è stata Amministratore Delegato negli ultimi due anni."

"Basta!" Nick Racine si diresse a grandi passi verso il podio e afferrò il microfono dalle mani di Kat. "Sta mentendo. Ciò che abbiamo qui è una consulente scontenta. Non è riuscita a rintracciare Bryant e i soldi scomparsi e adesso sta inventando queste ridicole bugie per nascondere la sua incompetenza."

Nick indicò le due guardie di sicurezza, ora ferme di lato al podio. "Dannazione, sicurezza! Che problema avete? Portatela fuori, ADESSO!"

Si mossero verso Kat. Una delle guardie le afferrò il braccio sinistro e cercò di farla spostare verso il corridoio. Nick lanciò a Kat un'occhiataccia dal podio mentre Susan si agitava nervosamente al suo fianco, evitando lo sguardo di Kat e restando in silenzio.

Kat colpì le costole della guardia con un gomito e si liberò dalla sua stretta. Si voltò per fronteggiare Nick.

"Dica al suo scagnozzo di togliermi le mani di dosso! Non vuole affrontare la realtà, Nick. Perché? Fa parte di questa cospirazione?"

Nick fece di nuovo un cenno alla sicurezza perché portassero via Kat. Kat sentì qualcuno tirare il suo braccio destro. Era Harry, che controbilanciava la guardia, che l'aveva presa di nuovo per il braccio sinistro. Si sentiva come una bambola di pezza che stava per strapparsi in due in una gara di tiro alla fune.

"Lasciala andare! Ha il diritto legale di stare qui. È un'azionista. Non potete buttarla fuori così!"

Nick intervenne. "Sta provocando un trambusto. La condotta turbolenta è un motivo sufficiente per espellerla."

"C'è un buon motivo se sta causando confusione. Non le viene permesso di parlare. È qualcosa che riguarda tutti noi come azionisti. Sono un azionista, e voglio sentire che cos'ha da dire."

Diverse persone nella folla si alzarono in piedi per mostrare il loro supporto. Il chiasso nella stanza divenne più forte.

"Senti, senti, lascia parlare la donna."

Prima che Kat potesse dire un'altra parola, Audrey si alzò dalla prima fila e si diresse verso Nick e il microfono.

"Aspetta un momento, Nick. Anche io voglio ascoltarla. Almeno falle fare il suo discorso."

Il volto di Nick si fece rosso ma non disse una parola. Guardò storto Audrey e poi Kat, ma tornò a sedersi. Le guardie allentarono la presa. Audrey fece un gesto a Kat perché tornasse davanti.

"Susan Sullivan è un'impostora e ho le prove." Kat tirò fuori la foto di Clara. "Eccola qui. Anche conosciuta come Clara de la Cruz Ortega. Lei e suo padre, Emilio Ortega Ruiz, sperano che voterete sì all'offerta di acquisizione della Porter Holding.

"Perché? Perché controllano la Porter Holding. Una volta che avrete votato sì, avranno la loro piccola compagnia di estrazione mineraria attraverso cui riciclare tutti i loro diamanti insanguinati." Kat stava bluffando. Non aveva le prove che la Porter Holding fosse legata alla Opal, ma era solo questione di tempo prima che le avesse.

Ci fu un basso brusio nella folla. Un uomo esile con i capelli grigi in fondo alla sala si alzò.

"È vero, Signora Sullivan? Perché non dice niente?"

"È una menzogna!" Susan si voltò per rivolgersi a Kat. "Signora Carter, avrà notizie dai miei avvocati. Continui a fare queste accuse infondate e la denuncerò per diffamazione."

Kat estrasse il rendiconto della Opal Holding che aveva stampato al computer.

"Vedete questo? Il vostro Amministratore Delegato ha venduto allo scoperto le azioni della Liberty. Come vi sembra come voto di fiducia? Ha anche ottenuto un discreto profitto." Kat sollevò l'estratto conto per enfatizzare l'effetto. "Le prove sono tutte qui."

"Susan? È vero?" chiese Audrey. "Se è così non hai alcun diritto di essere l'Amministratore Delegato. Dovresti dimetterti immediatamente."

"Clara, perché non parli?" disse Kat mentre fissava apertamente Susan. "Non hai niente da dire in tua difesa?"

Susan sedeva impassibile, senza mostrare emozioni. Studiò

Nick, in attesa che la salvasse. Kat rivolse la sua attenzione su di lui.

"E cosa dire di Nick Racine? L'ha assunta. Non è uno sciocco. Non crediate neanche per un istante che non sapesse chi era lei veramente. Clara de la Cruz Ortega. La principessa mafiosa della Liberty."

La folla mormorò mentre tutti si voltavano per parlare con i propri vicini. Kat aspettò che la situazione si calmasse un po' prima di continuare. Ma prima di poter dire un'altra parola, Audrey afferrò il microfono.

"Presento una mozione per rimandare il voto per l'acquisizione Porter di due giorni lavorativi."

"Mozione approvata!" disse Harry mentre alzava il braccio in aria.

"Presento una mozione per sospendere l'Amministratore Delegato in attesa di ulteriori indagini."

"Mozione approvata!" Harry riusciva appena a trattenersi. L'attivismo da azionista era la sua nuova vocazione.

Kat tirò un sospiro di sollievo. Due giorni lavorativi non erano molto tempo, ma almeno aveva posticipato il furto all'ingrosso della Liberty.

Solo che adesso era in corsa contro il tempo. Dichiarare il bluff di Clara aveva aumentato il rischio che fuggisse e Kat si aspettava che scappasse da un momento all'altro. Non c'era tempo da perdere. Kat poteva aver ritardato l'acquisizione da parte della Porter, ma aveva appena scatenato qualcosa di molto peggio. Aveva notificato agli Ortega di andare a prenderla.

CAPITOLO 38

"*S*embra diversa, Signora de la Cruz."

"Davvero? È questo terribile raffreddore. Sto perdendo la voce. Mi scusi," disse Kat mentre si schiariva la voce.

"Non dovrebbe parlare. Peggiorerà," disse la donna servizievole alla Bank of Cayman.

Kat aveva scommesso, facendo la chiamata all'orario di chiusura. Aveva funzionato. Invece del banchiere personale della Opal Holding, aveva raggiunto un'associata più giovane, qualcuno che non avrebbe riconosciuto la sua voce o messo in discussione le sue domande di routine su un piccolo trasferimento sul conto. Non c'era alcun trasferimento, era solo una scusa per chiamare la banca e verificare che i soldi fossero ancora lì.

"Sì, posso confermare che il suo saldo è ancora lo stesso di ieri. È tutto, Signora de la Cruz?"

"Nessun trasferimento in sospeso, in entrata o in uscita, giusto?"

"Esatto."

"Bene. Mi è stata di grande aiuto."

"Grazie, Signora de la Cruz. E per favore, si curi dal suo raffreddore."

Kat ringraziò e riagganciò, delusa che la sua chiamata non fosse stata più fruttuosa. Aveva sperato di trovare un trasferimento in sospeso così da poterlo cancellare. Cancellarlo le avrebbe fatto guadagnare un po' di tempo e il tentativo di trasferimento avrebbe fornito una pista di controllo per le intenzioni di Clara. Eppure, era sollevata che i soldi fossero ancora nel conto della Opal Holding alle Cayman. Non sarebbe durata a lungo—molto presto i soldi sarebbero stati spostati.

Doveva avvertire le autorità. Ma chi? Gli organismi di vigilanza? La polizia? Era quello il problema con le giurisdizioni che si sovrappongono. Alla fine nessuno sarebbe stato responsabile.

Decise di chiamare Platt. Pensò che avrebbe fornito un movente ovvio per gli assassini e avrebbe potuto convincerlo a cancellarla dalla sua lista dei sospettati. Inoltre, sperava che ci fossero meno ostacoli burocratici con la polizia che non con gli organismi di controllo. Era quello a cui stava pensando mentre aspettava in attesa. Sembrava di fretta quando rispose al telefono.

"Non vuole arrestarla?"

"Non è esattamente la mia giurisdizione. Sono della omicidi."

"Ma, Detective Platt—è collegata agli omicidi. Ne sono sicura."

"Essere sicura di qualcosa non è come averne le prove, Katerina."

"Le sto offrendo delle prove. C'è il rischio di perdere sia Clara che i soldi. So che è dietro agli omicidi. Perché sta ignorando una pista ovvia?"

"Katerina, non sono libero di discutere delle piste che sto o non sto seguendo."

"Detective, mi dica solo—sta seguendo Clara o no?"

Silenzio.

"Quindi sono ancora sospettata?"

Kat sapeva che Platt era ancora al telefono solo perché sentiva il suo respiro. Sentì la rabbia montare dentro di lei. Non solo Clara stava per farla franca per gli omicidi, ma sarebbe diventata anche molto ricca nel frattempo.

"Katerina, io—"

"Detective, come può non occuparsi della persona che ha il movente più forte per uccidere Takahashi e Braithwaite? Clara de la Cruz sta operando sotto falso nome, ha legami con il crimine organizzato. È collegata alla più grande frode della storia e sta per lasciare il paese con miliardi di dollari rubati. Quale movente è più forte di questo?"

"Va bene. Controllerò."

"Le invierò i miei appunti."

"Non sarà necessario."

"Mi farà sapere?"

"Katerina, non posso discutere con lei dell'indagine."

"Voglio dire—mi faccia sapere se sono ancora una sospettata o no."

"Va bene."

Click. Platt aveva riattaccato.

Kat era furiosa.

Ovviamente Platt non l'avrebbe tenuta informata. Poteva fidarsi del fatto che seguisse la pista su Clara? Non ne era convinta. Aveva bisogno di un piano di contingenza. Ma quale? Ci sarebbero voluti un giorno o due nella migliore delle ipotesi perché la commissione ottenesse un ordine del tribunale per congelare i fondi. Ma questo per i conti Canadesi. I soldi ormai erano fuori dal Canada. Non c'era alcun mezzo legale efficace se non un'ingiunzione del tribunale, che sarebbe rimasta bloccata per anni, e per allora Clara sarebbe già stata molto lontana con i soldi.

Kat controllò il pacchiano orologio a cucù tedesco sopra il tavolo della cucina di Verna. Era l'una e venti di un altro assolato pomeriggio, raro per Vancouver in inverno. Si addiceva al suo umore.

Aveva trionfato sia su Nick che su Clara. Potevano insultarla e mettere in discussione le sue capacità, ma questo non cambiava il fatto che stava loro addosso.

Guardò fuori dalla finestra della cucina mentre pensava al prossimo passo. Uno scoiattolo saltò da un albero all'altro, evitando il disastro per un pelo mentre il ramo cedeva sotto il suo peso. Oscillò sul ramo per una frazione di secondo, poi si raddrizzò e si precipitò lungo il tronco verso terra. Attraversò di corsa il giardino e poi si paralizzò all'improvviso.

Kat non credeva ai suoi occhi. Piegata sopra l'orto, proprio di fronte allo scoiattolo, c'era una donna che indossava un impermeabile di tartan rosso. Si sollevò lentamente, tenendo alcune foglie nella mano destra guantata.

Kat scattò dalla sedia e incespicò verso il portico sul retro con solo le calze ai piedi.

"Verna?"

La donna non rispose. Kat corse giù dai gradini e sul prato, l'erba bagnata che le inzuppava le calze. I suoi piedi produssero un acciottolio mentre camminava verso di lei.

"Verna Beechy?"

La donna si voltò e sorrise a Kat. I bottoni sul suo impermeabile erano nelle asole sbagliate e indossava sandali aperti invece di scarpe.

"Sono io. Lei chi è?"

"Mi chiamo Kat La, uh, custode." Come altro descriversi dopo essere emersa da casa di Verna?

"Ha avuto i miei biglietti?"

"Sì. C'è qualcosa che vorrei chiederle a riguardo."

Fu come se Verna non l'avesse sentita.

"Starà qui un po' mentre sono via?"

"Certo. Quando pensa che tornerà?"

"Oh, non lo so. Hanno appena prolungato il tour. Devo tornare al pullman o se ne andranno senza di me. Andiamo in Italia questa settimana."

"Beh, non la tratterrò a lungo," disse Kat. "Verna, ha dimenticato di pagare le tasse?"

"Certo che no. Ho pagato abbastanza tasse in tutti questi anni. Ho deciso di non pagarle più. Inoltre, sono in vacanza. Perché dovrei pagare le tasse se non sono qui?"

Ovviamente Verna era un po' confusa.

"Si prenderà cura delle mie cose, giusto?" chiese Verna.

"Ma certo che lo farò. Dove si unirà di nuovo al tour?"

"Al Golden Arches, in fondo alla strada."

Golden Arches? Verna viveva al Golden Oaks? La casa di cura per lungodegenti era a meno di due isolati di distanza. Questo poteva spiegare perché avesse lasciato la casa così com'era. Ma non aveva famiglia o amici? Come avevano potuto lasciare che perdesse la casa in un'asta giudiziaria?

"Posso accompagnarla? Vado solo dentro a mettere le scarpe."

"Beh, suppongo di sì. Ma si sbrighi."

Kat balzò su per i gradini e corse nell'ingresso. Allacciò le sue Adidas e afferrò una giacca. Corse fuori, ma Verna se n'era andata.

CAPITOLO 39

Kat iniziò la sua corsa al buio. Le cinque del mattino era presto, ma aveva bisogno di una corsetta per schiarirsi le idee. Dove avrebbe spostato i soldi qualcuno come Clara? Tacciare i trasferimenti di fondi dal conto della Opal alla Bancroft Richardson era noioso. Aveva controllato ed escluso centinaia di banche in tutto il mondo la notte precedente, ma ce n'erano ancora dozzine da verificare. Se Clara avesse spostato ancora i soldi, sarebbero scomparsi per sempre.

Corse lungo il sentiero in un'oscurità nera come l'inchiostro, spostando i piedi con attenzione per evitare di inciampare su rami e sassi sparsi. Era come correre nella neve, rischiando ad ogni appoggio prima di sapere esattamente cosa l'aspettava. Un passo falso e si sarebbe facilmente storta una caviglia o peggio.

I lampioni erano inesistenti sul sentiero verso il fiume, quindi avrebbe usato il faretto fino a quando non avesse raggiunto il porto e il parcheggio sul lato sud del parco che costeggiava il fiume. Il silenzio era rotto solo dai suoi passi e dal fischio di un treno a un chilometro di distanza, nell'entroterra rispetto al fiume.

Il faretto illuminò una radura a destra del sentiero, punteggiata da pile di spazzatura e buste della spesa. Sotto gli alberi c'erano grovigli di coperte sovrastati da cartone dove i senza tetto si accampavano per sfuggire alla pioggia. Non era del tutto sola. Accelerò il passo e uscì nella radura.

L'alba sorse lentamente, la luce grigia della prima mattina che incorniciava il Port Mann Bridge al di sopra. Maquabeak Park, collocato sotto il ponte, era poco noto ad altri che non fossero barcaioli, proprietari di cani e corridori. Era il posto che Kat preferiva per schiarirsi le idee.

Quel giorno non restò delusa. Dal fiume soffiava una leggera brezza e i cespugli luccicavano per la rugiada del mattino. L'incontro degli azionisti pesava ancora sulla mente di Kat. Il suo discorso aveva attirato l'attenzione di coloro che erano all'incontro, ma Nick e il Braithwaite Family Trust controllavano le azioni. Aveva convinto Audrey? O pensava ancora a lei come una folle in cerca di attenzione? Era difficile a dirsi. Il voto si sarebbe tenuto domani, in un modo o nell'altro.

La Liberty veniva svenduta sotto il naso degli azionisti e sembrava che importasse solo a lei. A meno che non riuscisse a collegare i soldi alla Porter, nessuno le avrebbe creduto. Era troppo oltraggioso pensare che la Liberty fosse usata per il riciclaggio di diamanti dal crimine organizzato.

Esporre Clara era stata una buona cosa, ma senza un collegamento ai soldi, non c'era nulla di cui accusarla. Anche la sospensione probabilmente non sarebbe durata. Nick aveva convocato una conferenza stampa per calmare le acque, per dire che Clara aveva cambiato il nome in Susan Sullivan per prendere un nome più anglofono, e mettere una distanza tra lei e il suo famigerato padre. Kat si aspettava che Clara fuggisse adesso, eliminando ogni possibilità di essere accusata o condannata per la frode. Era certa che ci fosse lei dietro a tutto, anche agli omicidi di Braithwaite e Takahashi.

Se solo fosse riuscita a capire a quali banche appartenevano i numeri di conto sui fogli nella spazzatura di Clara. Come poteva restringere il campo delle migliaia di banche nel mondo?

Tagliò attraverso il parcheggio verso i binari della ferrovia. Era deserto tranne che per un furgone scuro parcheggiato nell'angolo più lontano. Probabilmente qualcuno che aveva portato il cane a passeggio molto presto, pensò, anche se non aveva ancora incrociato nessuno. La strada di quel giorno la portò lungo i confini della Colony Farm Nature Reserve che confinava con il parco. Il mormorio del traffico del mattino dall'autostrada più avanti divenne più forte mentre correva verso di esso costeggiando la ferrovia.

Un altro corridore si avvicinò. Era ben piantato, non il tipico corridore mingherlino da lunghe distanze che incontrava di solito su quei sentieri. Kat cercò di distinguere le sue fattezze mentre si avvicinava, ma era buio e aveva un cappuccio tirato sulla testa. La cosa la mise a disagio. Faceva troppo caldo per correre con una felpa e aveva smesso di piovere.

Lui evitò il suo sguardo quando la oltrepassò e dal suo respiro pesante Kat dubitava che potesse riuscire a correre per più di altri cento metri senza doversi fermare per riprendere fiato. Era un punto isolato, almeno a un paio di chilometri dalla strada, e si chiese perché un corridore ovviamente fuori forma fosse in giro così presto.

Doveva essere suo il furgone nel parcheggio, pensò.

Kat prese in considerazione l'idea di tornare indietro ma cambiò idea. Il parcheggio era ugualmente deserto. Continuare a dubitare di sé stessa significava non riuscire a fare la sua corsa. Avrebbe continuato lungo il sentiero, svoltato all'entrata del giardino comunale e sarebbe tornata all'Eagle Trail come aveva pianificato all'inizio.

Improvvisamente qualcuno la afferrò alle spalle. Un braccio stretto in una morsa attorno al collo e l'altro attorno alla vita. Annaspò mentre cercava di respirare. Sentì il fiato caldo contro il collo.

Poi lottò. Scalciò indietro con i piedi, cercando un contatto. L'uomo rafforzò la stretta, circondandole le braccia per impedirle di muoversi.

Stupida. Che idea stupida correre da sola al buio. Quanto ci sarebbe voluto prima che qualcuno trovasse il suo corpo? Non avrebbe mai più fatto niente di tanto idiota, promise a sé stessa. Se mai ne fosse uscita viva.

"Non dire niente, stronza, o sei morta!"

La fece voltare. Era il tizio che l'aveva oltrepassata sul sentiero.

"Vuoi dei soldi? Non ne ho con me ma posso—"

"Chiudi quella cazzo di bocca. Sei sorda o cosa?"

Kat aprì la bocca e cercò di gridare. Non uscì altro che un gracchio. In ogni caso non l'avrebbe sentita nessuno, nemmeno i senza tetto. Le spinse una mano sotto il mento, colpendole la giugulare mentre lei cercava di respirare. Kat lo fissò, memorizzando la sua faccia in caso ne fosse uscita viva. L'uomo fece un ghigno pieno di denti marci e ingialliti che sembravano pop-corn bruciati allineati alla rinfusa. Il suo assalitore chiaramente si stava divertendo.

"Per favore, lasciami andare. Prometto di non—"

La colpì alla testa e tutto divenne buio. Le gambe cedettero sotto di lei e crollò al suolo. L'uomo le afferrò il collo nella V della sua mano e le strinse la gola, interrompendo la sua caduta. Kat annaspò. Barcollò per recuperare l'equilibrio e allentare la pressione sul collo. Mentre lo faceva, la stretta si fece più forte.

La sua sola speranza era correre. Se fosse riuscita a liberarsi dalla sua stretta e allontanarsi di qualche metro. Forse sarebbe riuscita a superarlo in velocità, se avesse fatto una buona partenza. Lo valutò. Alto e ben piazzato, era palestrato come un giocatore di football dopato. Era più di cento chili e almeno dieci centimetri più alto di lei. Doveva prenderlo di sorpresa prima che potesse reagire.

Il cappuccio adesso era abbassato e Kat riusciva a vedere meglio il suo volto. Era il tizio che aveva fatto irruzione nel suo ufficio, il Tossico. Solo che ora era vestito in modo decisamente più costoso con una tuta della Reebok. I suoi selvaggi occhi verdi la fissavano, valutandola. Kat aveva la sensazione che non avesse alcun obbligo di tenerla tutta intera.

Quindi l'irruzione nell'ufficio non era stata un caso. Chiaramente era collegata alla Liberty. Qualsiasi senso di soddisfazione per aver avuto ragione era sovrastato dal terrore che la consumava. Era quello che era successo a Takahashi e Braithwaite? Lei sarebbe stata la prossima?

Il Tossico allentò momentaneamente la presa mentre scavava nella tasca. Tirò fuori una fascetta di nylon e le legò i polsi davanti.

"Qualsiasi cosa tu voglia, ti pagherò. Lasciami andare. Ti darò più di chi ti ha assunto. E non lo dirò a nessuno. Lo prometto. Per favore, lasciami—"

"Che cosa ti ho detto?"

"Di non dire niente?"

"Giusto. Ora sta zitta o te ne pentirai."

Kat fintò a destra e scattò oltre all'uomo, pompando con le braccia per sfuggirgli. Le dita dell'uomo la afferrarono al fianco, stringendole la maglietta. Si spinse avanti, liberandosi dalla stretta. Lui la attaccò di lato, afferrandola, spingendola a terra e facendole affondare il viso sul terreno fangoso.

L'ultima cosa che sentì fu colpo alla nuca. Poi più niente.

CAPITOLO 40

Kat si svegliò con un mal di testa che le spaccava il cranio. La schiena era dolorante per essere rimasta sul duro pavimento di piastrelle e aveva freddo. Cercò di muovere le braccia ma si fermò quando la fascetta di nylon le affondò nei polsi. Ora ricordava. Il Tossico e il sentiero nel parco. Promise a sé stessa di non andare mai più a correre da sola.

Era in un edificio, umido e non riscaldato. L'oscurità l'avvolgeva mentre tremava nei vestiti da corsa ancora umidi. Rimase distesa in silenzio, ascoltando per individuare qualche segno che ci fosse qualcuno, ma non c'erano rumori. A quanto sembrava era sola.

Dopo qualche tentativo, Kat riuscì a muovere le braccia davanti a lei in modo da mettersi seduta. Fece un rapido inventario. A parte il laccio attorno ai polsi, era libera e poteva muoversi. Piegò le ginocchia e si mise in piedi. Proprio quando fu diritta, pensò di sentire il pavimento muoversi sotto di sé. Aspettò un momento, ma non accadde di nuovo. Forse era frastornata per essere stata colpita in testa, pensò mentre tastava il bernoccolo sul lato del cranio.

Si raddrizzò poi spostò lentamente le braccia a formare un arco, cercando di sentire attorno a lei. All'altezza del fianco incontrò un bancone. Tastò la superficie del piano e trovò due lavandini. Dall'altro lato le sue braccia colpirono una porta oscillante. Era in un bagno.

Tastò il bordo del bancone finché non raggiunse il muro. Fece scattare l'interruttore della luce, ma non accadde nulla. Allungò le dita per premere il tasto della luce sul suo orologio mentre il laccio di nylon premeva scomodamente contro il polso. Dopo un paio di tentativi l'orologio si illuminò e Kat riuscì a vedere la porta nella sua luce soffusa. Spinse la porta per aprirla di una fessura e sbirciò fuori.

Fu accolta dalla vista di sedie e tavoli da fast food, il tipo di arredamento imbullonato al pavimento. La luce diffusa del giorno filtrava attraverso le finestre coperte di sporcizia e polvere. Quel posto sembrava abbandonato.

Si inoltrò qualche centimetro ancora nel ristorante, facendo attenzione a non fare alcun rumore. Svoltò l'angolo e il suo cuore si fermò. Direttamente davanti a lei c'era un uomo che le dava le spalle, immobile. Restò paralizzata. Avrebbe potuto correre indietro nel bagno, ma probabilmente l'avrebbe sentita. Invece si avvicinò in punta di piedi per guardare meglio.

Era un Ronald McDonald a grandezza naturale, imbullonato al pavimento. Maledisse sé stessa per non aver riconosciuto subito quell'odioso abito giallo e rosso, anche se era di spalle. Lentamente sbirciò oltre Ronald, facendo scorrere lo sguardo alla ricerca di segni di vita. Non ce n'era alcuno, solo altri tavoli e sedie impolverati. Strisciò dietro l'angolo, stando all'erta per cogliere qualsiasi movimento.

A giudicare dai prezzi bassi sul menù, era passato molto tempo dall'ultima volta in cui avevano servito un Big Mac. Il cartello diceva che i sorrisi erano gratis, anche se non c'era nessuno dietro il bancone a offrirli. Ancora una volta, Kat sentì la strana sensazione del pavimento che si muoveva sotto i suoi piedi, ma solo per un momento.

Sobbalzò quando sentì un uomo tossire. Il Tossico doveva essere lì. Si spostò con cautela verso il suono, camminò più silenziosamente che poté con le scarpe da ginnastica che ancora indossava. Sbirciò oltre l'angolo e vide una forma scura a un tavolo lontano, seduta su una delle sedie.

Era l'ultima persona che si sarebbe aspettata di vedere in un posto come quello.

CAPITOLO 41

"Kat? Sei tu?" chiese l'uomo con un tono stranamente conciliante, molto più gentile di quello che era abituata a sentire. Perché continuava a fare questi incontri bizzarri? Prima il Tossico e ora Nick Racine. Mentre si avvicinava, Kat vide che le sue braccia erano legate ai braccioli della sedia e le gambe erano legate in modo analogo alle zampe della sedia. Lei era fortunata a poter camminare liberamente.

L'abito di Nick era stropicciato e il suo volto scurito dalle borse sotto gli occhi.

"Nick? Che cosa ci fa qui? Che diavolo sta succedendo?"

"Non lo so. Ha qualcosa a che fare con Susan."

"Intende dire Clara."

"Sì, Susan, Clara, quel che è. Senti, avevi ragione, ok."

"Non faccia l'innocente con me. C'è dentro anche lei. Non ho ancora capito come, ma ovviamente Clara la tiene in pugno."

"Kat, pensaci. Sarei bloccato qui se fosse così?" Nick spostò leggermente il peso, scomodo sulla sedia di plastica dura. Kat si chiese se avesse mai messo piede in un McDonald's prima.

"Clara non sarebbe nemmeno alla Liberty se non fosse per lei.

Non si è preso la briga di controllare il suo passato prima di assumerla?"

"Teniamoci la discussione per dopo e concentriamoci sull'andare via da qui. Torneranno a prenderci. Presto." Nick tornò ad essere autoritario e arrogante come sempre. "Vai in cucina e trova un coltello per tagliare i miei lacci—"

"Non penso proprio. Non finché non vuoterà il sacco."

Anche nella luce soffusa che passava dalle finestre sporche, Kat vide il volto di Nick diventare rosso per la rabbia. Kat non aveva intenzione di mollare. Nick non sarebbe mai stato così collaborativo in una situazione meno compromettente. Kat si voltò per andarsene.

"Va bene! Fa come vuoi. Spero che tu non ci faccia uccidere entrambi in questo modo."

"Allora, perché sei qui Nick? Hai cercato di buttare Clara fuori dalla Liberty? Hai cercato di tenere tutto il bottino per te?" Kat setacciò la postazione dei condimenti, ma tutto quello che riuscì a trovare furono cannucce e qualche bustina di ketchup.

"Ho messo in discussione l'offerta di acquisizione della Porter. Il prezzo era troppo basso. Tutto quello che stavo cercando di fare era ottenere un prezzo giusto per gli azionisti. Normalmente questo significa guardarsi in giro alla ricerca di altri compratori." Nick non suonava così altruista, visto che era l'azionista di maggioranza. "A Clara non è piaciuto. È stato allora che ho scoperto chi è in realtà."

"Andiamo Nick. Sapevi chi fosse quando l'hai assunta. Non sono così stupida. Qualcosa è andato storto e hai cercato di fare marcia indietro. Ho ragione? Di cosa si tratta?" Kat controllò il bancone alla ricerca di qualcosa di abbastanza affilato da tagliare i lacci che aveva al polso. Non c'era nulla in quel posto che non fosse di plastica?

"Ok, va bene. Dovevo un po' di soldi in giro. Debiti di gioco e avevo alcuni delinquenti alle calcagna. Il padre di Clara mi ha prestato del denaro e in cambio ha voluto che i suoi dipendenti lavorassero alla Liberty a rotazione per imparare il business dei diamanti."

Kat soffocò una risata. Nick diceva sul serio? Un programma di tirocinio per criminali? Era ancor più incompetente di quanto avesse creduto all'inizio. Il padre gli aveva lasciato una fortuna, secondo il controllo che aveva fatto Jace. Perché avrebbe dovuto aver bisogno di un prestito con il suo stipendio alla Liberty e la sua eredità?

"Fammi capire bene. Hai chiesto un prestito a uno strozzino e quando la cosa è diventata troppo complicata, hai chiamato un boss mafioso per salvarti? Di quanti soldi stiamo parlando, Nick?"

"Solo qualche milione. E la condizione era che i suoi dipendenti restassero finché non avessi ripagato il debito." Nick si mosse ancora sulla sedia, ovviamente a disagio. Kat si chiese da quanto fosse lì.

"Fammi indovinare. Non hai ripagato il debito."

"No. Avevo in programma di farlo, ma lui mi ha dato qualche extra. Ho deciso di comprare altre azioni a credito con i soldi rimasti. Il prezzo delle azioni era sceso ed era l'occasione di raddoppiare facilmente il capitale. O così pensavo. Ma le azioni sono precipitate ancora di più. Non sono riuscito a mettere insieme abbastanza soldi da depositare per integrare il margine di copertura. Tutti i miei soldi erano bloccati."

"Stai facendo *day trading* sulla tua stessa compagnia?" Era un nuovo record al ribasso. Il presidente del Consiglio di Amministrazione alla Liberty manipolava il mercato azionario.

"Ehi, non chiamarlo day trading. Il mio piano era di tenere le azioni per qualche mese. Era un'occasione di recuperare le mie perdite e rimettere la mia vita in carreggiata. Una volta che le azioni fossero risalite, avrei venduto e restituito i soldi. Il solo problema è che il prezzo delle azioni non è mai risalito. Quando ho ricevuto la richiesta per il margine di copertura, potevo coprire la cifra o vendere. Non avevo i soldi, quindi ho venduto. Questo ha bloccato le mie perdite e significa che non riuscirò mai a ripagare il prestito."

"Sembra che la tua allieva si sia presa gioco di te." C'era qualcuno che non manipolava le azioni della Liberty?

"Beh, immagino di sì se è vera la tua teoria secondo cui Clara stava vendendo le azioni della Liberty allo scoperto."

"Non è una teoria, Nick. È un fatto." Le avrebbe mai dato un po' di credito?

"In ogni caso, pensavo che una buona acquisizione potesse rianimare le azioni, così ho ventilato l'idea a Ortega. Il problema è che mi ha preso sul serio. Non ho mai avuto intenzione di vendere. Era solo un modo per far risalire il valore."

"Non è illegale?" Nick, un interno, stava gonfiando e sgonfiando il prezzo delle azioni.

"Mi hanno ingannato. Hanno manipolato il mercato azionario in modo che perdessi i miei soldi. E con le mie azioni come garanzia, acquisiranno tutto se non ripago il debito." Le spalle di Nick si afflosciarono per la sconfitta.

"Chi sono 'loro'? Clara?"

"No. Non direttamente. Suo padre. Ha detto che la garanzia era solo una formalità. A quel tempo non sapevo che avesse in programma di rubare la compagnia con un'offerta di acquisizione al ribasso."

"Nick, che cosa ti aspettavi? Hai a che fare con dei pezzi grossi della criminalità."

Era davvero così stupido? O faceva solo finta? Doveva aver saputo di Clara per tutto il tempo.

"Non capisci, Kat? L'incontro degli azionisti è domani. Se non sono lì, non posso votare. E a meno che non designi un delegato, Clara, come parte della direzione, può votare per le mie azioni nel modo che preferisce."

"Vero. Ma tu hai assunto Clara. C'è qualcosa che non quadra nella tua storia. Che cosa non mi stai dicendo?"

"Teniamoci questa discussione per un'altra volta e concentriamoci sull'uscire di qui. Possiamo aiutarci a vicenda. Dobbiamo solo trovare qualcosa con cui tagliare i lacci."

"Dobbiamo? Credo che tu intenda che io devo, visto che sono l'unica che cammina adesso. Non farò nulla finché non mi dirai che cosa sta succedendo. Perché dovrei aiutarti?"

Il suono di un motore fuori dal locale inghiottì la risposta di Nick. Kat si voltò e tornò di corsa al bagno. Era arrivata fino al bancone quando sentì una catena colpire la porta d'ingresso sbarrata. Poi la porta si spalancò.

CAPITOLO 42

Il Tossicò entrò nel locale come una furia. Questa volta non era solo. Alle sue spalle c'era un altro delinquente, più basso e più tozzo, con una stempiatura che aveva una coda di cavallo come suffisso. Entrambi indossavano giacche di pelle nera, gilè di pelle e jeans sporchi. L'odore di fumo di sigaretta stantio arrivò fino a Kat, seduta sul pavimento davanti al bancone.

"Dov'è, Gus?"

"Oh Cristo, Mitch! Che cosa ti ho appena detto? Non usare il mio nome."

"Ok, capo. Ma tu hai usato il mio. Siamo pari."

Quindi il Tossico era Gus. E sembrava avesse dei sottoposti.

"Non importa. Tieni la tua maledetta bocca chiusa." Gus guardò storto Mitch mentre ignoravano completamente Kat e passavano oltre al bancone principale. Invece si diressero verso l'angolo in cui era legato Nick. La luce del pomeriggio stava svanendo in fretta e Mitch accese una torcia e puntò il raggio in direzione di Nick. La luce catturò qualcos'altro. Kat vide il luccichio dell'acciaio nella mano di Gus.

"Devo ancora occuparmi di questo tizio, giusto, capo?"

"Sì. Fai una cosa semplice, ok? Non come l'ultima volta. Niente roba elaborata."

Gus si riferiva a Takahashi? Stavano per uccidere Nick? Per chi lavoravano? Le domande si rincorrevano nella mente di Kat mentre si sforzava di ascoltare la conversazione dietro l'angolo.

"Per me va bene."

"Grazie a Dio. Sei tornato in te. Slegami le mani prima. Devo—"

"Testa di cazzo! Ho detto—chiudi quella cazzo di bocca."

"Ahia! Ehi, così fa male!"

Kat rimase a terra ma si avvicinò di qualche centimetro per sbirciare oltre l'angolo. Gus stava di fronte a Nick, bloccando la visuale di Kat. Aveva una pistola nella mano destra, puntata verso Nick. Qualsiasi cosa Mitch stesse facendo a Nick doveva essere dolorosa, a giudicare dalle urla di Nick.

La porta d'ingresso si spalancò all'improvviso. Il cuore martellava nel petto di Kat mentre si gettava un'occhiata alle spalle. Poi si rilassò. Cindy comparve miracolosamente, dal nulla.

"Che sollievo! Non hai idea—"

Cindy interruppe Kat con un calcio forte e veloce nel fondoschiena. Kat guaì e si raggomitolò in posizione fetale sul pavimento mentre il dolore si estendeva alla schiena.

"Sta zitta, stronza!"

Spasmi di dolore percorrevano la spina dorsale di Kat mentre lottava per restare in silenzio. Le lacrime scendevano sulle sue guance mentre annaspava per respirare. Era come se il calcio di Cindy le avesse spezzato in due la schiena. Gemette involontariamente mentre cercava di allontanarsi.

"Ho detto, STA ZITTA!"

La bocca di Kat si aprì per la sorpresa. Cindy torreggiava sopra di lei mentre era distesa sul pavimento. Era vestita di pelle dalla giacca fino agli stivaletti col tacco a spillo capaci di infliggere tanto dolore. Fece un tiro dalla sua sigaretta e inalò profondamente mentre ringhiava verso Kat.

"Non hai ascoltato con attenzione. Vuoi fare la fine di Nick, qui?"

Cindy non aspetto che Kat rispondesse. Scrollò la cenere dalla sigaretta, facendola cadere sulla faccia di Kat.

Kat starnutì mentre inalava la cenere col naso.

"Stai tranquilla, stronza. Siamo intesi?"

"S—sì." Cindy non l'avrebbe salvata. Aveva intenzione di ucciderla invece. Cindy era una di loro, una poliziotta corrotta. Clara l'aveva comprata? Ora aveva tutto senso. Spiegava come facessero ad essere sempre un passo avanti, come Gus avesse saputo dove sarebbe andata a correre quel giorno. Tutto, anche Platt che la etichettava come sospettata nell'omicidio di Takahashi.

"Andiamo, ragazzi."

Cindy fece cadere la sigaretta sulla coscia di Kat. Kat la sentì pizzicare attraverso i pantaloni da corsa, sciogliendoli sulla sua gamba. Cindy spense il mozzicone con il piede.

Mitch spinse in avanti un Nick dall'equilibrio precario, punzecchiandolo nella schiena. Le mani di Nick erano state legate di nuovo dietro la sua schiena, ma ora aveva le gambe libere. Gus seguì Mitch, entrambi sembravano prendere ordini da Cindy.

"Bene. Ora sta zitta e resta nell'angolo come ti è stato detto. Torneremo più tardi per te." Cindy si allontanò pestando i piedi nei suoi stivali e Gus e Mitch la seguirono, sbattendo la porta alle loro spalle. Kat sentì urla soffocate da fuori mentre richiudevano la catena sulla porta.

Dopo un minuto sentì due spari provenire dall'esterno. Poi il motore ripartì. Girò al minimo per quella che parve una mezz'ora prima di allontanarsi. Kat si stese sul pavimento dove Cindy l'aveva lasciata, ancora impaurita all'idea di muoversi. Ascoltò per sentire altri suoni, un pianto o un grido. Ma tutto quello che sentì fu silenzio.

Il panico di Kat si trasformò in terrore davanti all'inevitabile. Avevano sparato a Nick. Era solo questione di tempo prima che tornassero e la uccidessero.

CAPITOLO 43

La luce del mattino finalmente penetrò abbastanza oltre i vetri sporchi perché Kat riuscisse a vedere. Rovistò in cucina ancora una volta, aprendo sportelli e cassetti, sperando di non aver visto qualcosa il giorno precedente. Non era così. Gli sportelli erano ancora vuoti. Non c'era niente con cui tagliare i legacci ai polsi, nemmeno un coltello di plastica.

Il voto degli azionisti era per quel giorno. La sospensione di due giorni non aveva cambiato niente. Cindy se n'era assicurata intrappolandola lì. Il voto sarebbe andato avanti, con la sola differenza che la direzione avrebbe votato per le azioni di Nick. L'avrebbe fatto Clara, visto che la sua sospensione sarebbe finita se Kat non avesse presentato le prove della sua truffa.

Un senso di condanna si depositò sullo stomaco di Kat mentre controllava l'orologio. Erano già le otto del mattino; Cindy e gli altri di certo sarebbero tornati presto. Si lasciò scivolare contro il frigorifero, avvilita. Fece scorrere lo sguardo sulla stanza, gli occhi che si fermavano sul bancone davanti a lei. Prima non aveva notato una scatola di pellicola da cucina. Il bordo seghettato poteva essere abbastanza affilato da tagliare il laccio.

Incuneando la scatola contro lo stomaco per tenerla ferma, fece scorrere i polsi avanti e indietro sul bordo seghettato. Dopo un minuto di movimento costante i suoi sforzi furono ricompensati. La parte tagliente intaccò il laccio mentre lentamente riduceva la plastica in una polvere ruvida.

Più si muoveva velocemente, più l'incavo diventava profondo. Nella fretta di tagliare il legaccio, scivolò. Il bordo di metallo trapassò il cinturino dell'orologio e poi la sua pelle.

"Ahi!" Kat gemette per il dolore mentre il bordo seghettato la bucava, dandole la sensazione di mille tagli con la carta nello stesso istante. L'orologio cadde a terra mentre sobbalzava. Il seghetto argentato sul polso si fece rosso velocemente mentre usciva il sangue. Il suo grido echeggiò nella cucina vuota. Ma il laccio di plastica ormai era tenuto solo da un frammento sottile.

Fece un respiro profondo, combattendo la nausea che montava nel suo stomaco. Torse i polsi e li separò con uno scatto rapido. Il laccio si ruppe e dentro di lei fluì il sollievo.

Rivoli di sangue gocciolavano dal suo braccio. Che avesse reciso qualcosa? Il panico le inondò lo stomaco. Perché non aveva fatto più attenzione alle lezioni di primo soccorso? Doveva bendarlo in qualche modo, ma con cosa?

Kat trovò una pila di tovaglioli in uno stipetto e ne afferrò una manciata, premendoli sul braccio per tamponare il sangue. I tovaglioli ben presto si tinsero di cremisi, il sangue che li inzuppava mentre lei guardava con un interesse morboso. Lasciò cadere i tovaglioli sul pavimento e ne premette una seconda pila contro la ferita. Questa volta il sangue rallentò. Fece scorrere lo sguardo sulla cucina per cercare qualcosa che tenesse fermi i tovaglioli, qualcosa con cui legare il polso. Quanto era ironico? Diede un'occhiata alla pellicola. Sarebbe andata bene. Ne strappò un pezzo da sessanta centimetri e lo avvolse con cautela attorno al braccio e ai tovaglioli, fissandolo.

Corse fuori dalla cucina, premendo ancora contro il braccio

per fermare il sangue. Ogni minuto trascorso nel ristorante era un minuto in meno prima che Cindy e i suoi scagnozzi tornassero a ucciderla.

Spinse la porta della cucina e si diresse all'ingresso principale del ristorante. Tirò la porta, ma Cindy doveva aver stretto di nuovo la catena dopo essere andata via la sera prima. Doveva trovare un'altra via. C'era una finestra a destra della porta. Cercò qualcosa per romperla e individuò un contenitore di metallo per i tovaglioli. Scagliò il contenitore per tovaglioli contro la finestra più forte che poté. Rimbalzò indietro e atterrò sul pavimento, ma non prima di aver prodotto una crepa molto piccola. Colpì ancora e ancora, mirando alla crepa.

Dopo una mezza dozzina di tentativi il vetro finalmente si ruppe. Poteva scavalcare la finestra, ma prima doveva togliere i vetri rotti. Come potevano esserci così tanti pericoli in un ristorante fatto quasi interamente di plastica? Le serviva una specie di spazzola, ma non riusciva a ricordare di averne vista una o di aver visto altri attrezzi mentre rovistava in cucina. Ma ebbe un'idea. Tolse una scarpa da corsa.

Usando la scarpa come un guanto, spinse verso l'esterno le schegge di vetro rimaste sulla cornice della finestra e fece capolino fuori.

Sebbene non si fosse fatta idee a priori, rimase comunque sconvolta.

Un vento forte le assalì il volto, spingendole i capelli davanti agli occhi e togliendole il respiro. Si aggrappò alla cornice della finestra e si sporse fuori il più possibile. Invece di asfalto e cemento, vide l'acqua. Si increspava al di sotto di lei producendo spuma. Il ristorante era su una chiatta, che galleggiava in quella che doveva essere la Baia di Burrard, a giudicare dalla vicinanza con le montagne North Shore, leggermente alla sua sinistra. Questo spiegava la strana sensazione del pavimento che si muoveva sotto i suoi piedi.

Alla sua destra c'era la terra ferma più vicina, una costa rocciosa, coperta di boschi fitti e senza alcun segno di attività. Era almeno a un chilometro; troppo lontana per nuotare. Direttamente di fronte a lei c'era l'acqua e immaginò di essere almeno a otto chilometri a est di Vancouver. Che cosa ci faceva un ristorante galleggiante nella Baia di Burrard?

La porta a sinistra aveva un piccolo ponte al di sotto circondato da una ringhiera che arrivava all'altezza della vita, ma la pedana non si estendeva fino alla finestra. Per fuggire, doveva arrampicarsi fuori, afferrare la ringhiera e issarsi sul ponte. Si sentì prendere dalla paura. Cosa sarebbe successo se non ci fosse riuscita?

Tese le orecchie per cercare di percepire il rumore di barche nelle vicinanze mentre rimetteva la scarpa. Non c'era nulla attorno a lei tranne il suono dell'acqua che lambiva la chiatta. Nonostante ci fossero le finestre su tutti e quattro i lati, erano troppo sudice per vedere fuori. Considerò l'idea di rompere un'altra finestra dal lato opposto. Forse c'era un altro ponte, che le avrebbe permesso di essere vista e salvata. Una seconda finestra aperta però avrebbe reso l'interno del locale più ventoso e freddo.

Le ci volle solo un secondo per accantonare il pensiero. Prendere freddo era meglio che aspettare di essere uccisa. Cindy e la sua gang sarebbero tornati per lei una volta sbarazzatisi del corpo di Nick. La verità si depositò nelle viscere di Kat come una roccia. Come poteva la sua migliore amica tradirla in quel modo?

Non c'era tempo per compatirsi. Attraversò il locale e, usando ancora una volta il contenitore per i tovaglioli, ruppe una seconda finestra. Questa volta andò in pezzi al primo tentativo, lasciando un piccolo buco, che Kat martellò con il contenitore. All'improvviso udì delle voci in lontananza. Si sporse dalla finestra e individuò una coppia in kayak che ondeggiava tra le onde in lontananza.

"Ehi!"

I rematori continuarono a parlare, ignari delle sue grida.

"Aiuto!"

I due diventarono piccoli punti, in basso nell'acqua. Presto sarebbero scomparsi. Non riusciva più a sentirli. Gridò per altri dieci minuti, sperando che ci fosse qualcuno nei paraggi. Nessuna risposta.

Nessuno l'avrebbe vista da dentro la barca. Doveva uscire. Non c'era alcun ponte nemmeno sotto quella finestra e nessuno nelle vicinanze che riuscisse a vedere.

Questo significava che la sua sola speranza era riuscire ad atterrare sulla piattaforma sotto la porta. Tornò indietro e sbirciò dalla finestra. Le tornarono in mente ricordi delle lezioni di ginnastica. Non era mai stata brava con le flessioni, le trazioni alla sbarra o le arrampicate di qualunque tipo. C'era una buona probabilità che non ce la facesse e se fosse finita in acqua sarebbero stati guai grossi. D'altro canto, che cosa ci poteva essere di peggio della sua situazione attuale? Era morta in ogni caso. Almeno c'era la possibilità che qualcuno la vedesse una volta sul ponte.

Il cielo si rannuvolò e il vento si alzò più forte, le folate che fischiavano dentro il ristorante attraverso la finestra rotta. Sarebbe stato ancora più freddo fuori. Forse aveva un'ora prima di cadere preda dell'ipotermia. Uno scivolone e sarebbe finita in acqua, nessuno a salvarla, nessuno a vederla affondare.

Nonostante il freddo, aveva i palmi sudati. Li asciugò sulle cosce e fece un respiro profondo. Si issò sulla cornice della finestra e si piazzò per mantenere l'equilibrio nonostante il rollio costante della barca. Tese le braccia per valutare la distanza. La ringhiera ara circa trenta centimetri oltre la sua portata. Il solo modo per afferrarla era saltare con le braccia tese in direzione della ringhiera. Doveva afferrare la ringhiera dalla finestra e spingersi sulla piattaforma. Se non ce l'avesse fatta, sarebbe finita in acqua. Ma erano solo trenta centimetri. Di certo poteva afferrarla e sollevarsi.

Avrebbe avuto abbastanza forza per tirarsi su?

Rabbrividì mentre si preparava. Un altro respiro profondo e balzò dalla cornice della finestra, cercando di darsi il più possibile la spinta verso la ringhiera. Cercò di afferrarla, le dita tese in avanti.

Ma le sue mani rimasero vuote. Invece della ringhiera, trovarono solo l'aria. Annaspò freneticamente mentre si sentiva cadere.

CAPITOLO 44

Le sue dita si chiusero attorno al metallo freddo e umido, sentendone la superficie erosa dall'aria salmastra. Le braccia tiravano sulle articolazioni, assorbendo lo shock del peso del corpo che frenava contro la ringhiera. Sentì un'ondata di sollievo mentre riprendeva fiato. Aveva mancato la ringhiera superiore e le due al di sotto, ma era riuscita ad afferrare la sbarra più in basso. Era appesa ad essa, gli occhi all'altezza del ponte.

Aveva le caviglie a bagno mentre la barca ondeggiava nell'acqua agitata. Doveva tirarsi su. Provò a sollevare la gamba destra e a premere la scarpa sul lato della barca, ricordando il suo solo tentativo di fare arrampicata due anni prima. L'idea era di usare le gambe non le braccia.

Si tese per raggiungere la sbarra più in alto con una mano e spinse con la gamba, poi ripeté l'operazione dall'altra parte. Ora era fuori dall'acqua e aveva una presa più salda sulla ringhiera.

La sua sicurezza tornò e si arrampicò fino a che le mani non raggiunsero l'ultima sbarra. La distanza tra quella e la sbarra più in basso era ampia abbastanza da farci passare i piedi, il corpo al seguito. Si accasciò al suolo sulla piattaforma, sentendosi orgogliosa per avercela fatta.

Mentre guardava indietro verso la finestra, si rese conto che non c'era modo di tornare dentro la barca. Nessun appiglio, nessun punto a cui afferrarsi fuori dalla chiatta. Era bloccata sulla piattaforma, non c'era modo di rientrare al riparo del ristorante. Con i piedi bagnati, probabilmente aveva una mezzora prima di sentire i segni dell'ipotermia.

Fece scorrere lo sguardo sull'orizzonte. Niente era cambiato. Non c'erano barche e non c'era nulla a riva. Si appoggiò alla porta, cercando di proteggere il corpo dal freddo come meglio poteva. Stava già battendo i denti. Aveva anche fame.

Il suono di un motore interruppe i suoi pensieri. Mentre si spingeva in piedi, il suo cuore prese a martellare. E se fosse stata Cindy con i suoi scagnozzi? Ma non erano loro, o almeno non sembrava. Era un rimorchiatore, il motore era molto più rumoroso di quello che aveva sentito la notte prima. I fumi del diesel si espandevano verso di lei mentre si alzava e gridava.

"Aiuto!"

Il rimorchiatore continuò ad andare, solo che adesso stava virando verso la costa.

Agitò furiosamente le braccia mentre continuava a gridare.

"Ehi—laggiù! Aiuto!"

Il rimorchiatore rallentò un momento prima di virare. Il cuore di Kat mancò un colpo quando si rese conto di essere stata vista. La barca svoltò e si accostò alla chiatta. Un uomo con il volto rosso che indossava una cerata catarifrangente emerse dalla timoniera, guardandola con sospetto.

"Signora? Cosa diavolo fa lì?"

"Sono stata rapita. Può farmi scendere da questa cosa?"

"Rapita?" La guardò scettico. "Chiamo la polizia. Verranno a prenderla."

L'uomo allungò una mano verso la tasca ed estrasse il telefono.

"No! Non può chiamarli. Almeno, non ancora. Sapranno dove sono."

"Non è quello che vuole, se è stata rapita?" Fece una pausa per dare un colpo di tosse da fumatore. "C'è qualcun'altro lì dentro?"

Era più sospettoso che comprensivo.

Kat si rese conto di come dovesse sembrare ai suoi occhi— sporca, in disordine e con i pantaloni aderenti coperti di bruciature di sigaretta.

"No. Hanno ucciso un uomo e hanno detto che sarebbero tornati per me più tardi. Non possiamo allontanarci da qui?"

"Solo se posso chiamare la polizia prima. Almeno saranno già in movimento se dovessero tornare i suoi rapitori." Disse rapitori con un'enfasi come se ancora non le credesse.

"Non lo faranno. Mi faccia solo scendere da questa barca. Per favore?"

L'uomo la guardò dubbioso.

"Non la capisco. Se fosse tutto a posto, vorrebbe che chiamassi la polizia."

"So che è strano ma ho una buona ragione. Più tempo passiamo a parlare, più la cosa diventa pericolosa. Le spiegherò una volta scesa da qui. Questo non rientra nel codice d'onore del marinaio o qualcosa del genere? Non deve salvarmi?"

La squadrò da capo a piedi, come per valutare quanti problemi potesse causargli. Infine decise che, dopo tutto, era innocua.

"Va bene. La farò salire. Ma dovrà saltare fino a qui." Il rimorchiatore era circa tre metri più in basso della chiatta. Quella non era la parte peggiore. C'era uno spazio di circa un metro tra il rimorchiatore e la prigione galleggiante di Kat. Non un salto difficile in condizioni normali. Ma l'aria fredda e la mancanza di cibo avevano fiaccato la sua energia. Sbagliare il salto significava finire nell'acqua gelida tra la chiatta e il rimorchiatore.

"Pronta? Ecco, afferri questo." Era una corda.

"Perché mi serve una corda?"

"In caso cada giù. Potrò tirarla su."

Ma non cadde. Atterrò sul ponte. Le ginocchia assorbirono la maggior parte dell'impatto con una scossa. La sua cartilagine urlò, ma dopo un minuto il dolore diminuì. Rotolò sul fianco e rimase stesa lì, esausta. Era finalmente scesa da quella dannata barca.

Le mani ruvide del marinaio afferrarono le sue e la tirarono in piedi. Indicò la timoniera.

"Mi chiamo Rory. Ora dentro quella porta. C'è una coperta. Torno tra un minuto."

Kat fece come le era stato detto e si sistemò nel tepore della cabina, avvolgendosi attorno una vecchia coperta di lana muffita. Rabbrividì guardando indietro verso il ristorante galleggiante. Era un gigante degli anni Ottanta, fatto di vetro e acciaio, che galleggiava su una piattaforma che emergeva dall'acqua per quasi cinque metri. L'esterno d'acciaio, un tempo bianco, era arrugginito e pendeva sull'acqua.

Rory tornò dentro e si affaccendò con i controlli mentre accelerava.

"La accompagnerò al porto. Ma prima, deve spiegarsi. Che diavolo ci faceva sul McChiatta?"

"McChiatta?"

Aggrottò le sopracciglia mentre studiava il viso di Kat.

"Non lo sa?"

"Cosa?"

"È un vecchio McDonald's. Non è di queste parti?"

Kat annuì.

"Beh, allora. Sicuramente lo ricorderà. Expo '86?"

I ricordi dell'Esposizione Mondiale di Vancouver tornarono nella memoria di Kat. Harry ed Elsie l'avevano portata lì a ogni occasione nell'estate del 1986. Aveva mangiato molte volte al McDonald's galleggiante. Allora le interessava solo il cibo, non l'arredamento, quindi non l'aveva riconosciuto. Fissò il mastodonte arrugginito che galleggiava sull'acqua, meravigliandosi che fosse rimasto lì per tutto quel tempo.

"Penso di ricordare qualcosa. Non avevo idea che fosse rimasto lì per tutti questi anni."

"Non ci sarebbe dovuto rimanere. McDonald's voleva tenerlo, ma la città non li ha lasciati. Ogni volta che trovavano una nuova sistemazione, non riuscivano a farsi approvare la zonizzazione."

"Così hanno spostato il McChiatta qui?"

"Doveva essere temporaneo. Poi i mesi sono diventati anni, e quando McDonald's non è riuscito a ottenere l'approvazione, si sono stancati e l'hanno abbandonato. È qui che galleggia da allora, come un Happy Meal mangiato a metà. Ma ancora non mi ha dato una spiegazione—perché non chiamiamo la polizia?"

Kat fornì a Rory un resoconto sommario di quello che era accaduto, a partire dalla sua corsa del giorno prima. Omise i dettagli sulla Liberty, dicendo solo che era stata testimone di un crimine. Qualcuno aveva pagato un poliziotto corrotto, che aveva già ucciso l'altra vittima rapita.

Rory ora sembrava comprensivo.

"Ora capisco. I poliziotti marci sono il peggio. È la loro parola contro la tua. Ma dev'esserci qualcuno di cui si può fidare. No?"

Kat scosse la testa. Dopo il tradimento di Cindy, avrebbe fatto affidamento su una persona soltanto: se stessa.

CAPITOLO 45

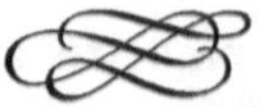

"Cosa le è successo? Ha un aspetto orribile!" Gli occhi blu ghiaccio di Platt la scrutarono mentre marciava verso il suo tavolo, lungo il tappeto consunto che copriva il corridoio tra i tavoli, fino all'ultimo posto vicino alla finestra. Le finestre del ristorante del porticciolo affacciavano sull'acqua ma erano appannate per l'umidità e trasformavano la luce del sole in un bagliore diffuso.

Il completo indaco e le scarpe di pelle di capretto di Platt erano fuori posto al Maggie's Surf n'Turf quanto il look grunge-punk di Kat. I clienti abituali del ristorante lanciavano occhiate verso di lei e sussurravano delle cosce bruciate dalle sigarette e del braccialetto di pellicola da cucina al suo polso da quasi un'ora. Non avevano trovato molto altro di cui parlare visto che Rory l'aveva lasciata lì e aveva detto a Maggie di mettere il pasto sul suo conto. Kat mandò giù una forchettata di omelette e posò la forchetta.

Maggie arrivò nello stesso momento di Platt, posando una tazza di caffè fumante davanti a lui prima ancora che toccasse la sedia.

"Fa parte di quello che devo dirle. C'è stato un altro omicidio."

Mandò giù gli ultimi avanzi del caffè amaro, poi si alzò. "Dov'è la sua macchina?"

"Non così in fretta. Mi ha promesso un indizio su Takahashi. Cos'è?" Platt svuotò entrambe le lattiere nel suo caffè, poi bevve un sorso senza mescolare.

Kat tornò a sedersi.

"Non posso dirglielo qui. Qualcuno potrebbe ascoltare." Quello era un eufemismo. La vita al diner era momentaneamente sospesa. Mentre Kat parlava, la conversazione si era spenta e il clangore di piatti e posate si era fermato all'improvviso. "Glielo dirò in macchina."

"Va bene. Ma mi dia un minuto, ok?" Platt era di umore suscettibile. "È stata la mia seconda tratta all'ora di punta oggi. Vorrei aspettare qualche minuto prima di farla per la terza volta."

Il congestionamento del traffico di Vancouver peggiorava ogni giorno. Il traffico del mattino durava almeno fino alle dieci e trenta, con una breve finestra prima di iniziare di nuovo per l'ora di pranzo.

"Ok, ma ogni minuto sprecato può significare meno prove."

Platt si appoggiò allo schienale, sorseggiò il caffè e se lo fece roteare in bocca prima di deglutire. Kat cercò di nascondere il suo disgusto. Tutto di lui la irritava. Ma rea il solo poliziotto di cui potesse fidarsi. Con l'ostilità tra lui e Cindy, era piuttosto certa che non fosse coinvolto nel rapimento.

"È meglio che sia valsa la pensa venire qui. Non sono un tassista."

Quindici minuti dopo, Kat aggiornò Platt mentre si dirigevano verso il centro, in un'auto senza contrassegni ma chiaramente della polizia con un'enorme antenna. Gli disse del rapimento, del McChiatta e del decesso di Nick, lasciando fuori il coinvolgimento di Cindy per il momento.

"Se è vero, dovremmo dirigerci verso il McChiatta, non andare nella direzione opposta." Platt strinse il volante, la punta delle dita sbiancate perla pressione. "Perché non me l'ha detto al porto? Avrei potuto mandare qualcuno alla barca ormai."

Allentò la presa sul volante per un momento per spingere goffamente dei numeri sul suo telefono. Stava mandando qualcuno per mettere al sicuro la scena.

"Gli azionisti voteranno per l'offerta della Porter oggi. La Porter Holding è davvero una facciata per il crimine organizzato." Kat guardò Platt alla ricerca di una reazione, ma la sua espressione rimase impassibile.

"Vogliono il controllo sulla Liberty per poterla usare per riciclare i diamanti del mercato nero."

"Hanno bisogno di comprare una compagnia per farlo?"

"Vedrà quando saremo all'incontro. Nick è l'azionista di maggioranza. Se Nick non sarà lì a votare per le sue azioni, qualcuno della direzione lo farà per procura."

Una luce si accese nel cranio di Platt.

"Ah. Un movente. Qualcun'altro potrebbe votare a favore dell'acquisizione."

Brillante. L'uomo aveva solo bisogno di essere guidato.

"Esatto. A quel punto la Liberty apparterrà alla Porter. Quando Nick ha iniziato a fare troppe domande riguardo all'acquisizione, è stato rapito." Erano solo a pochi isolati dall'albergo, ma il traffico era un'unica colonna.

"Perché il voto di Nick ha tanta importanza? Perché non rapire altri azionisti?"

Kat fece un respiro profondo. Non aveva ancora fatto il collegamento con gli omicidi di Braithwaite o Takahashi? La Liberty era il collegamento tra loro.

"Nick non è il primo. Sono sorpresa che non se ne renda conto." Era un a frecciata malcelata sulla sua accuratezza. "Braithwaite era l'altro azionista di maggioranza. È stato ucciso per primo. Insieme avevano abbastanza azioni per decidere il voto. E anche Ken Takahashi lavorava per la Liberty. In tutto sono tre omicidi legati alla Liberty. Alex Braithwaite, Ken Takahashi e ora Nick Racine."

"Potrebbe esserci un collegamento," ammise Platt con riluttanza. "Perché qualcuno avrebbe dovuto ucciderli?"

Kat soppresse il desiderio di prenderlo a pugni. Aveva ignorato le informazioni che gli aveva dato quando l'aveva interrogata riguardo a Takahashi? Fece un respiro profondo e lo spiegò di nuovo.

"Chiunque voglia la Liberty li voleva fuori dai piedi. Alex Braithwaite e Nick Racine erano i due maggiori azionisti. Braithwaite era contro l'acquisizione. Nick veniva obbligato a votare a favore a causa di un prestito che aveva chiesto per coprire i suoi debiti di gioco. Takahashi, come capo geologo, doveva essere eliminato quando ha messo in discussione i ritrovamenti gonfiati di diamanti."

"Quali nuove informazioni ha su Takahashi?"

"Gliel'ho appena detto. Nick *è* la nuova informazione."

"Katerina, perché non mi ha detto tutto questo al porto? O al telefono? Mi ha fatto fare tutta questa strada dicendomi che mi avrebbe mostrato nuove prove sul caso di Takahashi."

Si erano fermati a un incrocio a mezzo isolato dall'albergo. La luce era verde, ma erano incastrati a causa di un taxi che cercava di passare con il rosso davanti a loro. Platt stava indirizzando uno sguardo feroce verso un ragazzino lavavetri con i rasta, sfidandolo a patire le conseguenze se avesse osato toccare il parabrezza. Non sarebbe stato felice di rifare la tratta allora di punta per la quarta volta fino al McChiatta dopo la riunione degli azionisti.

"Detective, se le avessi detto qualsiasi altra cosa non sarebbe venuto. In ogni caso, riguarda Takahashi. Lo vedrà all'incontro degli azionisti." Gli disse di Clara, il suo travestimento come Susan, e di Ortega. Tutti coloro che si mettono in mezzo vengono uccisi.

Platt rimase in silenzio per un momento. Il traffico si liberò e ricominciarono a muoversi.

"Come c'entra lei? Non lavora per la Liberty."

"Ci lavoravo, fino a una settimana fa. Mi hanno assunta per indagare sulla frode di Bryant. Quando ho iniziato a scavare, ho scoperto del riciclaggio di diamanti. È stato allora che Takahashi è stato ucciso."

"Perché l'hanno rapita? Perché non uccidere anche lei?"

"Hanno già cercato di uccidermi spingendomi fuori strada. Poi mi hanno licenziata. Immagino che non accettino un no come risposta. Quando ho smascherato Clara, mi hanno rapita. Volevano tenermi lontana dalla riunione degli azionisti così che il voto potesse procedere."

"Perché non ucciderla come Nick, nello stesso momento?"

"Non lo so. Ci dev'essere una ragione." Quell'uomo era esasperante. "Chieda a Cindy Wong."

CAPITOLO 46

Kat corse attraverso l'atrio, oltre lo stupefatto concierge, quasi abbattendo un'anziana signora sul suo cammino. Scartò a sinistra, evitando per un pelo un tavolino con un vaso dall'aria costosa.

"Mi dispiace!" gridò guardando indietro verso la donna, che sventolava un ombrello verso Kat.

"Rallenta, signorina!" La donna la indicò con l'ombrello con fare accusatorio. "Mostra un po' di rispetto e guarda dove vai!"

La voce della donna si affievolì mentre Kat balzava su per le scale verso la sala da ballo Crystal. Platt la seguì a una distanza più educata.

I candelabri luccicavano e si riflettevano sulle pareti a specchio e ci volle un momento perché Kat notasse che molte delle sedie erano vuote. Era in anticipo? Fece per guardare l'orologio, ma il suo polso era coperto di pellicola. L'orologio era ancora sul McChiatta, dove l'aveva lasciato dopo aver tagliato il laccio.

Non dovette cercare Audrey. Fu avvolta da una nube di Chanel No.5 prima che Audrey comparisse alla vista.

"Oh cielo! Ma guardati." Audrey le rivolse un'occhiata veloce. "Tutto il resto è in lavanderia?"

"Non posso spiegare, Audrey. Sono stata rapita e salvata un'ora fa. Sono stata tenuta prigioniera sul McChiatta e—"

"Il McCosa? Fammi indovinare. È colpa della McMafia questa volta?"

Kat non poteva incolpare Audrey per il suo scetticismo: non ci avrebbe creduto lei stessa.

"Audrey, non sono pazza. Ma non importa. Quando inizia la riunione con gli azionisti?" Kat fece un giro su sé stessa, perplessa. Dov'erano tutti? Meno di una dozzina di persone erano sparpagliate per la stanza.

"Inizia? È finita venti minuti fa."

Il cuore di Kat sprofondò. L'incontro era programmato per le dieci del mattino. Non si era resa conto che fosse così tardi.

"Ma chi ha votato per le azioni di Nick?"

"L'ho fatto io."

"Ha votato no, spero?"

"Abbiamo votato sì."

Kat si sentì come se le avessero dato un pugno nello stomaco. Come aveva potuto Audrey rinunciare alla Liberty senza lottare? Era troppo stupefatta per parlare.

Il Detective Platt finalmente comparve, il volto arrossato e coperto di sudore. Anche se era snello, Platt non era molto in forma, notò Kat con una fitta di soddisfazione. Platt fece un respiro profondo e lo lasciò uscire dalla bocca, cercando di rallentare il respiro.

"Audrey Braithwaite, questo è il Detective—"

"Ci siamo già incontrati," disse Audrey bruscamente, poi si voltò per trovarsi faccia a faccia con Platt. "Non che abbia avuto notizie da lei di recente."

Platt probabilmente indagava sull'assassinio di Braithwaite. Sembrava che anche Audrey non facesse parte del fan club di Platt.

Audrey si lanciò uno scialle di cashmere attorno al collo e lo oltrepassò, ignorando la mano tesa di Platt. Camminò rapidamente verso la doppia porta sul retro della stanza. Kat la seguì, decisa ad avere l'attenzione di Audrey.

"Audrey, Nick è stato assassinato." Kat disse la sola cosa che pensava le avrebbe impedito di andarsene.

"No!" Il volto di Audrey impallidì e rimase paralizzata nel corridoio per un momento, prima di collassare in una poltrona con lo schienale alto. La poltrona la inghiottì, facendola sembrare più magra che mai. "Prima Alex, e adesso Nick? Questo spiega perché non era alla riunione." Afferrò i braccioli, preparandosi per altre brutte notizie. "Che cosa è successo?"

Kat le fece un breve riassunto del rapimento, culminato con Nick che veniva portato via e ucciso con un colpo di pistola.

"Credete che ci sia Susan dietro, non è vero?" chiese Audrey.

Kat non riusciva a capire se Audrey le credesse o no. Non che importasse più. Il voto significava che la Liberty era al sicuro nelle mani di Ortega adesso. Proprio quando tutti coloro che si erano messi sul suo cammino erano stati messi a tacere.

"Forse non direttamente. Ma sbarazzarsi dell'azionista di maggioranza certamente non ha fatto male, specialmente se non collaborava." Disse ad Audrey dei problemi di gioco di Nick e del tentativo di ricatto di Ortega.

"Che cosa farò?" Audrey si alzò dalla sedia mentre i suoi occhi dardeggiavano nel corridoio. "Sono la prossima?"

"Non mi preoccuperei di questo." Ma Audrey non stava più ascoltando. Premette il pulsante dell'ascensore e si voltò verso Platt. Gli occhi erano stretti mentre lo fissava.

"Non mi è stato di molto aiuto. Sta almeno lavorando sul caso di mio fratello?"

"Signora Braithwaite, stiamo lavorando sodo. Ma le persone nascondono le informazioni, questo rallenta le indagini," disse fissando apertamente Kat. "A meno che non ci venga detto tutto, non possiamo agire."

Kat lo interruppe, furiosa.

"Le ho detto tutto, detective. Ma lei mi ha ignorata. Le avevo detto che l'assassinio di Alex Braithwaite era collegato all'assassinio di Ken Takahashi e ora questo. Avrebbe potuto prevenire l'assassinio di Nick e il mio rapimento. Perché non mi ha ascoltata? È rimasto seduto sugli allori troppo a lungo."

La porta dell'ascensore si aprì e Audrey entrò.

"Ogni giorno in cui non riesce a trovare risposte è un altro giorno in cui l'assassino di Alex la fa franca, Detective Platt."

La porta si chiuse prima che Kat potesse seguirla.

Un altro giorno per farla franca con un omicidio.

CAPITOLO 47

"Audrey—aspetti!" Kat caricò lungo le scale fino all'atrio, seguendo la traccia di Chanel. Le ci volle solo un momento per raggiungere Audrey, trottando dietro i suoi tacchi pochi metri più avanti. Era troppo tardi per cambiare le cose, ma aveva bisogno di sapere. "Perché ha votato sì?"

"Che cos'hai che non va? Hai cambiato ancora idea?" Audrey si fermò un attimo per indossare un paio di guanti sulla sua French manicure.

"Di che cosa sta parlando? Ha appena dato la Liberty a una manica di criminali."

"No, non l'abbiamo fatto. Abbiamo votato a favore del blocco dell'acquisizione. Il consiglio ha messo a punto una nuova risoluzione, per votare contro l'acquisizione. Ho votato per le azioni del fondo fiduciario e per quelle di Nick per procura. Non era quello che volevi?"

Il tempo congelò per un momento, poi la notizia fece effetto.

"Sì! Oh, Audrey grazie!" Kat afferrò Audrey e la abbracciò. La Liberty non sarebbe caduta nelle mani di Ortega. Un problema era risolto. "Allora l'ho convinta?"

Audrey si liberò dal suo abbraccio, spazzolando la pelliccia. Non sembrava un tipo sdolcinato.

"Quando hai detto che il vero nome di Susan era Clara, ho fatto qualche controllo. Come previsto, ho trovato un articolo di giornale sugli Ortega. Susan—voglio dire, Clara—era nella foto con suo padre. La storia non era molto lusinghiera. Sono criminali, è la verità pura e semplice. Poi ho chiamato i referenti sul curriculum di Susan Sullivan. Nessuno di loro ha mai sentito parlare di lei. Ero praticamente decisa, ma quando non si è presentata alla riunione oggi—"

"Cosa? Non si è presentata?" La mente di Kat correva. Perché Clara sarebbe dovuta fuggire in un momento tanto decisivo? I soldi erano congelati: non se ne sarebbe mai andata senza. Cos'altro stava succedendo? Doveva andare in ufficio e al suo computer per controllare che i soldi fossero ancora lì.

"Ti serve una doccia. Chiamami nel pomeriggio. Abbiamo molte cose di cui parlare." Senza ulteriore indugio, Audrey scivolò sui sedili posteriori della sua Cadillac nera parcheggiata accanto al marciapiede.

CAPITOLO 48

"Bryant?" Ortega prese fiato ma recuperò in fretta. Quel tizio doveva essere morto ormai.

"Bryant chi?" disse Ortega, fingendo ignoranza. Mise la mano sopra il telefono e fece cenno di andare alla sua ultima segretaria, una bellezza venezuelana i cui talenti non includevano rispondere al telefono o battere a macchina. Stava diventando noiosa e la chirurgia estetica cominciava a pesare sulle sue tasche.

"Sa dannatamente bene chi, Signor Ortega," rispose la voce dall'altro capo. "Ora ascolti attentamente. Ho qualcosa che lei vuole."

"Non sono interessato. Sono in ritardo per una riunione." Perché diavolo era ancora vivo? Clara non aveva fatto il suo lavoro? Non l'aveva eliminato?

"Dimentichi la riunione—quello di cui dobbiamo parlare è molto più importante."

Ortega si sforzò di ascoltare i rumori di sottofondo. Bryant stava chiamando da un luogo pubblico. C'erano degli annunci in sottofondo, come in un aeroporto o una stazione ferroviaria.

Doveva rintracciare la posizione di Bryant. Se, naturalmente, quel bastardo insolente era davvero lui.

"Di che cosa dovrei voler parlare con te" A parte essere il capro espiatorio per il denaro rubato, Bryant non gli era utile in alcun modo.

"Mi vengono in mente cinque miliardi di ragioni per cui dovrebbe parlare con me."

Ortega fece una pausa prima di rispondere. Bryant era solo a caccia di informazioni. Naturalmente sapeva dei soldi. Dopo tutto, era stato incastrato con essi. Ma dove aveva preso il suo numero di telefono?

"Davvero? Dimmene una." La foto di Clara lo fissava dalla scrivania, sorridente. La mise a faccia in giù. Non era più sua figlia.

"Ho i soldi."

Impossibile. Il conto della Opal Holding alla Bancroft Richardson era ancora congelato dai controllori. Quello di per sé non preoccupava Ortega. Chiunque poteva essere comprato con la giusta somma.

"Quali soldi?" Ortega mantenne la voce calma, deciso a non tradire la sua furia. Gli pulsava la testa mentre avvertiva il volto arrossarsi.

"I cinque miliardi, pezzo di merda. Basta stronzate. Sai di che cosa parlo."

Ortega fece il log in sul sito della Bancroft Richardson e rimase senza fiato. I soldi erano spariti, confermando le affermazioni di Bryant. Erano stati prelevati il giorno precedente in tre trasferimenti separati. Tutti. Ma doveva esserci un errore. Tenne la voce piatta e calma mentre il panico penetrava nelle sue viscere.

"Dimmi quello che vuoi."

"Il cinquanta percento. Metà dei cinque miliardi."

"Metà?" Ortega era allibito. Quelli come lui non venivano derubati. Bryant non sapeva con chi aveva a che fare? "Non esiste."

"Non rispondere troppo velocemente. Vorrei che ci pensassi. Rifiuta e resterai senza niente."

"Perché finirei con niente? Quei soldi sono miei. Inoltre il conto è congelato adesso." Doveva esserci un errore, una qualche confusione con il conto. Ma quali erano le probabilità di uno scambio con un altro conto da miliardi di dollari?

"Non è per niente congelato, Signor Ortega. In effetti, i soldi arrivano senza difficolta in questo momento."

Ortega percepì un ghigno dietro le parole di Bryant.

"Perché dovrei crederti?"

"Non devi. Controlla tu stesso. Resterò in linea."

Ortega premette il pulsante del muto.

"Luis! Vieni qui!" Le porte di legno intagliato verso l'ufficio all'esterno si aprirono e comparve Luis. Si fregò la fronte pallida con la mano, sistemando i capelli diradati in un riporto.

"Fai rintracciare questa chiamata. Scopri da dove telefona"

Avrebbe riavuto i suoi soldi in un modo o nell'altro. Bryant avrebbe potuto anche condurlo a Clara.

Luis annuì e fece marcia indietro verso la porta per chiamare chiunque avessero sul libro paga alla compagnia telefonica.

Ortega lasciò andare il pulsante del muto.

"Come faccio a sapere che sei chi dici di essere?"

"Numero uno: so dei soldi. Numero due: so di te. Nessun'altro ha fatto il collegamento. Non ancora. Questo dovrebbe valere qualcosa."

"Mi sta minacciando, Signor Bryant?"

"Non minaccio le persone, Signor Ortega. Pensavo solo che potessimo dividere."

"Non divido quello che è mio."

"Questo è aperto all'interpretazione. L'ultima volta che ho controllato i soldi appartenevano alle Miniere Liberty."

"Potrei essere disposto a darle qualcosa. Non il cinquanta percento. Questo è fuori questione."

"Non è un buon ascoltatore, Signor Ortega. Le ho detto quello che voglio. Il cinquanta percento. Non negoziabile."

Ortega fece una pausa. Aveva imparato da tempo a non trarre

conclusioni affrettate. Perché Bryant chiedeva una fetta se aveva già i soldi? Non li aveva. Significava che gli serviva qualcos'altro per ottenerli. Che cosa mancava a Bryant? Clara? I soldi per una corruzione ben piazzata? Una password?

"Mi serve più tempo."

"Non c'è momento migliore del presente, Signor Ortega."

"Signor Bryant, lei non ha ancora provato niente. I soldi non sono più sul conto, e quindi? Non significa che li abbia lei o che sappia dove si trovano."

"Immaginavo che l'avrebbe detto. Quindi, come gesto di buona fede, le ho inviato un anticipo." Bryant rise. "Guardi sul suo fondo fiduciario in Libano. Vede il milione di dollari?"

"Quale milione di dollari?" Ortega digitava furiosamente, armeggiando per accedere al suo altro conto. Le sue mani tremavano mentre aspettava il log in. Eccolo lì. Un deposito datato il giorno prima per un milione di dollari esatto.

"Vede? È un piccolo regalo da parte mia. Lo consideri un segno di buona fede."

"Come ha fatto?" Ortega era furioso. Dove aveva preso Bryant le informazioni sul suo conto? Solo Clara e il suo contabile ne erano a conoscenza. Quale dei due aveva fatto il doppio gioco? Quanti altri dei suoi conti erano stati violati? Quali altre informazioni sulla sua organizzazione erano state svelate? Tirò fuori il suo fazzoletto di lino e tamponò le gocce di sudore che gli si stavano formando sulla fronte.

"Ha importanza?"

Ortega non rispose. Gli serviva tempo per pensare.

"Sa, Signor Ortega, la maggior parte della gente mostra più gratitudine quando qualcuno regala loro un milione di dollari. Almeno potrebbe dire grazie."

Ortega esplose.

"Bastardo! Sono i miei soldi! Li hai rubati. Non sono tuoi."

"Questo è soggetto a interpretazione. Ufficialmente sono stato io a rubarli. Ma entrambi sappiamo che è stato lei."

Ortega credette di sentire un sorriso nella voce di Bryant. Ovviamente si stava godendo ogni minuto, prolungando il suo discorso per torturarlo il più a lungo possibile.

"Signor Ortega, conosce il vecchio detto—non è un crimine rubare a un ladro? Ci descrive alla perfezione, non crede?"

Ortega non rispose. La furia gli rimestava le viscere mentre cercava di non esplodere.

Aggiunse un nome alla sua lista. Con o senza i soldi, Bryant non sarebbe sopravvissuto alla settimana.

CAPITOLO 49

"Allontanati da me!" gridò Kat mentre correva nel suo ufficio con Cindy alle calcagna. "Chiamo la polizia!"

Afferrò il cellulare sulla scrivania e digitò 911. Il braccio di Cindy, ricoperto di pelle, afferrò il suo e lo premette contro la scrivania. Le nocche di Kat colpirono il legno mentre cercava di stringere la presa sul cellulare. Si maledisse per la sua stupidità. Ormai Cindy doveva aver saputo della sua fuga. Perché non aveva preso il computer portatile e non se n'era andata, invece di aspettare che Cindy arrivasse per finirla?

"Ahia! Mi stai facendo male!" Il fatto che Kat avesse un vantaggio come stazza era inutile contro i trucchi di arti marziali di Cindy.

"Kat! Smetti di lottare e ti lascerò andare. Che diavolo di problema hai?"

Le braccia di Cindy tenevano ferma Kat, inchiodandola alla scrivania come un campione di wrestling. Sentì la voce distante dell'operatore del 911 mentre lottava per liberare il braccio. Almeno il cellulare era rimasto nella sua presa mentre cercava di non disconnettere la chiamata.

"Qui è il 911. Polizia, vigili del fuoco o ambulanza?"

"Polizia! Aiutatemi!" Kat gridò in direzione del telefono. Cindy le tirò le dita, cercando di strappare il telefono dalla sua stretta con la mano libera. Kat strinse le dita per impedire a Cindy di chiudere la chiamata. La voce era fievole, difficile da sentire con il braccio teso a mezzo metro da lei.

"—chiama da un cellulare? Da quale indirizzo sta ch—?"

"Ahi!" Kat strillò di dolore mentre Cindy premeva seccamente su un punto del suo palmo. Le sue dita lasciarono involontariamente la presa e Cindy afferrò il telefono, premendo il pulsante CHIUDI. La connessione era perduta.

"Kat—piantala con il melodramma! Non puoi rilassarti per un minuto e lasciarmi spiegare?"

Kat si sfregò il palmo. Il dolore straziante che aveva sentito qualche momento prima se n'era andato completamente, come se non fosse mai successo. Come faceva Cindy a infliggere tanto dolore senza lasciare segni duraturi? Kat tornò di colpo al presente. il suo braccio era libero, ma era comunque sola in una stanza con un'assassina.

"Mi ucciderai adesso?"

"Certo che no! Ti sei già cacciata in abbastanza guai senza il mio aiuto. Corri al buio in parchi deserti, comprometti scene del crimine e minacci le figlie dei mafiosi. Sono stata io a salvarti il culo. Gus voleva ucciderti!"

"Tu mi hai salvata? Prendendomi a calci e lasciandomi a morire sul McChiatta?" Kat incrociò le braccia e fissò Cindy. "Sarei potuta morire di assideramento."

"Beh, non mi sembri così malconcia. Però ti serve una doccia—puzzi di alghe." Cindy arricciò il naso. "Se non fossi andata al McChiatta con loro, ti avrebbero finita in quel momento. Ho convinto Gus che valevi più da viva che da morta. Portare lì te e Nick è stata una mia idea, per tenerti fuori dai pericoli e guadagnare tempo fino a che non avessimo potuto arrestarli."

"Non hai protetto Nick, lo hai fatto uccidere."

"Rilassati. È al sicuro."

"Ma ho sentito lo sparo."

"È stata una messinscena. Nick ha fatto la parte del morto finché non siamo arrivati a riva."

Era plausibile. Forse Cindy diceva la verità.

"E Gus e Mitch?" chiese Kat, osservando Cindy alla ricerca di segni di disonestà. Non aveva fretta di incontrare di nuovo nessuno dei due. Sedette sul bordo della sedia mentre il suo battito tornava a valori a due cifre.

"Arrestati. Sono in cella almeno fino a domani." Cindy si spostò dalla porta e si abbassò sulla poltrona imbottita davanti alla scrivania di Kat, ancora con quell'aria da motociclista e in ottima forma. "Kat, sono un poliziotto. Dovevo renderla realistica. O avrei fatto saltare la mia copertura. Questo ci avrebbe messo entrambe davvero in pericolo."

"Beh, quei calci erano decisamente reali. La mia schiena non si riprenderà mai." Uno spasmo le percorse la spina dorsale alla menzione dei calci.

"Preferisco malmenarti che lasciarti morire."

"Molto altruista da parte tua." Kat evitò lo sguardo di Cindy. "Dovevi davvero metterci tutto il tuo peso?"

"Kat, avevano ordine di ucciderti. Ho dovuto essere autentica. Li ho convinti ad aspettare. I Black Scorpion potrebbero usarti per un accordo con Ortega."

Poteva essere vero.

"Presumendo che ti creda—ora che succede?" Kat si appoggiò allo schienale della sedia, all'improvviso molto stanca. Rilassò le spalle e sospirò.

"Tu mi dici quello che sai, e io farò lo stesso. Ho cercato di farlo negli ultimi dieci minuti."

"Ok. Ma niente più roba da arti marziali e tortura." Kat si studiò il palmo. Non c'era traccia del punto magico su cui Cindy aveva premuto.

"Affare fatto. E avevi ragione riguardo a Clara. Ortega l'ha mandata qui per sorvegliare Nick. E anche i tuoi sospetti sul riciclaggio di diamanti erano giusti."

"Lo sapevo. E ora che Ortega ha scoperto quanto è remunerativo, ha deciso di acquisire la compagnia." Kat aggiornò Cindy sull'acquisizione della Porter e sull'assenza di Clara dalla votazione degli azionisti quella mattina.

"Credi che sia fuggita?"

"Non credo che se ne andrebbe senza i soldi. E sono congelati, giusto?" Kat si rese conto con orrore che era ancora collegata al sito della Bancroft Richardson. Bastava che Cindy aggirasse la scrivania per vedere che era entrata nell'account della Opal Holding. Da quando aveva craccato la password, aveva effettuato l'accesso per verificare che i soldi fossero ancora lì. Solo che questa volta non c'erano. Qualcuno aveva fatto un trasferimento. Un trasferimento da cinque miliardi di dollari. Era una delle tre cifre sulla lista macchiata di caffè di Clara. Era anche la stessa cifra rubata alla Liberty.

"Esatto. Kat, perché mi fissi in quel modo?"

"Quale modo."

"Come se avessi fatto qualcosa che non vuoi che scopra. Conosco quello sguardo."

"Non so di cosa parli." Kat cliccò sul mouse per uscire dall'account. Ma lo schermo era bloccato, il conto della Opal Holding visibile sul monitor. Trattenne il respiro. Cindy la poliziotta sarebbe stata molto contrariata nello scoprire che aveva infranto la legge. E se invece fosse stata Cindy la criminale, l'avrebbe uccisa. In ogni caso non poteva permettere che lo vedesse.

"Perché se ne sarebbe dovuta andare senza i soldi? Doveva sapere che il voto per l'acquisizione non sarebbe andato bene." Cindy era ignara del panico che avvolgeva Kat. Continuò a fare supposizioni. "Forse Ortega stesso l'ha tirata fuori. Le cose si sono scaldate parecchio con i Black Scorpion ultimamente. Ortega ha mancato un pagamento. Di proposito. Ai Black Scorpion non è piaciuto."

La gang dei Black Scorpion aveva gli agganci con il traffico di droga locale. Facevano anche affari sul mercato delle armi ed erano sospettati in un numero di casi irrisolti di sparatorie nella malavita.

"Come fai a saperlo?" Kat premette ogni tasto, ma lo schermo rimase bloccato. Cercò di non mostrare il suo panico. Che Cindy fosse una venduta? "Lavori anche per Ortega?"

"Beh, non ufficialmente."

"Che diavolo significa?" Il cuore di Kat ricominciò a martellare. Gettò un'occhiata verso il cellulare, che Cindy aveva rimesso sulla scrivania. Anche se fosse riuscita a raggiungerlo, non era un'avversaria all'altezza di Cindy. E il suo schermo era ancora bloccato.

"Kat, sono nei Black Scorpion da due anni ormai. Sono incaricata della logistica, incluso far entrare e uscire i prodotti senza che ci becchino. È così che ho incontrato Ortega. Fornisce le armi in cambio della nostra—voglio dire, della *loro*—eroina."

"E li controlla?" Kat rivoltò il laptop. Aprì il coperchio posteriore e tirò fuori la batteria. Doveva spegnere quello schermo incriminante.

"No. Sono partner in affari. Ma Ortega è un tipo sveglio. Cerca sempre modi per massimizzare i suoi profitti. Per questo mi paga sottobanco. Gli do un po' più di prodotto e lui fa scivolare un po' di soldi nella mia direzione. E un bonus se tutto va bene. Perché stai smontando il tuo computer."

"È irritante—continua a bloccarsi. Se tutto va bene cosa significa? Rapisci la gente? Li uccidi?"

"Rilassati. Fa tutto parte della copertura. Fermiamo le cose prima che vadano troppo oltre. Mi sono infiltrata nei Black Scorpion perché potessimo chiudere il traffico di eroina. Quando abbiamo scoperto che Ortega era coinvolto, l'operazione ha assunto una dimensione tutta nuova a causa dei suoi collegamenti con il crimine organizzato e i terroristi internazionali. Oltre a equipaggiare i Black Scorpion, Ortega fornisce armi alla maggior parte delle maggiori organizzazioni terroristiche del mondo. Stiamo lavorando con la polizia in Argentina e in Libano per far crollare il suo impero."

"I Black Scorpion non erano coinvolti in quegli omicidi fra gang? Non cercavano di annientare le altre bande in una guerra per il territorio?"

Almeno Cindy non poteva più vedere cosa c'era sullo schermo. Rimise a posto la batteria e accese di nuovo il computer, aspettando e domandandosi se fossero rimasti dei soldi.

"Sì. E in pratica hanno monopolizzato il traffico di eroina qui. Ortega è entrato in gioco con loro circa due anni fa."

"Non avresti potuto dirmelo prima?"

"No. Anche se avessi saputo—cosa che non sapevo, avrei fatto saltare la mia copertura. Non capisco ancora cosa c'entri la Liberty in tutto questo."

"Hmmm. Due anni fa? Clara è comparsa alla Liberty più o meno nello stesso momento in cui la tua gang ha iniziato a fare affari con Ortega." Il cervello di Kat stava ticchettando. "È stato allora che Nick ha iniziato a ricevere lettere anonime con minacce di morte. Poi ha incassato tutte le sue stock option, causando il panico tra gli investitori. Non ha mai detto perché. È stata una cosa grossa in quel momento."

"Doveva aver bisogno di soldi per qualcosa. Non hai detto che aveva problemi di debiti di gioco?"

"C'erano delle voci che avesse tirato troppo la corda al casinò." Erano più che solo voci, pensò Kat. Tutti sapevano che era nei guai.

"Deve aver usato i soldi delle stock option per pagare i suoi debiti di gioco. Ma non era abbastanza. Così ha pagato uno strozzino chiedendo un prestito ad un altro?"

"Non esattamente," disse Kat. "Ortega deve aver pagato i debiti di Nick. Ma i tipi di quel genere non sono buoni Samaritani. E Ortega è un pesce troppo grosso per farsi coinvolgere nel semplice strozzinaggio. Se ha salvato Nick, lo ha fatto con un secondo fine. Nick deve avergli dato qualcosa in cambio."

"Per esempio? Hai detto che era in rovina."

"Anche senza soldi, aveva ancora qualcosa di valore. Controlla la Liberty. Questo vale qualcosa."

"E questo come avrebbe aiutato Ortega?"

"Accesso. Improvvisamente Ortega ha avuto accesso, specialmente con Clara nominata Amministratore Delegato. La Liberty estrae diamanti. Ortega ricicla diamanti. Quei diamanti che hai fatto analizzare venivano dal Congo e dalla Sierra Leone, ricordi?" Kat studiò lo schermo del suo computer. Doveva rientrare nel conto della Opal Holding alla Bancroft Richardson. Chiunque avesse fatto i primi due trasferimenti poteva aver trasferito il resto dei soldi ormai. Ma con Cindy lì, non poteva rischiare di rientrare.

"Kat, sei davvero brillante. Quindi anche i cinque miliardi devono essere collegati ai diamanti?"

Kat non rispose. Controllò la lista di trasferimenti bancari macchiata di caffè di Clara. Sarebbero bastati pochi minuti per trasferire il resto dei soldi.

"Kat?"

"Uh-huh?" Kat era folgorata dalla lista di Clara. Gli altri due trasferimenti sulla lista erano da 23.4 e 21.6 milioni di dollari. Una volta spariti, i soldi sarebbero stati perduti per sempre.

"Kat, mi stai ascoltando?"

Kat decise di rischiare. Rifece il log in, ascoltando solo a metà Cindy, che stava parlando del riciclaggio di diamanti. Questa volta comparò i numeri sulla lista con quelli sullo schermo. La prima transazione rispecchiava i dettagli del conto che aveva ripescato dalla spazzatura di Clara, ma con una differenza. Questa volta il nome della banca era nella lista, un dettaglio che mancava nell'elenco criptico di Clara. I cinque miliardi di dollari erano stati trasferiti alla Bank of Cayman quella mattina, più o meno nello stesso momento in cui si teneva la riunione degli azionisti della Liberty. Doveva sbarazzarsi di Cindy.

Gli altri due trasferimenti erano verso banche nelle Isole Channel e nel Liechtenstein. In totale, i trasferimenti ammontavano a 49.9 miliardi di dollari, quasi tutti i soldi sul conto della Bancroft Richardson.

CAPITOLO 50

"Come è potuto accadere? Dimmi che è un errore. Per favore."

Kat poteva sentire solo la parte della conversazione che riguardava Cindy, ovviamente insoddisfatta di quello che le stava dicendo la persona all'altro capo della telefonata. A Kat non importava. Finché Cindy continuava a parlare al telefono, lei avrebbe guadagnato tempo. Intensificò l'attività.

I soldi potevano essere spariti dal conto della Opal Holding alla Bancroft Richardson, ma almeno aveva un'idea piuttosto precisa di dove potessero essere. Dai dettagli della transazione sullo schermo copiò il numero di conto della Bank of Cayman e lo confrontò con la lista macchiata di caffè che aveva recuperato dopo lo stallo coi procioni a casa di Clara. I numeri di conto corrispondevano. Ora tutto quello che doveva fare era hackerare il conto della Opal Holding alla Bank of Cayman. Sembrava facile.

La voce di Cindy si affievolì in corridoio. Bene. Era al sicuro da interruzioni per almeno trenta secondi.

Ascoltando Cindy solo a metà, digitò con attenzione il numero di conto e controllò lo schermo. Non poteva permettersi di sprecare neanche uno dei suoi tentativi di log in sbagliando a digitare, visto che avrebbe potuto fare solo qualche tentativo con la password.

La voce di Cindy si riavvicinò.

"Ok, richiamami quando sai qualcosa. Cosa?"

E ora stava tornando in corridoio.

Kat doveva agire velocemente. Che Clara avesse usato di nuovo il nome di Vincente? Probabilmente. La maggior parte della gente usava la stessa password ovunque, cambiandola solo quando necessario, magari con l'aggiunta di un numero o di una lettera maiuscola, come richiesto dai sistemi computerizzati o dai siti web. Era incredibile come persone altrimenti intelligenti si rendessero vulnerabili. Si aprivano agli hacker, cosa che tecnicamente lei era, per il momento. Digitò vincente, guardando il campo della password riempirsi con sette asterischi.

La voce e i passi di Cindy divennero più forti mentre si avvicinava all'ufficio di Kat. Le mani di Kat erano ferme sopra la tastiera, momentaneamente paralizzate mentre ascoltava Cindy discutere con il suo interlocutore sconosciuto.

"Che cosa vuoi dire, sono spariti? Chi ha dato l'autorizzazione a rilasciarli?"

Cindy era appena fuori dalla porta.

Le dita di Kat erano sospese a mezz'aria, pronte a confermare o cancellare, a seconda di quello che Cindy avrebbe fatto dopo.

"Oh certo. Beh, mi piacerebbe parlargli." Cindy si voltò sui tacchi e camminò lungo il corridoio verso la reception. La sua voce si affievolì.

Kat premette invio e si morse il labbro.

La schermata della Bank of Cayman si aggiornò ed era dentro. Le informazioni sul conto della Opal Holding la fissavano dal monitor.

"No, non aspetterò. Fallo adesso."

La voce di Cindy diventò più sonora e arrabbiata. Kat fece una pausa e ascoltò i suoi tacchi ticchettare in rapida successione mentre tornava verso l'ufficio di Kat. Si fermò appena fuori dalla porta.

Kat rivolse di nuovo l'attenzione allo schermo. La transazione più recente era un deposito di cinque miliardi. Era l'altro lato del trasferimento che aveva visto solo un momento prima sul sito della Bancroft Richardson. Sospirò di sollievo e si appoggiò allo schienale della sedia. Ora quello che doveva fare era impedire che andassero oltre.

Il modo più semplice sarebbe stato cambiare la password.

"Non mi interessa quale riunione devi interrompere. Questo è importante!"

Kat ascoltò Cindy dare una strigliata a chiunque fosse dall'altro lato per non averla chiamata prima. Quale nuova password scegliere? Digitò *hurryhard* e premette invio.

La tua password è stata modificata.

Tornò indietro alla pagina delle transazioni e restò paralizzata per lo shock. Ora il saldo era quasi zero. Nel tempo che le ci era voluto per cambiare la password, i cinque miliardi si erano spostati di nuovo, questa volta alla Bank of Liechtenstein. Qualcun'altro stava accedendo ai soldi proprio nello stesso momento. Clara.

"Non capisci. Gus e Mitch sono la chiave. Se sono a piede libero, non ci sono garanzie di quello che potrebbe accadere. Senza di loro non abbiamo nessun caso."

Cosa? La memoria di Kat tornò al giorno in cui Gus aveva fatto irruzione nel suo ufficio. Poi all'attacco sul sentiero. All'improvviso si sentì molto vulnerabile. Che cosa avrebbe impedito a Gus di tornare ancora? Avrebbe voluto ucciderla sul McChiatta e sapeva dove trovarla.

"Voglio che tu li prenda adesso." Cindy marciò verso l'ufficio e si lasciò cadere sulla poltrona fuori misura. "Non chiamarmi nemmeno finché non saranno di nuovo in custodia."

"Gus e Mitch sono scappati?"

"Non proprio." Cindy si prese la testa tra le mani e si sfregò gli occhi. "Sono stati rilasciati per errore. Documenti sbagliati."

"Grandioso. Verranno a cercarmi di nuovo?" Kat cercò su Google la Bank of Liechtenstein e navigò sul sito. La sua testa stava vorticando.

"Forse. Lo hanno promesso a Ortega."

Kat digitò il numero di conto e la password e cliccò invio.

Log in non valido. Per favore, ritenta.

Si maledisse per aver agito di corsa. Ora aveva sprecato un tentativo prezioso.

"Gli hanno promesso cosa?"

Cindy esitò.

"Che ti avrebbero uccisa."

"Ma non li avevi convinti che valgo più da viva che da morta?"

"Sì, ma non dici di no a qualcuno come Ortega."

"Cindy! Mi proteggerai o no?"

"Rilassati. Farò in modo che tu non sia in pericolo. Solo non uscire di nuovo da sola e non fare niente di stupido."

Kat rilesse lo schermo, più lentamente questa volta.

Le password sono diverse con maiuscole e minuscole.

Vincente. La prima lettera poteva essere maiuscola.

La digitò di nuovo con la V maiuscola e premette invio.

Funzionò. La Bank of Liechtenstein aveva i cinque miliardi. Cambiò immediatamente la password. Tornò ai dettagli sulle transazioni e aggiornò la pagina. Questa volta il saldo era immutato. Questo le avrebbe fatto guadagnare tempo. Ora doveva solo fare la stessa cosa per le altre dieci o dodici banche sulla lista di Clara.

"Non devi andare da qualche parte?" Era difficile concentrarsi sul compito di congelare gli altri trasferimenti con Cindy seduta di fronte a lei.

"No. Non subito." Cindy mise gli stivali sulla scrivania di Kat. "Hai del caffè?"

"Sono rimasta senza. Devi andare a catturare Gus e Mitch, ricordi?"

"Vero. Ma non posso lasciarti qui da sola."

"Sì, puoi. Starò bene." Ogni secondo che passava a parlare con Cindy era tempo che Clara poteva usare per spostare il resto dei soldi. Doveva liberarsi di Cindy.

"Non lo so, Kat. Puoi chiamare Jace?"

"Certo." Jace era fuori per un'altra operazione di ricerca e salvataggio, questa volta per uno studente giapponese di un programma di scambio culturale che era andato a fare un fuoripista con le ciaspole. Ma Cindy non doveva saperlo per forza. Finse di digitare il suo numero e inventò una conversazione.

"Ecco—tutto sistemato. Sarà qui tra un quarto d'ora. Puoi andare adesso."

"È meglio che aspetti." Cindy si appoggiò allo schienale della sedia e guardò fuori dalla finestra. "Anche se lasciare la cosa a Platt non mi dà molta fiducia. Sono stati i suoi documenti a causare il rilascio."

"Vai ora, Cindy. Per favore."

"Perché stai cercando di sbarazzarti di me?"

"Non sto cercando di sbarazzarmi di te. Solo non voglio che Gus mi si avvicini ancora."

"Non sarebbe meglio che restassi qui con te?"

"Cindy—Jace sarà qui a minuti. Hai un sacco di cose da fare. Non voglio rispondere ad altre domande od origliare altre tue conversazioni riguardo alla fuga di Gus e Mitch. Dopo aver passato quelle che credevo fossero le mie ultime ore sulla terra con Nick su una chiatta abbandonata e poi essermi praticamente fatta spezzare la schiena da te, ne ho abbastanza. Ora per favore te ne andresti?"

Cindy sollevò i palmi per protestare.

"Rilassati, Kat. Ho capito. È troppo da affrontare tutto insieme. Perché non l'hai detto e basta?"

Cindy non aspettò una risposta.

"Chiamami se ti allontani da qui," disse alzandosi. "E quando arrivi a casa."

"Va bene."

Kat sentì gli stivali di Cindy ticchettare lungo il corridoio.

"Chiudo la porta. Non dimenticare di chiamarmi."

La serratura scattò mentre Cindy chiudeva la porta alle sue spalle.

Finalmente. Ora Kat poteva concentrarsi per acciuffare Clara.

Se Clara fosse stata estromessa dai suoi conti, la prima cosa che avrebbe fatto sarebbe stata chiamare la banca. La gente con conti in banca come quelli di Clara era in confidenza con i propri banchieri privati. Controllò l'orologio sul computer. Un minuto dopo le cinque. L'ora di chiusura era passata alle Cayman e in ogni altro posto dei Caraibi, ma era già il mattino successivo in Liechtenstein. Cambiare le password le aveva fatto guadagnare tempo, ma era al massimo una soluzione provvisoria.

I soldi appartenevano alla Bancroft Richardson. Ma ritrasferirli nello stesso conto avrebbe solo dato a Clara un'altra occasione per rubarli. C'era solo una soluzione. Digitò la password. Se le fosse successo qualcosa, Harry avrebbe saputo cosa fare.

CAPITOLO 51

*H*arry guidò lungo il vialetto tortuoso fino all'ampia villa in stile Tudor e parcheggiò sul davanti. Kat sapeva dai loro precedenti incontri che Audrey non si era mai sposata. Si era immaginata Audrey a vivere in un attico in centro, non in una grande tenuta nei sobborghi di Vancouver. Con una proprietà di quelle dimensioni, Audrey probabilmente aveva assunto un aiuto. Kat si chiese se il personale fosse nei paraggi così presto al mattino.

Uscì dalla Lincoln Town e si diresse oltre il vialetto circolare fino alla porta principale, facendo una pausa per osservare la proprietà. Alla sua sinistra c'era un recinto per l'equitazione e le stalle, il cui retro affacciava su un grande pascolo. Non c'erano cavalli in vista, tuttavia era presto ed era buio abbastanza da dover usare i fari.

Il profumo dolce dei gelsomini d'inverno si sollevò da una siepe bassa che costeggiava l'ingresso. Kat bussò con il batacchio d'ottone e guardò indietro verso Harry. Si stava già agitando sul sedile della Lincoln. Per quanto sarebbe riuscita a tenerlo in auto e fuori dai guai? Si accorse che lo fissava.

"Sicura che non vuoi che scenda?" disse Harry, sperando in una grazia dell'ultimo minuto.

Kat agitò la mano per dire no. Non aveva bisogno che lui complicasse ancora di più le cose con Audrey.

Harry si era offerto di accompagnarla in auto visto che la sua Celica era ancora in fondo al fiume Fraser e non poteva permettersi di rimpiazzarla. Dopo la spazzatura puzzolente di Clara, Harry non si fidava più a prestarle la macchina. Kat si sentiva come una bambina accompagnata a casa di un'amichetta per giocare.

Mentre aspettava alla porta ignorò Harry, che stava ancora cercando di attirare la sua attenzione. Dopo un minuto, Audrey la sorprese andando ad aprire la pesante porta di quercia lei stessa. Doveva essere appena uscita dalla doccia, con i capelli avvolti in un asciugamano che si intonava perfettamente alla vestaglia di raso blu ceruleo. Era a piedi nudi e aveva in mano un bicchiere di spremuta d'arancia, la polpa visibile sul vetro. Questa Audrey senza pretese era in netto contrasto con la versione pelliccia e perle che Kat aveva visto alla riunione degli investitori.

Audrey non la invitò a entrare. Non era un buon segno, perché significava che Harry avrebbe potuto ascoltare la conversazione che si teneva sulla porta. Kat rabbrividì nonostante la giacca di pile, sentendo il freddo del mattino. Osservo il suo respiro indugiare nell'aria mentre espirava.

"Dovevi davvero presentarti qui alle sei e trenta del mattino? Hai detto di avere i soldi. È quello che conta. Di cos'altro dobbiamo parlare?" la mano di Audrey tremò, facendo sciabordare il liquido verso l'orlo del bicchiere. Kat fece un passo indietro per evitare gli schizzi.

"Ho i soldi, più o meno. Solo non so cosa farci."

"Rimettili a posto. Che altro?"

"Vorrei che fosse così semplice." Kat lanciò un'occhiata verso Harry, ignaro del fatto che il suo patrimonio netto fosse appena aumentato di circa cinque miliardi di dollari. La decisione che aveva preso in una frazione di secondo di trasferire i soldi dal conto di Clara a quello di Harry poteva aver risolto un grosso problema, ma ne aveva creati un paio nuovi.

Gli occhi mezzi chiusi di Audrey si aprirono di scatto.

"Audrey, non posso semplicemente rimetterli nel conto della Opal Holding alla Bancroft Richardson. Clara è stata capace di rubarli sotto il naso dei controllori, nonostante il conto fosse congelato. Se ha trovato un modo per farlo la prima volta, lo farà di nuovo. Così ho dovuto metterli da un'altra parte." Kat parlava a bassa voce così che Harry non potesse sentire. Perché Audrey non la faceva entrare?

"Da un'altra parte? Cosa significa?" Audrey buttò giù metà della spremuta e chiuse gli occhi un momento. Ne seguì un sospiro soddisfatto.

Doveva essere spremuta corretta.

"Ho dovuto decidere in fretta. Così li ho messi sul conto di Harry."

"Harry?" Gli occhi di Audrey si strinsero.

Kat trasalì.

"Sì, sono io." Al sentire il suo nome, Harry praticamente balzò dalla Lincoln. Arrivò alla porta più in fretta di un centometrista sotto steroidi. "Piacere di conoscerla, Signora—?"

"Braithwaite. Audrey Braithwaite." Audrey gettò indietro la testa e buttò giù quel che rimaneva del bicchiere. Qualsiasi cosa stesse bevendo le aveva dato la carica come un'iniezione di caffeina. Scrutò Kat. "Non mi avevi detto che avresti portato un ospite."

"Non era in programma. Mi dispiace." Gli occhi di Kat si strinsero mentre lanciava un'occhiata minacciosa verso Zio Harry. Sapeva benissimo chi fosse Audrey. Stava solo facendo il finto tonto per essere coinvolto nella conversazione, esattamente quello che aveva promesso di non fare.

Zio Harry evitò deliberatamente il suo sguardo.

"Quindi lei è il tizio coi soldi." Audrey sorrise mentre soppesava

Harry. Lo stomaco di Kat sprofondò. Audrey lo stava prendendo in giro o era solo felice di sapere dove fosse il denaro? Forse era solo il succo d'arancia corretto. In ogni caso era meglio cambiare argomento in fretta.

"Ehm? Suppongo di sì. Sono sempre stato un risparmiatore. Risparmia i centesimi e i dollari si prenderanno cura di loro stessi." Harry sorrise, contento di ricevere complimenti senza saperne la ragione.

"Zio Harry, non devi fare una chiamata?"

"Ah sì, quasi dimenticavo. È stato un piacere conoscerla, Audrey. Se mai—"

"Zio Harry?"

"Giusto." Harry sospirò e si voltò.

Kat lo guardò tornare alla Lincoln. Una volta che rientrato nell'auto, fuori portata d'orecchie, si voltò verso Audrey.

"Non lo sa?"

"Non ancora. Audrey, ho dovuto spostare i soldi da qualche parte per metterli fuori dalla portata di Clara."

"Così hai dato i soldi a Harry, che guarda caso è tuo zio. Non è un po' strano?"

"Non è come sembra. Ho dovuto decidere in una frazione di secondo prima che i soldi andassero persi per sempre, così ho dovuto spostarli. Visto che anche il conto di Harry è alla Bancroft Richardson ho pensato che almeno avrei potuto farli tornare allo stesso istituto da cui erano stati rubati."

"Mi hai già mentito in passato, Kat. Perché dovrei crederti? Hai detto che lavoravi per la Liberty quando in realtà eri stata licenziata."

"Non ho detto di lavorare per la Liberty proprio in quel momento. Quello che ho detto è che la Liberty mi aveva assunta per—"

"Semantica. Mi hai indotta a credere che fosse così, sapendo che non ti avrei mai parlato altrimenti. Ammettilo." Audrey guardò in giù verso il bicchiere e poi alle sue spalle, come se stesse decidendo se riempirlo ancora.

"Audrey, che importanza ha? Ho recuperato i soldi. Avrei potuto prenderli e lasciare il paese, proprio come Clara. In quel caso non sarei qui adesso. Non prova che sono onesta?" Che altro doveva fare per ottenere la fiducia di Audrey?

"Suppongo di sì."

Kat sentì la rabbia montarle dentro.

"E sì, la Liberty mi ha licenziata. Gli scagnozzi di Clara hanno cercato di uccidermi, hanno distrutto la mia auto, ucciso il mio gatto e, nonostante tutto, ho continuato a lavorare sul caso. Non vengo pagata un centesimo per i miei sforzi. Sto per essere sfrattata perché non posso pagare l'affitto. Forse dovrei semplicemente scappare coi soldi."

"Hai ragione," disse Audrey con riluttanza. "Mi dispiace. Probabilmente sei la sola persona onesta che conosco ora."

"Porca miseria, lo sono. Ho impedito a Clara di scappare coi soldi e ho provato che gli omicidi di suo fratello e Ken Takahashi sono collegati al riciclaggio di diamanti alla Liberty. E ora ho salvato la Liberty dalla bancarotta—quasi. Devo solo far tornare i soldi alla Liberty."

"Non puoi trasferirli sul conto della Liberty?"

"Non è così semplice. Ci saranno delle domande su come abbia avuto i soldi tanto per cominciare. La gente penserà che sono stata coinvolta nel furto."

"Come hai fatto a prenderli esattamente?"

Kat riassunse come Clara avesse usato i cinque miliardi come capitale iniziale per vendere allo scoperto le azioni della Liberty, per poi fare altri quarantacinque miliardi di profitto. Le disse di aver trovato la lista nella spazzatura di Clara e di aver indovinato la password per entrare nei conti.

"Davvero, sei una ragazza non priva di interesse, non è così?" Audrey abbassò la voce. "Non è illegale?"

"L'etica batte la legalità nel mio dizionario. I soldi dovevano tornare ai legittimi proprietari. Seguire la legge alla lettera avrebbe comportato dei ritardi, che avrebbero permesso a Clara di scappare col denaro."

"Che cosa vuoi che faccia?"

"Deve parlare con le autorità a mio nome. Deve essere il mio intermediario. Gli avvocati e le autorità di vigilanza vedono le cose solo bianche o nere. Voglio che sappiano tutta la storia prima che li incontri. È il solo modo per far sì che mi ascoltino."

"Ma come posso farlo? È fuori dal mio campo di esperienza."

"Le spiegherò cosa dire. Mi aiuterà?"

"Non puoi solo trasferire i soldi?"

"Non senza una spiegazione. Devono conoscere il percorso che hanno compiuto e come districarsi. Altrimenti i soldi saranno congelati per anni. La Liberty andrà in bancarotta nell'attesa e potrebbero pensare che io sia coinvolta."

"Perché non hai chiamato qualcuno per dire dov'erano i soldi? Avresti dovuto lasciare che se la vedesse la polizia."

"Ho dovuto agire in fretta. Era passato l'orario d'ufficio e dovevo fermare Clara prima che i soldi andassero persi per sempre. Per quando la polizia avesse ottenuto un mandato del tribunale, i soldi sarebbero svaniti."

Il sole era sorto e ora era basso sull'orizzonte. Il personale della Bancroft Richardson probabilmente stava accendendo i computer, stava per scoprire tutti i trasferimenti di denaro avvenuti durante la notte.

"Stai parlando di cinquanta miliardi di dollari! E ora vuoi coinvolgermi nel tuo raggiro?" Lo sguardo di Audrey si abbassò sul bicchiere vuoto. "Chiama la polizia. Non voglio sapere altro."

"Audrey, deve aiutarmi. Vuole che Clara e suo padre la facciano franca? Dobbiamo andare fino in fondo. I soldi portano a loro e con questo posso provare che erano coinvolti negli omicidi."

"L'omicidio di Alex?" Audrey parlò con voce rotta, le emozioni per la perdita del fratello ancora fresche.

"Sì, Audrey," disse Kat. "Perché crede che sia stato ucciso? Non avrebbe rinunciato alla Liberty senza combattere. Per Takahashi è stato lo stesso. È morto cercando di portare alla luce il riciclaggio dei diamanti. Posso contare su di lei?"

Audrey fissò Kat, gli occhi acquosi e il labbro inferiore che tremava.

"Cosa vuoi che faccia?"

Kat glielo disse.

CAPITOLO 52

"Ne ho abbastanza!" Ortega picchiò il pugno rotondo sulla pesante scrivania di legno, abbastanza forte da mandare la tazza da tè e la zuccheriera Wedgwood a infrangersi sul pavimento di legno massiccio. Luis gli stava dando un'altra spiegazione poco convincente del perché non fosse riuscito a rintracciare Clara e i soldi. Era l'ultima di una lunga serie di scuse e Ortega era stanco di ascoltarle. Doveva fare tutto da solo?

"Capo—ho controllato come lei ha detto. I soldi—"

Luis spostò il peso da un piede all'altro, a disagio come se fosse sul punto di farsela sotto.

"Perché diavolo non mi hai detto che il saldo era diverso?" Ortega si rese conto all'improvviso che non aveva notato neanche i soldi in più. Quando si era collegato il giorno prima, mentre parlava con Bryant, aveva prestato attenzione solo agli ultimi tre trasferimenti. Non al trasferimento da più di quarantanove miliardi appena prima. Naturalmente non lo avrebbe ammesso con Luis.

"Ma capo, mi ha chiesto di controllare che tutti i soldi fossero stati spostati. Ho fatto come mi ha chiesto. Tutti i soldi sul conto sono stati trasferiti. Non ha detto quanto." Luis aspettò la risposta sulle spine.

Ortega alzò le braccia al cielo.

"Idiota! Sapevi che erano cinque miliardi. Non ti sei chiesto come mai fossero improvvisamente diventati cinquanta?"

"Io—io pensavo che lei lo sapesse. Non è una buona cosa? Più soldi?"

"No, stupido. Significa che qualcuno non sta seguendo il piano." Nello specifico Clara. Che cosa aveva in mente? "C'è qualcosa che non va. E quando qualcosa non va, me lo devi dire."

Ortega compose di nuovo il numero di Clara, per la terza volta in un'ora. Ancora nessuna risposta.

Luis stava ancora in piedi davanti a Ortega, con l'aria agitata.

"Che problema hai? Perché non stai chiamando la banca? Rintraccia quei soldi prima che spariscano!"

"Subito, capo." Luis sembrava sollevato mentre si voltava e praticamente correva fuori dall'ufficio.

Forse Clara era su una spiaggia da qualche parte, a fare baldoria grazie al suo nuovo conto bancario esagerato, ridendo rivolta allo schermo del cellulare mentre guardava i suoi tentativi disperati di contattarla. Ogni genere di pensiero gli passò per la mente. E se tutti i soldi fossero scomparsi? No, non aveva senso. Clara non era una giocatrice d'azzardo. Specialmente non con i soldi di altre persone. Eppure, era meglio recuperare il denaro.

Aveva il conto della Opal Holding sullo schermo in quel momento. Gli altri trasferimenti erano stati fatti tutti alla stessa banca alle Cayman. Tirò un sospiro di sollievo.

"Luis?"

"Li sto chiamando ora."

"Luis, torna qui."

Luis ricomparve. Era senza fiato e i suoi capelli stopposi erano appiccicati alla fronte sudata.

"Li ho trovati. Sono finiti sul conto alle Cayman."

Luis si rallegrò visibilmente, sembrava che non sarebbe morto dopotutto.

"Torna alla tua scrivania e mettimi in linea con il nostro banchiere." Questa volta l'avrebbe fatto di persona. Avrebbe trasferito i soldi su un conto di cui nessuno sapeva niente. Forse avrebbe fatto cagare sotto Clara e le avrebbe dato una lezione. Luis tornò in meno di un minuto.

"Capo?"

"Cosa c'è ora? Ti ho detto di mettermi in linea con la banca."

"L'ho—l'ho fatto. La Signora Covington dice che non ci sono soldi sul conto." Luis si concentrò sul tappeto davanti alla scrivania di Ortega, evitando accuratamente il contatto visivo.

"Che cosa vuol dire, non ci sono soldi? Sono stati trasferiti questa mattina."

"Sì, ma poi sono stati trasferiti di nuovo." Luis sedette.

"Impossibile!" Lo era? Prima la chiamata di Bryant e ora Clara era sparita. Che le due cose fossero collegate? Bryant doveva aver preso i soldi da qualche parte, altrimenti Ortega non avrebbe potuto vedere un trasferimento da un milione di dollari.

Aveva ancora il nastro della telefonata di Bryant del giorno prima. Registrava tutte le sue chiamate. Non poteva sapere quando sarebbero tornate utili, che fosse per avere prove o per un ricatto. Premette play e ascoltò, la rabbia che montava dentro di lui mentre risentiva il tono insolente di Bryant.

Si torse le mani mentre la sua mente correva appresso alle possibilità. Clara era sparita. I soldi erano spariti. E Bryant aveva detto di averli. Aveva anche Clara? Supponendo che fosse davvero lui, perché Clara non l'aveva eliminato come le era stato detto di fare?

Clara sarebbe dovuta presenziare al voto degli azionisti e andare via subito dopo. Era quello il piano. Era andata all'incontro?

Improvvisamente si rese conto che non era solo.

"Luis? Perché sei ancora qui con quella stupida espressione

sulla faccia? Richiama la banca—adesso!" Prese un appunto mentale di rimpiazzare Luis con qualcuno che non avesse bisogno di istruzioni passo passo.

"Subito, capo." Luis si avviò verso la porta.

"Oh, e Luis?" Ortega tenne la voce calma e ferma.

"Capo?"

"Recupera i soldi. E trova Clara. Oggi. Non domani. Altrimenti…" La voce di Ortega diventò un sussurro mentre si faceva scorrere un dito sulla gola. La sua frase rimase sospesa in aria, incompleta. Fece un cenno a Luis perché se ne andasse, ma non prima che Luis capisse il significato del gesto.

Luis uscì furtivamente dall'ufficio, chiudendosi la porta alle spalle.

Ortega rivolse l'attenzione alla registrazione.

Naturalmente. Perché non lo aveva notato prima? Mandò indietro il nastro, ascoltando attentamente i suoni in sottofondo. Ora aveva capito. L'annuncio pubblico era in spagnolo. Come minimo significava che Bryant non stava chiamando da un luogo pubblico in Canada. Dove allora? Riavvolse il nastro e ascoltò ancora, questa volta con il volume alzato.

"—in partenza per Rosario."

Conosceva solo un Rosario ed era in Argentina. Questo significava che Bryant era lì. Poteva perfino aver chiamato dall'aeroporto di Buenos Aires. Ora era certo che Bryant stesse cospirando con Clara. Come altro avrebbe potuto conoscere il suo numero di telefono privato e i dettegli dei suoi conti in banca?

CAPITOLO 53

L'indice di Clara si posò sulla sicura, provando soddisfazione nel prolungare la fine che aveva visto nella sua mente così tante volte. Assaporò il momento, pretendendo vendetta per Vincente, sua madre e per tutte le altre infinite crudeltà che suo padre aveva inflitto negli anni.

Il suo primo ricordo della brutalità di suo padre risaliva a quando aveva sparato a Bingo, lasciando la carcassa a decomporsi sul prato davanti a casa, dove lei poteva vederla dalla finestra della sua stanza. Era rimasto lì per settimane, diventando più piccolo ogni mattina mentre gli animali spazzini gli facevano visita ogni notte.

Quel salto non riuscito era colpa sua o del cavallo? Non lo sapeva. Lui non aveva ritenuto il caso di spiegarlo a una bambina di otto anni, in particolare a una femmina. Si ricordava di suo padre che la trascinava via dalla sua prima gara di salto ostacoli a cavallo, un regalo di compleanno, consegnandola a uno dei suoi uomini che erano sempre appostati nell'ombra della loro vita. Ma non prima di averla costretta a guardare, dicendole che era una lezione di autonomia. Mai fare affidamento o legarsi a qualcosa o qualcuno tranne sé stessi. Lei aveva compreso il messaggio.

Eppure, cercava comunque di compiacerlo, sperando che in qualche modo sarebbe riuscita ad alterare il disappunto perché era nata femmina. La sola cosa buona fu che tramite suo padre aveva incontrato Vincente. Era una delle guardie assegnate alla tenuta di Ortega. Tutti quegli uomini erano interessati a Clara, ma solo perché era sua figlia. Vincente era l'unico che la vedeva come una persona.

Si erano sposati quando lei aveva compiuto diciotto anni. Clara vedeva Vincente come una via di fuga, la fine della stretta di suo padre sul suo destino. Invece la presa di suo padre si era rafforzata, visto che controllava Vincente tanto quanto controllava lei. Poi lo aveva ucciso, come ricompensa per aver preso una percentuale nell'affare dei diamanti. Era così che suo padre vedeva le cose: bianco o nero, vita o morte.

Ora stava a lei a fare quella scelta. Lasciò andare la sicura mentre lanciava un'occhiata verso gli uomini sull'asfalto al di sotto. Era nascosta tra gli alberi in cima a una scogliera che affacciava sulla pista, all'estremità più lontana della zona d'atterraggio.

Era andata lì direttamente dal terminal dell'aeroporto. Sapeva che suo padre si sarebbe recato lì per fuggire. La pista dei soldi portava a lui. Non dovette aspettare a lungo. La sua berlina nera era arrivata e adesso era parcheggiata sulla pista, a circa cinquanta metri di distanza.

La bocca di Clara si indurì in un cipiglio mentre guardava suo padre correre sull'asfalto verso il Cessna pronto a partire, il solo velivolo sulla pista. A est c'era l'aeroporto principale da cui era appena arrivata. In lontananza piccole figure e mezzi di trasporto con carrelli da cargo intrecciavano le loro traiettorie attorno ai jet passeggeri fermi sulla pista. Quella pista era più tranquilla, parte dell'aeroporto originale che ora veniva usato solo da ricchi *porteños* che preferivano aerei Cessna e Piper.

Accertatasi che nessuno stesse guardando, tornò a rivolgere

l'attenzione su suo padre e il suo staff. Gli arti corti sporgevano dal suo corpo grassoccio come bastoncini su un pupazzo di neve. Nonostante il suo girovita, era comunque sei metri davanti agli altri quattro uomini. Sempre di corsa. Di corsa per arrivare a prendere il tavolo migliore al ristorante, ad avere la fetta più grande di un affare con le armi, o a possedere una parte degli uomini più potenti al governo. Lo guardò affrettarsi per fuggire, senza sentire altro che odio e repulsione. Questa volta se ne sarebbe andato senza niente. Aveva lei tutti i soldi.

Luis era al suo inseguimento, il riporto che gli frustava lo scalpo come una bandiera che sventolava. Era appesantito da una valigia in ogni mano, probabilmente i contanti con cui suo padre viaggiava sempre. Non sarebbero durati a lungo.

Poco dietro c'era Rodriguez. Lo odiava. Lo odiava per aver tradito Vincente e per essersi ingraziato suo padre per rimpiazzare Vincente. Rodriguez sarebbe passato sopra a chiunque, incluso Ortega, per arrivare ai vertici. Perché proprio lui non riusciva a capire che chiunque poteva essere comprato? Ma suo padre era sorprendentemente cieco alle conseguenze della natura umana quando si applicavano a lui direttamente.

Due uomini massicci con abiti scuri chiudevano la fila. Clara non li riconobbe, ma sapeva che erano le più recenti guardie del corpo di suo padre, pronte a sparare a chiunque si avvicinasse troppo e rappresentasse una minaccia, reale o immaginaria.

Introdursi in Argentina con un passaporto falso era stato facile. Evadere la rete di sentinelle di suo padre all'aeroporto senza essere beccata era stato più difficile, ma non molto. Erano ovunque a Buenos Aires, ma lei sapeva come individuarli. Proprio in quel momento sembravano distratti, come se qualcos'altro avesse attirato la loro attenzione.

La sua mano era ferma mentre seguiva la marcia impaziente di suo padre. Aspettò che raggiungesse la scaletta dell'aereo e si voltasse verso gli uomini. La sua bocca si aprì ma qualsiasi suono fu messo a tacere dal vento. Senza dubbio stava imprecando contro la loro lentezza, insultandoli come faceva sempre. Era incredibile quello che sopportavano per un salario cospicuo e una vita da fuorilegge.

Mentre si preparava, suo padre si fermò all'improvviso e fisso oltre gli uomini, come se potesse vederla. Ma era ridicolo. Era perfettamente camuffata dietro il fogliame. L'indice era pronto sopra il grilletto.

Mirò. Voleva vedere il suo volto quando sarebbe successo.

Tirò il grilletto.

Non sentì lo sparo, attutito dal silenziatore. Mancò completamente il bersaglio, senza colpire qualcosa che potesse avvertirli della sua presenza. Non era preoccupata. C'era un sacco di tempo per colpire il bersaglio. Il colpo sbagliato rischiava di farla scoprire, ma le procurò anche un'ondata di adrenalina nel sapere di poterlo far durare quanto voleva. Era un gioco che non voleva finisse. Eppure, non era il tipo da sprecare occasioni. Ricaricò e sparò ancora.

Il secondo proiettile trovò il bersaglio. Guardò suo padre che si accasciava a terra, come un giocattolo gonfiabile punto. Era stranamente deludente guardare la vita abbandonarlo.

Luis lasciò cadere le valige e corse verso suo padre. Una macchia scura cominciò ad allargarsi sulla camicia bianca appena sotto la spalla. Clara osservò mentre Luis sollevava il padre, cercando freneticamente di fermare l'emorragia. La macchia scura sulla camicia si stava allargando rapidamente.

Doveva sparare anche a Luis? Sapeva dei soldi, conosceva tutti i segreti di suo padre. No. Luis era inefficace senza suo padre. Lo avrebbe lasciato appassire lentamente e morire. Si sentiva quasi dispiaciuta per lui, un'altra vita sprecata nell'orbita del mondo di suo padre. Gli altri uomini? Meglio lasciare che vivessero e raccontassero di quella storia.

Inspirò profondamente e sentì il petto alleggerirsi. L'uomo più potente in Argentina abbattuto da una semplice donna. Che cosa avrebbero pensato?

Da sola aveva quasi decuplicato cinque miliardi. Era stata una sua idea quella di vendere allo scoperto le azioni della Liberty, sapendo che lo scandalo di Bryant avrebbe fatto precipitare il valore delle azioni. Gliel'aveva tenuto nascosto, sapendo che non avrebbe preso in considerazione una sua idea. Quando i soldi in più erano stati scoperti sul conto della Opal Holding, si era preso il merito per l'idea con i suoi compagni di merende. Nemmeno una volta aveva riconosciuto la sua intelligenza. Anche l'acquisizione ostile della Liberty era stata una sua idea. Non le aveva mai dato credito neppure per quello. Era a prova di bomba: poteva rivendere la Liberty con un enorme profitto—o tenerla come modo sicuro per riciclare i suoi diamanti insanguinati.

Sarebbe stato perfetto, se solo quello stupido di un broker non avesse duplicato le sue operazioni finanziarie, attirando l'attenzione sulla Opal. Suo padre avrebbe potuto non scoprire mai dei soldi extra se il conto della Bancroft Richardson non fosse stato congelato. Una volta scoperto che la Opal Holding aveva cinquanta miliardi, si era congratulato con lei? Neanche per sogno. Tutto quello che aveva fatto era stato rimproverarla per aver attirato l'attenzione. Poi aveva provato a rubarli per sé. Ma lei era stata più intelligente di lui, delle autorità di vigilanza e di tutti gli altri. Era sulla strada per una nuova vita in un paese in cui sarebbe stata sconosciuta, inosservata e in un luogo dove la sua ricchezza non avrebbe attirato l'attenzione. Sarebbe stata libera di vivere la sua nuova vita con più soldi di quanti se ne potessero spendere.

L'impatto della pallottola le fece scattare il collo in avanti, mandandola a rotolare a terra. Cercò di recuperare l'equilibrio ma non riusciva più a sentire le gambe sotto di sé. Uno spasmo le percorse il braccio mentre l'arma le sfuggiva di mano e sferragliava giù per le rocce fino al margine dell'asfalto, inutile. Rimase distesa sulla polvere, incapace di sentire il suo corpo. Tutto attorno a lei era nero. Non era il nero delle ombre della notte che calava, ma del buio estremo della cecità totale.

Però poteva ancora ascoltare. Ascoltò mentre chi aveva sparato si avvicinava, i suoi passi che si distribuivano sulle foglie secche con uno scricchiolio.

Poi capì. Tutti quei soldi non avevano cambiato nulla. Era ancora prigioniera delle sentinelle di suo padre. Erano ovunque, parassiti opportunisti e infestanti pagati per osservarla ovunque fosse, perfino alla Liberty. In quell'istante seppe. Il capro espiatorio non era poi così in disgrazia.

CAPITOLO 54

"*P*aul, grazie a Dio sei qui. Portami all'ospedale." Clara parlò in un sussurro mentre lottava per respirare. "Per favore, aiutami."

"Perché? Avevi intenzione di tenere tutti i soldi per te, non è vero?"

Clara avrebbe dovuto trasferire i soldi sul loro nuovo conto che avevano aperto insieme a Guernsey. Invece aveva trasferito i soldi sul suo conto personale alle Cayman, tagliandolo fuori. Bryant lo sapeva perché aveva tenuto una copia dei suoi dati bancari e aveva installato un software di tracciamento sul suo computer. Non era una persona che si fidava facilmente.

"Non è vero. Volevo chiamarti." Poi Clara rimase in silenzio, lo sforzo di mentire eccessivo.

"Quando, Clara? Tra un anno? Dopo che fossi stato arrestato per aver preso i soldi?"

Non si aspettava una risposta, e non ne ottenne una. La pelle pallida di Clara stava iniziando a diventare bluastra, i suoi lunghi capelli impastati nella pozza di sangue che si coagulava a terra. Erano passate davvero solo poche settimane da quando avevano pianificato il furto insieme? Peccato che lei non l'avesse messo al corrente del resto del piano: i diamanti riciclati, vendere le azioni allo scoperto e il piano di ucciderlo una volta avuti i soldi.

Si sentì stranamente distaccato, come se fosse qualcun'altro e non la donna che amava. Non quella con cui aveva pianificato la fuga, quella per cui aveva sacrificato la carriera. Era chiaro adesso. Non sarebbe mai potuto tornare indietro, era già condannato per aver preso i soldi, che fosse vero o no. Lei aveva fatto in modo che fosse così, designandolo come capro espiatorio, macchiato dalla colpa a prescindere di come fossero andate le cose.

Tutto quel tempo ad aspettare e a preoccuparsi a Bruxelles per niente. Un giorno erano diventati diversi giorni e poi una settimana. Doveva aspettare ancora qualche giorno, aveva detto lei, prima di prendere i soldi. Poi le autorità avevano scoperto il conto della Opal Holding e Clara era dovuta fuggire senza i soldi. Almeno era quello che lei gli aveva detto.

I due uomini si erano presentati al suo albergo più o meno nello stesso momento. Uomini dalla carnagione scura in completo e occhiali da sole, come guardie del corpo per qualcuno di importante. Solo che non c'era nessuno nei paraggi da proteggere. All'improvviso si era reso conto del perché sembrassero familiari. Erano gli stessi uomini che aveva visto parlare con Clara a Vancouver. Una chiamata e aveva avuto la conferma: Clara se n'era andata. Non era in viaggio verso Bruxelles come avevano pianificato, era diretta in Argentina.

Si era diretto all'aeroporto senza tornare nella sua stanza a prendere le sue cose o a diventare la prossima vittima. Era arrivato a Buenos Aires appena in tempo per vedere Clara sparare a suo padre. Non aveva mai avuto intenzione di seguirlo.

Non che avesse importanza adesso. Sapeva esattamente dov'erano i soldi, depositati al sicuro nella Bank of Cayman. Se ne era assicurato prima di spararle. Più tardi quel giorno li avrebbe trasferiti sul nuovo conto a Guernsey. Ma prima doveva essere sicuro che lei fosse fuori gioco.

Sorprendentemente non sentiva nulla. I loro due anni insieme non avevano alcun significato, cancellati dall'odio che aveva alimentato la sua rincorsa per tutta la strada fino a Buenos Aires. La guardò mentre lottava per respirare. Perché aveva creduto in lei?

"Aiutami" sussurrò, più una supplica che un ordine.

Lui non rispose. Incombeva sopra di lei, soddisfatto di vederla soffrire.

Il sole del tardo pomeriggio affondò sull'orizzonte, senza più scaldare la terra su cui si posava.

"Puoi prendere i soldi. Ti dirò dove sono."

"So già dove sono."

"Paul aiutami. Ti darò tutto quello che vuoi." La gola di Clara gorgogliò mentre cercava di parlare.

Il suo volto, non più bello, lo fissava con occhi ciechi. Non riuscì a resistere.

"Ho già tutto quello che potrei desiderare. Ho i soldi." Trascinò l'ultima parola sperando che le facesse male. "E tu hai quello che ti meriti."

Poi fu finita. Il corpo di Clara tremò una volta e poi rimase immobile.

Bryant lasciò andare un sospiro appagato mentre rimetteva la pistola alla cintura. Si voltò sui tacchi e si diresse verso la strada con un altro sospiro di soddisfazione. Era stata una giornata produttiva. Non aveva mai ucciso niente prima.

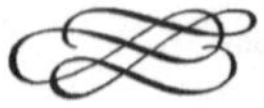

CAPITOLO 55

"*S*brigati, Kat!"

"Ci sto provando," gridò Kat di rimando. Corse attraverso l'aeroporto nella scia di Cindy mentre oltrepassavano la canoa in giada dello Spirito di Haida Gwaii. Le creature mitologiche pagaiavano verso la loro destinazione, a differenza di Kat che era distolta dalla sua.

Per lo meno Bryant era stato colto sul fatto. Le risorse di polizia di Cindy lo avevano confermato un'ora prima e la storia stava già comparendo sui titoli online. La polizia argentina teneva Ortega sotto sorveglianza, così quando la pallottola di Clara aveva trovato il suo bersaglio, avevano tracciato la traiettoria e trovato Bryant. Erano arrivati davvero troppo tardi per fermare il dito di Bryant sul grilletto? O era solo stato più facile che cercare di arrestare la figlia di un boss del cartello? Non l'avrebbe mai saputo.

La deviazione imprevista di Cindy non sarebbe potuta capitare in un momento peggiore. La chiamata di Platt era arrivata quando erano a pochi minuti dalla Liberty. Insisteva perché lo incontrassero all'aeroporto e Cindy non si fidava abbastanza di lui da non andare. Audrey stava aspettando Kat alla Liberty, dove avevano pianificato di affrontare Nick di lì a un quarto d'ora. Anche se avessero invertito la rotta proprio in quel momento, ci sarebbe voluta almeno mezz'ora per tornare in centro. Ora che la notizia su Clara, Ortega e Bryant era di dominio pubblico, Kat era certa che Nick stesse pianificando la sua stessa fuga.

Cindy era quasi ai controlli di sicurezza, stava ancora correndo quando si voltò per guardare verso Kat, dicendo qualcosa che lei non riuscì a sentire sopra il chiasso dell'aeroporto.

"Cosa?" Ma Cindy non stava più guardando verso di lei. Frugò nelle tasche e fece lampeggiare qualcosa verso le due guardie di sicurezza ferme alla porta. Quella più robusta, che sembrava aver mangiato troppe bistecche di filetto, annuì e fece un cenno per far passare Cindy. La sua figura diventava sempre più grande mentre Kat si avvicinava, arrivando abbastanza vicino da sentire il fruscio dei pantaloni di Filetto. L'uomo si spinse in avanti come un leone marino in posizione eretta e si piazzò direttamente davanti a lei.

Kat indicò in avanti verso Cindy, ma un braccio grassoccio le bloccò la strada.

"Whoa, ferma lì, signora. Mi faccia vedere il suo biglietto."

Gli occhi di Kat si concentrarono sul suo doppio mento. Sobbalzava su e giù mentre le sue parole uscivano strascicate e catarrose.

"Cosa?"

"Mi ha sentito. Il suo biglietto. Accesso vietato significa accesso vieta-to." Rimarcò l'ultima sillaba, ridendo per la sua stessa battuta. "Ora vediamo."

"Non ho un biglietto. Sono con la polizia—con la donna che ha appena lasciato passare." Perché Cindy non aveva aspettato qualche secondo in più?

Filetto guardò il suo compagno e alzò gli occhi al cielo. Il suo collega aveva un'aria ossuta e ostile, come se si ricaricasse a caffè e nicotina.

"Documento?" Ossuto, all'apparenza quello con più anzianità dei due, sventolò una mano davanti a lei.

"Non ce l'ho. Non sono un poliziotto. Sono parte dell'indagine su—"

"Conosco quelle come lei. Credete di essere più importanti di chiunque altro. Non significa che lo siate. La prossima volta ci pensi prima, come tutti gli altri." Tese la mano verso la sua tazza di caffè e osservò Kat al di sopra del bordo.

"Ma sono con la poliziotta. Dovete lasciarmi passare."

Perché Cindy non l'aveva aspettata?

"Ho detto di no. Niente biglietto, niente documento. Non ha nessun diritto di stare qui." Ossuto squadrò Kat da capo a piedi, chiaramente godendosi il potere che aveva su di lei. "Il mio lavoro è fermare gente come lei."

"Non capisce. Sono una contabile forense. Deve lasciarmi passare—è un'emergenza." Suonava stupido, ma Kat non sapeva cos'altro dire.

Ossuto si voltò verso Filetto.

"George, hai sentito? Una questione contabile di vita o di morte! Che cos'è? Morte per un migliaio di debiti?"

"No—senta. Non sto cercando di creare problemi, ma devo seguirla."

"Si sposti—lasci passare questa gente."

Filetto sorrise con benevolenza alla coppia di anziani. Avevano i biglietti pronti, proprio il genere di persone che piacevano a lui. I pensieri di Kat tornarono ad Audrey. Sarebbe stata alla Liberty ormai, a chiedersi dove fosse Kat. Affrontare Nick da sola era pericoloso. La deviazione di Cindy aveva messo a repentaglio il loro piano.

Si spinse oltre Filetto, proprio mentre stava restituendo i biglietti alla coppia.

"Ehi! Torni qui!"

Ma Kat era passata, oltre le guardie, nel terminal delle partenze. Rincorse Cindy, che ormai era duecento metri davanti a lei.

"Cindy—aspetta! Dove stiamo andando?"

Cindy voltò la testa senza rallentare e fece un gesto verso Kat perché si sbrigasse. Kat saltò per evitare uno scontro frontale con un trenino per passeggeri.

"Ehi—guarda dove vai!" L'autista robusto imprecò nella sua direzione mentre lei scartava bruscamente.

Le due signore a bordo del trenino guardarono Kat con disapprovazione.

"Causerà un'incidente, signorina. Faccia attenzione!"

Kat guardò Cindy svoltare lungo un corridoio proprio mentre il suo cellulare iniziava a vibrare. Rallentò per prenderlo.

"Pronto?" Nessuna risposta, ma riusciva a sentire il rumore in linea, come se il telefono fosse caduto o fosse sballottato.

"Chi parla?" Kat tese l'orecchio per ascoltare al di sopra della cacofonia di voci all'aeroporto. Sentì due voci, un uomo e una donna che litigavano.

"Che cos'è stato?" chiese l'uomo.

Kat finalmente raggiunse il corridoio e svoltò. Nessun segno di Cindy.

"Pronto?" Kat gridò più forte, sperando di attirare la loro attenzione.

"Eccola di nuovo—una voce," disse l'uomo.

"Non sento niente."

Era Audrey. A giudicare dal suono attutito, il cellulare di Audrey doveva aver colpito qualcosa nella borsa e aver composto il numero di Kat. O forse Audrey l'aveva chiamata di proposito, pensando di affrontare Nick da sola?

"I soldi sono spariti Nick, tutti i cinque miliardi."

"Di cosa stai parlando? Sono congelati alla Bancroft Richardson."

"Non da ieri notte. Sono andati. Guarda. Clara dev'essere morta ricca."

"Dammelo!"

Kat sentì il fruscio di carta.

"Dove l'hai preso? Dev'esserci un errore."

Kat riusciva a visualizzare ogni singola transazione sull'estratto conto della Bancroft Richardson. Nick avrebbe visto i cinquanta miliardi in trasferimento verso l'esterno, proprio come li aveva visti lei la notte precedente. Era stato il loro piano, suo e di Audrey, spaventare Nick per indurlo a confessare. Ma Audrey non avrebbe dovuto affrontare Nick da sola.

"Nessun errore, Nick. Ho controllato con la Bancroft Richardson questa mattina. I soldi sono spariti."

"Cosa diavolo è successo?"

"Dimmelo tu. Sapevi che cosa stava tramando Clara. Come hai potuto lasciare che accadesse?"

Silenzio. Poi un forte colpo, seguito da imprecazioni e grugniti.

"Prendere a pugni il muro è così infantile, Nick. Ne valeva la pena?"

"Ne valeva la pena per cosa? Non ho preso i soldi!"

"Facevi parte dell'affare. Hai ucciso mio fratello. Per cosa? Una fetta del denaro?"

Kat trattenne il fiato involontariamente. Audrey era davvero in pericolo.

"Non ho ucciso Alex. Non avevo niente a che fare con quello."

"Eri con lui. Voi due siete stati visti insieme la notte in cui è morto."

"È una balla. Non l'avevo visto per tutto il giorno. Chi te l'ha detto? Dimmelo!"

"Fermati Nick! Mi fai male!"

Proprio allora Kat raggiunse la fine del corridoio per trovarsi faccia a faccia con una porta senza finestre marchiata Polizia. Tirò la maniglia e si precipitò dentro, ansiosa di portare fuori Cindy e andare alla Liberty prima che fosse troppo tardi per Audrey. E abbastanza in fretta da fermare Nick prima che scomparisse.

Rimase paralizzata sul posto, incerta su cosa fare. Era di nuovo come la notte sulla McChiatta.

CAPITOLO 56

"Li abbiamo presi!" Cindy era in piedi accanto all'entrata e sorrideva a Kat. L'ufficio esterno era vuoto, ma l'ufficio subito alle spalle di Kat non lo era. Gus la fissava attraverso il vetro con la rete metallica. Poteva solo sperare che la stanza in cui era seduto fosse chiusa a chiave. Platt passeggiava davanti alla finestra, dicendogli qualcosa. Platt incrociò lo sguardo di Kat ed emerse dall'ufficio, sbattendo la porta alle sue spalle.

"Katerina—è scagionata. Abbiamo arrestato Gustav Eriksen e Michael Jamieson per l'omicidio di Ken Takahashi."

"Congratulazioni per aver risolto il caso. Qual è stato l'indizio decisivo?"

"Abbiamo trovato tracce dei loro capelli a casa di Takahashi. La scientifica ha riesaminato la casa e ha trovato delle impronte. Non si erano resi conto di—" Platt si fermò a metà della frase, improvvisamente consapevole del sarcasmo di Kat.

Platt le doveva delle scuse ma non gliene offrì. Kat non aveva tempo per questo in ogni caso. Si voltò verso Cindy.

"Cindy, andiamo. Audrey è sola con Nick. Potrebbe farle qualcosa."

"Giusto," Cindy interruppe. "Platt—sicuro di poterla gestire questa volta?"

"Sì, non succederà ancora."

"Bene. A più tardi."

Cindy e Kat si dressero alla porta.

"Non l'ho ucciso!"

Tutti gli occhi si concentrarono sul cellulare che Kat teneva attaccato al fianco.

"Da dove viene quella voce?" chiese Cindy.

Kat si premette un dito sulla bocca per chiedere silenzio.

"Eccola di nuovo—una voce. Ma che—ehi! Viene dalla tua borsa! Dammelo!"

"Lascialo andare" gridò Audrey. "Come osi! Mi fai male!"

Cindy si chinò verso Kat, ascoltando Audrey e Nick che litigavano.

"Dammi quella borsa—ora!"

Il rumore di sottofondo divenne più forte mentre Kat immaginava il tiro alla fune tra Audrey e Nick.

"Cindy!" sussurrò Kat con urgenza. "Andiamo!"

Platt poteva occuparsi di Gus e Mitch.

"Toglimi le mani di dosso, Nick! Ucciderai anche me?"

"Non essere ridicola. Non ho ucciso Alex, né nessun altro."

"Bugiardo. Forse non hai premuto il grilletto, ma è come se lo avessi fatto. Lo hai attirato vicino al fiume, gli hai mentito su un incontro segreto con Takahashi. Non pensavi che mi avrebbe parlato dell'incontro, vero? Alex non si è mai fidato di te. Ora so perché."

Nessuna risposta da Nick, almeno nessuna che Kat riuscisse a sentire.

Gus rivolse a Kat uno sguardo torvo e le fece il dito medio mentre si alzava dalla sedia. All'improvviso scattò all'indietro. Un uomo in uniforme corse lungo il corridoio, aprì la porta ed entrò.

"Non si preoccupi di Gus," disse Platt. "È ammanettato al tavolo. Mitch è già per strada verso il distretto."

"Dobbiamo andare," mimò Kat con le labbra.

Cindy annuì mentre apriva la porta dell'ufficio. Kat la seguì, ma non prima di fermarsi a soffiare un bacio verso Gus. Lui ringhiò di rimando.

Erano a metà del corridoio quando sentirono di nuovo la voce di Audrey.

"Rispondimi Nick! Eri lì, ammettilo."

"Non hai prove."

"Ti sbagli. C'è un testimone. Qualcuno che ti ha visto con Alex appena prima che fosse ucciso."

"È impossibile, perché non c'ero. Chi è?"

"Kat Carter ti ha visto. Vi ha visti lasciare la Liberty insieme."

Kat trasalì. Li aveva visti insieme quel giorno, ma niente di più. Sperava che il bluff di Audrey funzionasse. Erano finalmente fuori dal terminal e correvano attraverso il parcheggio verso l'auto di Cindy.

"Ancora lei?" Nick sbuffò disgustato. "Ecco una che varrebbe la pena fare fuori. Non è altro che una seccatura incompetente."

Kat non riuscì a sentire la risposta di Audrey.

"Ehi, cosa stai facendo qui?"

Audrey gridò.

C'era qualcun'altro nella stanza con Audrey e Nick. Poi il telefono ammutolì.

CAPITOLO 57

Cindy parcheggiò nel posteggio sotterraneo della Liberty, sbattendo contro i dossi. Lo stomaco di Kat fece un salto mortale mentre balzava fuori dall'auto e correva verso l'ascensore. Forse non avrebbe dovuto presumere che Audrey e Nick fossero alla Liberty. Il piano era stato quello, ma il cellulare di Audrey poteva averla chiamata da qualsiasi posto.

Kat colpì ripetutamente il pulsante dell'ascensore mentre Cindy la raggiungeva. Finalmente arrivò. Benché fosse contenta che Gus e Mitch fossero di nuovo in custodia, si chiese se la deviazione fosse più importante della sicurezza di Audrey.

Premette il pulsante per il ventiduesimo piano. Non si illuminò, così provò di nuovo. Poi si rese conto—l'ascensore non funzionava dopo l'orario d'ufficio e lei non aveva modo di entrare.

"Cindy, l'ascensore è bloccato perché è il fine settimana. Dobbiamo passare dalla porta principale e sperare che ci sia una guardia."

Uscirono dall'ascensore e corsero attraverso il parcheggio, su per la rampa e fuori nella stradina. Tra lì e l'aeroporto, Kat si sentiva come se avesse corso una gara da cinque miglia. Aggirarono l'edificio e corsero verso le porte in vetro dell'atrio.

Chiuse. Kat sbirciò attraverso il vetro e non vide nessuno. La guardia di sicurezza doveva essere di ronda. Come poteva farla tornare al suo posto? Forse facendo partire l'allarme? Esaminò le fioriere di cemento alla ricerca di un sasso da lanciare contro la porta di vetro mentre Cindy apriva di scatto il cellulare.

Un minuto più tardi, una guardia di sicurezza emerse da uno degli ascensori. Sembrava sulla sessantina, la corporatura snella evidente sotto la giacca giallo brillante della Securicor. Si affrettò verso la porta e la aprì. Cindy mostrò il distintivo.

"Dobbiamo andare al ventiduesimo piano—in fretta!"

Tutti e tre arrivarono alla reception della Liberty in meno di un minuto, in tempo per sentire altre grida, solo che questa volta era Nick.

La guardia di sicurezza guardò Cindy per avere indicazioni, ma lei lo ignorò. Lui rimase al banco della reception e tirò fuori il cellulare proprio mentre Kat e Cindy correvano lungo il corridoio.

"Toglimi le mani di dosso!" La voce di Nick rimbombava tra le pareti del corridoio.

"Prendilo!" gridò Audrey.

Con chi stava parlando Audrey?

Corsero nell'ufficio d'angolo per trovare due uomini che lottavano sul pavimento.

Audrey era in piedi vicino alla porta, con l'aria elegantemente vulnerabile in un maglione di cashmere e pantaloni scuri. Sembrava ancora più magra senza pelliccia.

"Grazie a Dio siete qui!" Audrey fece un gesto perché Kat e Cindy entrassero. "Questo giovanotto si è materializzato dal nulla e mi ha salvato la vita!"

Ci volle un momento perché Kat lo riconoscesse visto che era di spalle e teneva fermo Nick con una mossa di wrestling. Jace.

"Non esattamente dal nulla—ho aspettato fuori, ma quando non ti sei presentata, ho immaginato che fosse meglio andare con

Audrey per assicurarmi che fosse al sicuro." Jace sorrise verso di loro mentre teneva Nick sul pavimento con una presa di sottomissione. "Mi sono nascosto in un altro ufficio finché Audrey non mi ha dato il segnale."

"Ma come facevi a saperlo?"

"Audrey ha chiamato a casa cercando te. Una volta capito che eri con Cindy, sapevo che non saresti arrivata in tempo," disse Jace, guardando Cindy per valutarne la reazione.

"Che cosa dovrebbe significare?" chiese Cindy a Jace.

"Solo che spesso arrivi appena in tempo."

Touché, pensò Kat. Un giorno le deviazioni dell'ultimo minuto di Cindy non avrebbero funzionato. Era sia contenta che sollevata che questa avesse funzionato.

"Avrei dovuto sapere che eri coinvolta," disse Nick, il volto rosso per la rabbia. "Pagherai per questo. Accusarmi di omicidio— e trattarmi come un criminale qualsiasi!"

"Sei un criminale, Nick" disse Kat. "Hai lasciato che Ortega rubasse cinque miliardi alla Liberty. Ti aveva promesso una fetta?"

"Sei una tale idiota. È per questo che Clara ti aveva assunta all'inizio. Sei stata così stupida da scoprire che cosa stava facendo. Voleva che sembrasse che Bryant avesse preso i soldi, ma lo stava solo usando." Nick parlò mentre Cindy gli ammanettava le braccia dietro la schiena. Sedette sul pavimento, le ginocchia contro il petto. Si appoggiò al divano di pelle di capretto con la stessa espressione arrogante sulla faccia. "Toglimi queste manette!"

Evidentemente Nick non era a conoscenza della vendetta finale di Bryant su Clara.

"Neanche per sogno, Nick. Clara potrà aver avuto i soldi, ma non è colei che ha istigato il crimine. Tu l'hai fatto. Hai stretto un accordo con suo padre per riciclare i suoi diamanti sporchi. Ortega ha coinvolto Clara per tenerti d'occhio e a te non è piaciuto. Non pensavi che avrebbe voluto un pagamento per i diamanti che aveva portato alla Liberty? L'accordo non ha funzionato esattamente nel modo in cui ti aspettavi, vero?"

"Non so di cosa stai parlando."

"Non fare il finto tonto con me. Ortega ha scoperto di poter fare un sacco di soldi con i suoi diamanti di guerra se avesse avuto un modo per legittimarli. Incanalarli attraverso la Liberty gli ha permesso di fare proprio questo. Hai accettato perché era un modo per aumentare i guadagni e il valore delle azioni della Liberty senza sforzo. Ti sei arricchito grazie all'aumento del valore delle azioni. Il solo problema è stato che Ortega si è reso conto che la Liberty era il veicolo perfetto per riciclare i suoi diamanti e che tu eri un ostacolo. Vendere le azioni allo scoperto appena prima che i soldi sparissero gli ha fatto fare ancora più soldi. L'acquisizione della Porter doveva essere l'ultimo passo di Ortega per mettere le mani sulla Liberty e usarla a suo piacimento. Ho sventato il piano quando ho smascherato Susan come Clara. Chi è la stupida adesso?"

Nick fissò il pavimento e non rispose subito. Sembrava stesse soppesando le sue opzioni. Poi parlò.

"É follia. Perché avrei dovuto prendere dei diamanti illegali e fingere che fossero stati estratti dalla Liberty?"

"Per far passare una miniera esaurita come una miniera in produzione e per aumentare i guadagni della Liberty," disse Cindy. "Abbiamo fatto analizzare alcuni dei diamanti che sostiene provengano dal Mystic Lake. Hanno la stessa impronta dei diamanti provenienti dalla Costa d'Avorio e dalla Repubblica Democratica del Congo. Stranamente, corrispondono anche ai diamanti trovati a casa di Takahashi quando è stato ucciso."

"Non ho niente a che fare con questo. Lo hanno ucciso gli scagnozzi di Clara."

"Abbiamo anche delle registrazioni telefoniche, Nick," disse Cindy. "Hai parlato con Ortega di sbarazzarti di Kat."

"È stata una sua idea, non mia. Non ho mai detto di essere d'accordo."

"Così ammetti di conoscerlo," disse Kat. "Non ti saresti mai aspettato che Ortega facesse precipitare il valore delle azioni rubando i soldi e vendendo allo scoperto le azioni, vero? Quando è riuscito a conquistare la compagnia era troppo tardi."

"Clara ha rubato i cinque miliardi." La voce di Nick era più bassa e stava prendendo i toni della disperazione.

"Era un pagamento per i diamanti," disse Kat. "Credevi che non ci sarebbero state conseguenze? I soldi dovevano essere incanalati attraverso la Opal Holding prima di tornare da Ortega. Ma era una tentazione troppo grande per Clara, che ha cercato di rubarli a suo padre."

"Voglio un avvocato. Non parlerò più con voi."

"Come vuoi," disse Kat.

La guardia di sicurezza arrivò con due poliziotti in uniforme al seguito. Misero in piedi Nick e lo scortarono alla porta.

Mentre camminava accanto a Kat, Nick sogghignò e Kat colse l'odore di menta nel suo alito.

"Penso ancora che tu sia una stupida. Niente di tutto questo ha importanza perché non puoi recuperare i soldi," disse. "É colpa tua se la Liberty è in bancarotta."

Kat avrebbe voluto dire tutto a Nick, gongolare per come aveva recuperato ogni centesimo dei soldi, più i profitti disonesti di Clara. Ma dovette mordersi la lingua. Per quanto volesse dimostrare che si sbagliava, Cindy non sapeva ancora che aveva trovato i soldi.

Menta. Si chiese se Nick sarebbe riuscito ad avere la sua scorta infinita di menta in prigione.

All'improvviso il biglietto di Verna acquistò un senso. Non intendeva una pianta di menta, ma il profumo. Nick Racine aveva ucciso Buddy.

CAPITOLO 58

Cindy e Kat sedevano nell'ufficio di Kat. Era difficile credere che fosse passata solo una settimana dalla sua prima riunione alla Liberty. Fuori era buio e stava cadendo una neve leggera, irragionevolmente in ritardo a marzo. Kat guardò i fiocchi di neve vorticare al rallentatore, sentendosi più rilassata di quanto si fosse sentita da tempo: Audrey era al sicuro, Nick era in prigione e lei poteva aspettarsi di avere di nuovo dei soldi in banca. Audrey aveva insistito per darle una bella gratifica, chiamandola indennità di rischio. E Cindy era di nuovo la vera Cindy.

"Ce l'hai fatta, Kat. Anche se non hai recuperato i soldi, mi hai aiutato a infiltrarmi nell'organizzazione di Ortega e a far arrestare Gus e Mitch per l'omicidio di Takahashi. E la confessione di Nick significa che possiamo chiudere il caso dell'omicidio di Braithwaite."

Kat stava per spiegarle dei soldi quando Harry entrò.

"Kat, posso vedere di nuovo il mio saldo in banca? Elsie non mi crede. Le ho detto che sono un miliardario."

"Zio Harry, non ora." Kat gli fece un cenno con la mano per allontanarlo.

"Ma domani saranno spariti. Voglio stamparne una copia. Non vedrò mai più tutti quei soldi."

"Harry, di cosa stai parlando?" chiese Cindy.

"Kat non te l'ha detto? Ha recuperato tutti i soldi da Clara, tutti quanti. Non è grandioso? E li ha dati a me perché li tenessi al sicuro."

Cindy si voltò verso Kat. "Dimmi che non è vero." Balzò su dalla sedia.

"Sono un miliardario, Cindy. È un dato di fatto, sto per diventare trilionario. Kat ha hackerato i conti di Clara e ha trasferito tutto sul mio."

"Hai fatto COSA?" Il viso di Cindy si arrossò. "È illegale."

"Cindy, ho dovuto farlo. I soldi sarebbero spariti per sempre."

"Forse no. Clara è morta. E la polizia Argentina tiene Bryant in custodia."

"Vero, ma non lo sapevo allora. Tutto quello che sapevo era che era sparita e con lei i soldi. Quando li ho rintracciati, Clara era già scomparsa da ore. Dovevo trasferirli in un posto sicuro. È una cosa così brutta?"

"Non è quello che hai fatto—ma come l'hai fatto." Cindy incrociò le braccia, il volto rosso.

"Cindy, anche se Bryant, Clara e suo padre sono fuori combattimento, i soldi sarebbero rimasti congelati per mesi o anche anni durante tutte le dispute legali. Nel frattempo, la Liberty sarebbe fallita."

"Lo so. Ma l'apparenza, Kat. Sarà difficile da spiegare."

"Rilassati. Me ne sono già occupata." Audrey aveva parlato con gli organi di vigilanza e la banca. Il conto di Harry era temporaneamente congelato fino a lunedì, quando avrebbero iniziato a lavorare per invertire le transazioni della Liberty e piazzare il restante in un fondo di risarcimento per gli investitori.

"Come? Nessuno ti darà l'occasione di spiegare. Farai la figura della criminale. Come pensi di cavartela?"

"Jace?"

Jace entrò in ufficio con una copia del giornale. Lo lasciò cadere sulla scrivania davanti a Cindy. Il muso di Harry sorrise loro dalla prima pagina.

"Edizione del mattino. Sarà in circolazione tra qualche ora. La storia porterà a Kat un sacco di clienti. E Harry sarà una celebrità," disse Jace. "Ho tratto un'altra mezza dozzina di storie da questo caso. L'organizzazione Ortega, il riciclaggio di diamanti e l'acquisizione della Liberty per cominciare. Sarà una serie. E una storia sul personaggio del nostro miliardario qui."

Kat osservò Cindy storcere la bocca nel modo in cui faceva sempre quando era preoccupata per qualcosa.

"Cindy, ho chiamato la Bancroft Richardson questo pomeriggio. Avevano già trasferito i soldi dal conto di Harry su un fondo. Ho solo bisogno che tu faccia calmare le acque così che Harry non venga accusato di niente. I soldi sono tornati da dove erano partiti. Resta solo l'ultimo trasferimento perché tornino alla Liberty."

"Perché i tuoi modi sono sempre così poco ortodossi, Kat? Avresti potuto chiamare qualcuno per congelare i soldi."

"Alle due del mattino? Anche se avessi avuto qualcuno da chiamare non mi avrebbero mai creduto. Non potevo lasciare i soldi dov'erano e correre il rischio di non trovarli più."

"Ti sei cacciata in questo pasticcio. Perché dovrei aiutarti a uscirne?"

"Me lo devi, Cindy. Tutti quei calci? Lasciarmi sul McChiatta con Nick? È il minimo che tu possa fare."

"Suppongo che tu mi abbia aiutato a entrare nell'organizzazione di Ortega. Una volta scoperto del riciclaggio di diamanti, ho convinto Ortega che avrei potuto fare di più e spostare le pietre per lui. Poi Gus e Mitch si sono incriminati da soli vantandosi degli omicidi di Takahashi e Braithwaite. E Nick ci ha dato abbastanza prove per incriminarlo come complice. Clara potrà anche aver premuto il grilletto, ma lui è stato fondamentale per organizzare la cosa. Vorrei solo che tu fossi un po' più—normale nel modo in cui fai le cose."

"Questo mi fa venire in mente," disse Jace. "Verna ha lasciato un altro biglietto."

Passò una busta a Kat. Lei fece scorrere il dito sotto l'apertura e la aprì.

Caro Custode;

Ho deciso di continuare il viaggio. Praga è bellissima in questo periodo dell'anno. Per favore prenditi cura del giardino. Ai lillà farebbe bene una bella potata quest'anno. Pianta delle calle in primavera.

Verna

Ti è piaciuto "Strategia d'Uscita"?

Puoi proseguire la lettura con *Teoria dei Giochi*, il prossimo titolo della serie.

Se vi è piaciuto *Strategia d'Uscita*, consigliatelo ai vostri amici e lasciate una breve recensione. Bastano una o due frasi e il passa parola è il miglior amico di uno scrittore!

NOTA DELL'AUTORE

I luoghi in Strategia d'Uscita sono reali, anche se ho modificato o abbellito alcuni dettagli minori per rendere le cose più interessanti. Come la vista dall'ufficio di Kat, per esempio. Benché i luoghi siano reali, i personaggi non lo sono. Sono nati nella mia immaginazione prima di prendere vita sulla pagina e condurre la mia storia in direzioni in cui non avevo previsto andasse.

I diamanti di guerra, il riciclaggio di denaro e le frodi hanno un impatto su tutti noi. Se guardi al di sotto della superficie vedrai che, come minimo, hanno effetto sui prezzi che paghiamo e sul nostro tenore di vita. All'estremo, le frodi sfruttano e rovinano interi paesi e la vita delle persone, solo per arricchirne alcune. I crimini da colletti bianchi sono tutto tranne che senza vittime.

Visita il mio sito http://www.colleencross.com per saperne di più sul contesto di Strategia d'Uscita, sui diamanti di guerra e sulle frodi in generale.

Se ti è piaciuto Strategia d'Uscita e vuoi assicurarti di non perdere nessuna nuova uscita, visita il mio sito http://www. colleencross.com e iscriviti alla newsletter@ http://eepurl.com/c0-

jCIr per essere aggiornato sulle nuove pubblicazioni (la invio una o due volte all'anno).

L'AUTRICE

Colleen Cross è autrice della serie bestseller dei Thriller di Katerina Carter e della serie I misteri delle streghe di Westwick. Le sue serie di thriller più popolari parlano entrambe del personaggio di Katerina Carter, contabile forense e investigatrice di frodi con esperienza sul campo. Fa sempre la cosa giusta, anche se i suoi metodi poco ortodossi fanno rizzare i peli e fermare il cuore.

È anche una contabile e un'esperta di frodi e scrive di crimini reali. *Anatomia di Ponzi: Truffe passate e presenti* smaschera le più grandi truffe finanziarie di tutti i tempi e spiega come siano riusciti a farla franca. Predice esattamente il luogo e il momento in cui i più grandi sistemi Ponzi saranno esposti e gli indizi da cercare.

Potete trovarla anche sui social media:

Facebook www.facebook.com/colleenxcross

Twitter: @colleenxcross

o Goodreads:

Per le ultime notizie sui libri di Colleen, per favore visita il suo sito http://www.colleencross.com

Iscriviti alla newsletter per conoscere immediatamente le nuove uscite! http://eepurl.com/c0jCIr